KB093425

까마귀의 왕

신데렐라
포장마차

4

까마귀의 왕

신데렐라 포장마차4

ⓒ 정가일 2022

초판 1쇄	2022년 1월 27일		

지은이	정가일		

출판책임	박성규	펴낸이	이정원
편집주간	선우미정	펴낸곳	도서출판 들녘
디자인진행	한채린	등록일자	1987년 12월 12일
편집	이동하·이수연·김혜민	등록번호	10-156
디자인	김정호	주소	경기도 파주시 회동길 198
마케팅	전병우	전화	031-955-7374 (대표)
경영지원	김은주·나수정		031-955-7376 (편집)
제작관리	구법모	팩스	031-955-7393
물류관리	엄철용	이메일	dulnyouk@dulnyouk.co.kr
		홈페이지	www.dulnyouk.co.kr

ISBN	979-11-5925-714-8 (04810)
	979-11-5925-279-2 (세트)

신데렐라 포장마차

4

까마귀의 왕

정가일 지음

들녘

차례

프롤로그

간신히 뜬 실눈 틈으로 칼끝 같은 빛줄기들이 파고들었다. 다시 눈을 감으려는데 얼굴 오른쪽에 타는 듯한 통증이 느껴졌다. 자기도 모르게 손으로 머리를 짚었다. '끄응' 하는 신음이 터져 나왔다.

이철호 회장은 마지막 기억을 되짚어보았다. 경비원으로 보이는 남자가 그의 발밑으로 총을 쏴 경고를 하고는 달려와서 라이플의 개머리판으로 그의 옆머리를 가격했다.

그 뒤로 기억이 끊어졌다.

조심스럽게 눈을 떠보았다. 불빛이 아까보다는 덜 따가웠다. 눈을 껌뻑거리며 시야가 회복되기를 기다렸다.

"아, 정신이 드시나요?"

부드러운 저음의 영어 목소리가 들렸다. 이철호 회장은 눈을 가늘게 뜨고 초점을 잡으려고 노력했다. 그에게 말을 걸고 있는 사람은 30대 중반 정도로 보이는 남자였다.

"거칠게 다뤄서 죄송합니다."

머리숱은 많지 않고 기다란 얼굴에 철테 안경을 쓴 학자풍의 남자였다. 대충 면도를 했는지 턱에 듬성듬성 수염이 남아 있었다. 캐시미어 스웨터에 면바지 차림이 편안해 보였다.

"경비병이 너무 거칠게 다뤘네요. 저치들, 모두 유럽의 특수부대 출신이죠."

남자는 인상이 좋은 편이었다. 적어도 그 경비원들처럼 위협적이지는 않았다.

"침입자에게만 위협 사격을 하는데, 이번엔 좀 위험했네요. 아마도 당신이 가지고 있던 위성 휴대폰을 위험하다고 판단했나 봅니다."

살짝 머리를 들어보려고 했지만, 힘에 부쳤다. 골이 울리는 느낌이었다.

"여기는… 어디요?"

"아, 그건 대답하기 어렵군요. 이렇게만 말씀드리죠. 우리는 지금 '고독의 문' 안쪽에 있습니다."

생각대로였다. 그들은 다행히도 자신을 죽이지 않았다.

"우리는 당신에 대해서 많은 것을 알고 있습니다. 미스터 리, 철호, 리 맞죠?"

"끄응. 맞소."

"한국 국적이고 직업은 소설가. 1980년대와 90년대 최고의 베스트셀러 작가. 맞죠?"

그는 대답 대신 입술만 움직였다.

"동료 예술가를 만나는 건 언제나 반가운 일입니다. 특히나 멀리서 오신 분들은 더욱 그렇습니다."

이철호 회장도 대답하고 싶었지만, 고개를 끄덕이기도 힘이 들었다.

"많이 아프신 모양이군요."

남자가 불쌍하다는 표정을 지었다. 적어도 가식은 없어 보였다.

"의사가 다녀갔습니다. 다행히 크게 다친 곳은 없다고 하지만, 이삼일 안정을 취해야 한답니다."

"여기 의사가… 있나요?"

"물론이죠. 의사만도 종류별로 세 명이나 있어요. 내과, 외과, 치과의사까지 있죠. MRI 같은 장비도 있고요."

"인상적이군요."

"네, 이곳은 작은 도시예요. 핵전쟁이 일어나도 여기 사람들은 살아남을 수 있을 정도죠."

남자는 조금의 망설임도 없이 술술 말했다. 무서운 비밀조직의 일원 같은 느낌은 전혀 없었다.

"끄응!"

애써 몸을 움직여보려고 했지만, 머리가 제야의 종처럼 울렸다.

"무리하지 마세요. 휴식을 취하면 금방 좋아질 겁니다."

이철호 회장이 천장을 쳐다보며 숨을 내쉬었다.

"이런, 제가 큰 실수를 했네요. 아프신 분 앞에서 너무 말을 많이 했나 봅니다."

"아니요. 오히려 제가 감사해야지요. 덕분에 정신을 차렸어요."

"이해해주셔서 감사합니다. 여기엔 항상 보던 사람들만 있어서, 새로운 사람을 만나면 흥분이 돼서요."

이철호 회장은 이를 악물고 몸을 일으켰다. 그는 연약한 남자가 아니었다. 대학 시절, 민주화운동을 하다가 붙잡혀서 강제로 최전방에서 군 복무를 하면서 죽을 고비를 몇 번이나 넘겼다.

"아, 그러실 필요가…."

남자의 염려에도 이철호 회장은 기어이 몸을 일으켜 앉았다. 머리가 터질 듯이 욱신거렸지만 조금 시간이 지나면서 고통이 가라앉았다. 그의 강건함에 남자도 놀란 눈치였다.

"실례가… 많았습니다. 저는 소설가 이철호라고 합니다."

이 회장이 숨을 몰아쉬며 말했다. 머리에 무거운 쇠 종을 뒤집어쓰고 있는 느낌이었다.

"그냥 저를… 네모라고 부르세요."

남자가 빙긋 웃으며 말했다.

"네모?"

"『해저 2만리』를 아시나요?"

"물론이죠. 쥘 베른은 제 우상입니다."

"아, 지구 반대편에 저와 취향이 같은 사람이 있을 줄은 몰랐네요."

남자가 웃으며 말했다.

"그럼 이해가 빠르겠네요. 이곳을 노틸러스라고 생각하세요. 물론 우리는 바닷속이 아니라 산속에 있지만요."

"노틸러스?"

이철호 회장은 주변을 천천히 들러보았다. 자신은 지금 콘크리트로 만들어진 방 안에 있었다. 방의 크기는 10평방미터 정도. 고시원 방보다 조금 컸다. 내부에는 침대와 작은 책상, 붙박이 옷장 정도의 기본적인 설비만 있었다. 고시원과 감옥의 중간지점에 있는 곳 같았다.

"당신은 포로입니다. 지금 당장은 내부를 보여드릴 수 없습니다. 하지만 때가 되면 기꺼이 이 안을 안내해드리죠."

그가 포로라고 말했을 때, 이 방의 성격이 더 잘 드러나 보였다.

"식사는 하루 두 번, 후식은 없습니다. 포로에게는 그렇다는군요. 저도 이런 규칙에 동의하지는 않지만, 규칙은 규칙이죠. 후식이 없다니, 이런 야만적인 일을! 심지어 프랑스에서 가장 무자비한 감옥에서도 후식은 주는데 말이죠. 이러니까 꼭 제가 무슨 괴물 같네요."

"고마워요."

이철호 회장이 벽에 머리를 기댄 채 말했다.

"천만에요. 아, 그리고 제 진짜 이름은 '자끄'입니다."

"자끄? 네모가 아니고?"

"그냥 농담이었어요."

"'네모'가 더 잘 어울리는데?"

"오우!"

남자가 두 눈썹을 치켜올렸다.

"그럼… 쉬세요."

문을 닫고 나가자, 삐빅 하며 불꽃이 점멸하고 문이 닫혔다. 이철호 회장은 벽에 기대앉은 채 심호흡을 했다.

"안에 들어왔어!"

에피소드 1

포
토
푀

포토푀 *Pot-au-feu*

- 프랑스의 대표적인 가정식. 직역하면 'Pot on fire(불 위의 냄비)'라는 뜻으로, 고기와 부케가르니(향신채), 채소 등을 냄비에 넣고 뭉근하게 오래 끓인 냄비 요리다. 유럽에서 흔히 볼 수 있는 스튜와 비슷하지만, 포토푀는 국물보다 건더기를 더 중시하는 점이 다르다.

  일본에서는 여기에 소시지와 무 등을 더한 일본풍의 포토후(ポトフ)로 만들기도 한다.

  베트남의 쌀국수 포(Pho)의 어원 또한 포토푀라고 한다.

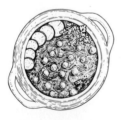

"안녕하세요. 지금부터 경찰청 광역수사대 지능범죄수사팀 특수1팀 신영규 팀장에 대한 징계위원회를 시작하겠습니다."

위원장인 중년 여인이 의사봉을 들고 세 번 내리쳤다.

답답한 나무판 두드리는 소음이 귀에 거슬렸다.

"본 회의는 관계 법령인 경찰공무원 징계령에 의거하여 중대한 사안으로 회부된 경찰관의 징계 수위를 결정하기 위한 것입니다. 금번 회의는 시민단체의 의견을 수렴하여 경찰 내부인사 외에 외부인사도 같이 참여하였습니다."

신영규는 덩그러니 놓인 나무 의자에 엉덩이를 붙인 채 양손으로 쩍 벌린 좌우 허벅지를 꽉 움켜쥐고 있었다. 어떻게 봐도 공손한 모습은 아니었다.

"신영규 팀장!"

"네!"

"본 회의의 질문에 충실히 답하고 본 회의의 결정에 따르시겠습니까?"

"따르겠습니다."

앞에 앉은 위원들의 면면을 훑어보며 신영규가 대답했다.

다섯 명의 위원들은 경찰 출신 변호사, TV에 자주 나오는 범죄심리학자 등으로 구성되어 있었다.

"신영규 팀장은 지난 2019년 X월 4일, 실체적인 증거 없이 외국인 프랑수아 마르셀을 강제로 체포하려 했습니다. 맞습니까?"

위원장인 범죄심리학자가 물었다. 그녀는 대학교수이기도 했다.

"맞습니다."

신영규의 담담한 대답에 위원들의 표정이 굳어졌다.

"솔직히 좀 이해가 안 가네요. 신영규 팀장님은 실적도 좋고 베테랑으로 유명한데 이런 실수를 하신 게…"

경찰 출신 변호사가 말했다. 그는 대놓고 '실수'라는 워딩을 써서 제 식구 감싸기를 시전했다.

"본인에게 직접 들어보죠. 왜 그런 행동을 하셨나요?"

위원장이 손을 들어 변호사의 말을 막으며 질문했다.

"시간이 없었습니다. 증거를 확보하려고 했지만, 실패했고 실제로 행동에 옮기기 전에 막아야 한다고 생각했습니다."

"어떤 행동을 말하는 거죠?"

"그건…"

머뭇거리는 신영규의 태도에 경찰 변호사가 다시 말을 보탰다.

"그 프랑스인이 연관된 범행이 뭔지를 말해주시면 됩니다."

"그게, 확실하지 않았습니다."

위원회 모두가 술렁거렸다.

"그럼 혐의가 뭔지도 모르는 상황에서 용의자를 강제구금 하려고 시도했다는 건가요?"

"그렇습니다."

회의장 전체가 침묵에 휩싸였다. 위원들 모두가 충격을 받은 듯 입을 벌린 채 멍한 표정이었다.

현직 경찰이, 그것도 대내적으로 유능하다고 인정받은 사람이 이런 상식 밖의 행동을 했다는 사실을 믿기 힘들었다.

침묵을 깨고 회장이 입을 열었다.

"아무래도 전체 내용을 다 들어보기 전에 판단하기는 어렵겠네요. 신영규 팀장. 이번 사건, 처음부터 끝까지 말씀해주시겠어요?"

"알겠습니다."

신영규는 가볍게 코로 한숨을 내쉬었다. 어차피 다른 사람들은 그의 말을 이해하기 어렵다.

그는 담담한 어조로 이야기를 시작했다.

─◦◦◦◦◦─

선정호수는 서울 교외에 있는 거대한 인공 호수였다. 만성적인 물 부족을 해소하기 위해 1983년에 저지대에 있는 150여 가구를 이주시키고 만든 춘성댐 공사로 탄생했다. 정부가 관리하는 상수원에 있는 호수라서 출입금지 구역으로 지정되어 댐을 관리하는 사람 외에는 인적도 드문 한적하고 조용한 곳이었다. 한 번씩 휘돌아치는 바람에 휩쓸려 출렁대는 물결을 헤치고 간간이 씨알 굵은 잉어들이 튀어 올라 지나가는 낚시꾼들을 안타깝게 만들었다.

별장은 이 호수의 위쪽 끝에 있었다. 입구에 걸린 '월향장(月香莊)'이라는 일필휘지의 명패와 전체를 통나무로 지은 거대한 별장의 아름다움에 누구나 감탄을 금치 못했다.

노을을 따라 붉게 물든 호수는 운치를 더해주었고, 그 호수 바로 앞에 있는 별장 또한 고고하고 웅장한 자태를 뽐내고 있었다.

그 집에서 남자 한 사람이 나왔다. 살찐 몸에 딱 붙는 양복을 입고, 손에는 작은 지갑 하나만 달랑 들고 있던 남자가 침울한 표정으로 주차장에 세워둔 차로 걸어가고 있었다.

"꺄아악!"

안에서 들리는 날카로운 여자의 비명과 함께 별장의 정적이 깨졌다. 남자는 깜짝 놀라서 다시 안으로 뛰어 들어가며 휴대폰을 꺼내 들었다.

해가 진 별장 주위를 도깨비불 같은 순찰차의 붉고 푸른 경광등과 헤드라이트가 밝히고 있었다. 분주하게 오가는 사람들의 모습에 고요하고 한적한 호숫가의 풍경은 어디에도 없었다.

고동일 반장이 차에서 내리자마자 먼저 와 있던 박인종 형사가 달려왔다.

"피해자?"

"머리를 맞았습니다. 즉삽니다."

"집주인?"

고동일 반장이 샌드페이퍼에 돌을 가는 것 같은 굵고 낮은 목소리로 물었다.

"네, 김남규. 기업가. 일성유통 오너. 은퇴 후 여기서 살고 있었답니다."

박인종 형사가 수첩을 보며 대답했다.

"동거인?"

"입주 가정부가 있습니다. 처음 시체를 발견한 사람입니다."

"데려와!"

반장은 비닐장갑과 비닐 덧신을 신고 박 형사를 따라 집 안으로 들어갔다. 현관 옆에 집 밖을 향한 감시카메라가 달려 있는 것을 놓치지 않았다. 현관으로 들어가며 고개를 숙여 애도를 표하고 피해자가 쓰러져 있는 서재를 천천히 둘러보았다. 아프리카 목조상에 중국 불상, 일본 무사의 갑옷 외에도 여러 나라의 가면 등이 빽빽이 들어차 있었다. 서재인데 형식적으로 꽂혀 있는 백과사전 외에 책이 별로 없었기에 골동품이 책보다 더 많아 보였다.

작은 책상만 한 크기의 금고 앞에 피해자가 엎드린 채 죽어 있었다. 금고문은 열려 있었고 벽에는 피가 많이 튀어 있었다. 정수리가 완전히 함몰된 김남규의 시신 옆에는 피 묻은 청동 조각상이 뒹굴고 있었다. 고동일 반장은 장갑 낀 손으로 조각상을 살짝 들어보았다.

"가볍네?"

"피해자는 금고를 향하고 있다가 뒤에서 가격당했습니다. 평소에 믿고 있던 사람에게 살해당한 것이 분명합니다."

"저건 누구야?"

반장이 서재 한쪽에서 오들오들 떨고 있던, 눈이 크고 검은 색조의 피부를 가진 예쁜 여자를 턱으로 가리켰다. 필리핀이나 태국 사람처럼 보이는 이 여자는 마치 서재 안 조각상 중 하나처럼 보였다.

"첫 발견자, 가정부입니다."

고 반장이 여자의 눈을 똑바로 보며 물었다.

"이름?"

"나오미입니다."

"국적… 아니 어디 사람?"

"저, 필리핀 사람입니다."

"한국말 하네? 얼마나 일했지?"

"반년… 됐어요."

"신고한 사람이 아가씨요?"

"아뇨, 그건….'"

"신고는 제가 했습니다."

양복을 잘 차려입은 통통한 중년 남자 하나가 손을 들며 말했다.

"누구야?"

"한명국이라고 김남규 씨 조카랍니다."

박 형사가 기다렸다는 듯 대답했다.

"여기 왜 온 거요?"

"외삼촌이 상의할 일이 있다고 부르셔서 왔었습니다."

"계속 여기 있었나?"

"아뇨. 집에 가려고 차 타러 가는 길에, 저기 가정부 비명을 듣고 돌아와 보니까 외삼촌이…. 그래서 경찰에 신고했습니다."

남자는 고 반장의 날카로운 눈빛 앞에서 울 것 같은 표정을 짓고 있었다.

과학수사대가 금고를 열고 안쪽 사진을 찍었다.

"금고 안에는 혈흔이 없네요. 범인이 피해자를 죽인 다음, 금고를 열고 내용물을 빼낸 것 같군요."

피가 흘러내린 자국을 보며 박 형사가 말했다.

"피해자가 별로 저항도 못 했겠는데요?"

고개를 끄덕이며 금고를 보던 고 반장이 나오미에게 물었다.

"여기 번호, 누가 알지?"

"사장님 말고는 아무도 몰라요."

그녀가 겁먹은 얼굴로 대답했다.

"흥, 그래?"

반장은 말없이 나오미를 노려보았다.

"당신, 알지?"

"전, 몰라요!"

나오미가 두려운 표정으로 고개를 저었다.

"금고에는 피해자의 지문밖에 없습니다."

지문을 채취한 과학수사대원이 말했다.

"CCTV?"

"봤습니다. 구형 모델이라서 화소가 굉장히 낮습니다. 사건

발생 시각 전후로 집에 드나든 사람은 피해자의 조카인 한명
국 한 명뿐입니다. 거기다 그 사람도 차에 타려다가 가정부의
비명을 듣고 다시 돌아왔고요. 그런데 한명국 몸에는 피가 전
혀 묻지 않았고, 거기다 손에 지갑 말고 아무것도 들고 있지
않았습니다."

"다른 사람?"

"두 명이 더 있었습니다. 내일 파티를 위해 불려온 출장 요
리사랍니다."

"어딨어?"

형사의 대답이 날카로운 엔진음에 파묻혔다. 밖을 내다보
니, 날렵하게 생긴 은색 스포츠카 한 대가 고요한 밤공기를
가르며 이쪽을 향해 달려오고 있었다.

"뭐야? 저건…."

파멸을 연주하는 불길한 악기 같은 엔진음이 호숫가의 정
적을 찢으며 달려왔다. 그러더니, 별장 바로 앞에 은색 포르쉐
가 '끼익!' 하는 마찰음을 내며 멈춰 섰다. 경광등을 달고 있
는 스포츠카 문이 외계인의 우주선처럼 열리더니 한눈에도
비싸 보이는 양복을 걸친 남자가 한 치의 망설임도 없이 차에
서 내렸다. 머리를 매만지는 남자의 손이 움직일 때마다 손목
시계에 박힌 다이아몬드가 눈부시게 반짝거렸다. 그 옆에서

착해 보이는 회사원 같은 남자가 백화점 세일에서 산 게 분명해 보이는 양복을 입고 새파래진 얼굴로 차에서 내렸다. 반대편에서 캐주얼한 양복 차림의 여자도 하나 내렸다.

"뭐야?"

고동일 반장이 얼굴을 찌푸리며 묻자, 차에서 내린 남자가 웃음기 하나 없는 얼굴로 명함을 내밀었다.

"서울시 경찰청 지능범죄수사대 신영규 팀장입니다. 살인 및 문화재 도난사건이라고 해서 왔습니다. 지금부터 이 사건은 우리가 맡습니다."

"뭐? 여기 우리 관할이야, 당신들이 왜 밥숟갈을 얹어?"

고 반장이 신영규를 노려보며 말했다. 화가 나면 입이 위쪽으로 치켜 올라가서 그의 별명처럼 마치 미친개가 으르릉거리며 위협하고 있는 것처럼 보였다. 하지만 신영규는 코웃음을 쳤다. 두 마리 야수가 서로 기 싸움을 하고 있었다.

"그 금고 내용물, 뭔지 압니까?"

신영규가 묻자, 옆에서 쭈뼛거리던 한명국이 "침향(沈香)으로 만든 불상입니다" 하고 대답했다.

"침향? 그게 뭐야?"

"침향은 침향나무에서 분비된 수지가 모여서 단단하게 뭉친 건데, 약이나 향(香)으로 쓰이고 조각용으로도…."

한명국의 설명을 고 반장이 손을 들어서 막았다.

"그래서, 그게 어쨌다고 당신네가 온 거야?"

"그 침향불상은 베트남의 국보로, 베트남 정부에서 반환을 요구했습니다. 그러니까 관계 법령에 따라서 지금부터는 문화재 도난사건으로 분류되어 관할이 이관되는 거죠. 됐습니까?"

"반장님! 서장님 전홥니다."

박 형사가 내민 휴대폰을 고 반장이 빼앗듯 받았다.

"예. 전화 받았습니다."

고 반장의 표정이 더욱 험악해졌다.

"예! 예! 아닙니다. 그건 알지만… 예!"

그는 휴대폰을 내던지려다가 눌러 참고, 박 형사에게 거칠게 던져주었다.

"정리해!"

고 반장은 신영규를 노려보다가 밖으로 나가버렸다. 야수들에게 타협은 없다. 한쪽이 먹이를 포기하고 발길을 돌릴 때까지 서로 싸울 뿐이다.

"밤길 조심하쇼!"

신영규는 코웃음을 치며 은단을 입에 털어 넣었다. 형사들과 조폭의 공통점은 바로 구역 싸움을 한다는 것이다.

"자, 시작하자!"

"네!"

신영규의 말에 김정호와 복승아가 짧게 대답하고 안으로 들어갔다.

사건 관계자들을 불러 모은 김정호와 복승아가 차례로 이름을 적고 질문을 시작했다.

신영규가 금고를 보며 피해자의 조카 한명국에게 물었다.

"침향불상, 금고 안에 있었나요?"

"네. 삼촌께서 베트남에서 구해오신 건데 정말 목숨처럼 아끼셨어요. 그 불상이 들어온 다음부터 사업도 번창하기 시작했거든요. 그거 때문에 이 금고까지 맞춤 제작하셨죠. 아주 친한 사람한테만 보여주셨어요."

"불상이 얼마나 컸어요?"

김정호가 전자펜으로 뭔가를 적어넣으며 물었다.

"한 뼘이 좀 안 됩니다."

"그럼, 20센티미터 정도?"

"네. 19.5센티요."

"잘 아시네?"

"삼촌 옆에서… 자주 봤으니까요."

한명국이 눈치를 살피며 대답했다.

신영규가 비닐장갑 낀 손으로 피 묻은 청동 조각상을 들어 보았다. 그는 자신의 시선을 피하고 있는 한 사람을 발견했다. 가정부 나오미였다. 질문을 하던 김정호는, 그녀의 몸에서 나는 좋은 향기에 코를 벌름거리다가 복승아에게 옆구리를 쥐어박혔다.

"그 불상이 서재에 있다는 걸 누가 알죠?"

"사장님 주변 사람, 다 알아요."

긴장한 표정으로 대답하는 나오미를 보고 신영규가 씨익 웃었다. 섬뜩했다.

"그렇군. 이태일 씨?"

"네!"

신영규는 나오미의 옆에 서 있던 요리사 복장의 젊은 남자를 노려보았다. 이 남자가 나오미를 보는 눈빛이 단순하지 않았기 때문이었다.

"동남아 요리 전문점 사장, 당신은 여기 자주 왔나?"

무서운 형사의 질문에 젊은 요리사는 애써 침착하게 대답했다.

"이번이 두 번쨉니다."

삼십 대 초반의 이태일은 구릿빛 피부에 큰 키, 단단한 몸집을 하고 있었다. 하지만 신영규의 날카로운 눈과 마주치자 약간 위축된 듯했다.

"사건이 일어난 시각이 오후 여섯 시 반, 뭘 하고 있었지?"

"뒤뜰에서 '레촌'을 굽고 있었습니다."

"레촌?"

"레촌 바부이(Lechon Baboy)라고, 필리핀식 통돼지 숯불 바비큐죠. 내일 파티 주메뉴였습니다."

"계속 뒤뜰에서 고기만 구웠다?"

"네, 나오미 씨 비명을 듣고 뛰어 올라왔습니다."

신영규는 다시 물었다.

"나오미 씨랑은 알던 사이?"

"저희 가게 단골입니다. 반미 샌드위치 드시러 자주 오셨습니다. 여기, 출장 오게 된 것도 나오미 씨 덕분입니다."

"둘이 아는 사이였단 말이지?"

신영규의 날카로운 눈빛이 찌르듯이 나오미를 훑었다. 그의 날카로운 시선이 이번에는 이태일 옆에 서 있는 요리사 복장의 젊은 여자에게 향했다. 진한 화장에 향수 냄새도 강했다.

"당신은?"

"조수, 장미주인데요."

"쭉 둘이서만 음식 준비를 했나?"

"네."

장미주는 긴장한 듯 말했다.

"자리를 비운 적이 없었고?"

"아, 화장실 간 적은 있어요."

"그때 뭐 이상한 건 못 봤나?"

"조금 이상한 게… 저 가정부, 아까랑 입고 있던 옷이 달라요."

그녀는 나오미의 시선을 피하며 속삭이듯 말했다. 신영규의 귀가 꿈틀하고 움직였다.

"확실해?"

"네. 저희가 여기 막 도착했을 땐 보라색 옷이었는데, 저거 보세요. 지금은 하얀 옷이잖아요."

신영규가 '확인해봐!' 하고 나지막하게 속삭이자 복승아는 곧바로 몸을 움직였다.

"당신들은 어디 있었지?"

이태일의 안내로 형사들은 뒤뜰로 갔다. 금속으로 만들어진 숯불 화로 위에 새끼돼지가 통으로 꼬치에 꿰인 채 구워지고 있었다. 전기선이 연결된 모터가 꼬치를 돌려서 돼지의 몸통 전체가 빙글빙글 천천히 돌아갔다.

"이거, 기계로 돌리는데, 계속 있을 필요 있나?"

김 형사의 말에 이태일이 고개를 저었다.

"불 조절을 잘못하면 금방 타버리기 때문에 계속 옆에 있어야 합니다."

"그런데 고기를 태웠나?"

"네?"

신영규가 가리키는 통돼지 구이의 가운데 부분이 검게 그을려 있었다. 갑자기 화력을 높인 것 같았다.

"숯 더 넣었어?"

"아뇨!"

이태일의 다급한 물음에 조수 장미주가 손을 내저었다.

"뭐야, 이건?"

막대기로 숯을 헤치며 김정호 형사가 말했다.

"이게 뭐죠? 옷 같은데?"

"옷이요?"

다 탄 숯 주변에 있던 보라색 천 조각이 보았다. 타다 만 블라우스의 소매 부분 같았다.

"숯에 이물질이 있었나?"

김정호의 물음에 이태일은 강하게 부정했다.

"아니요! 저는 필리핀에서 수입한 야자 숯만 씁니다. 되도록 현지 요리에 가깝게 하려고요."

"그렇다면 더 분명해지는군."

신영규가 웃는 얼굴로 이태일을 노려보며 말했다.

"누군가가 여기다 증거를 태워 없앤 거야!"

이어서 나오미에게 다그치듯 물었다.

"나오미 씨, 지금 입고 있는 옷, 언제 갈아입었지?"

"조금 전에요."

"왜 옷을 갈아입었지?"

"아까, 사장님 조카 와서 커피 드렸는데, 그 사람 커피, 저한 테 쏟았어요."

"그래? 그럼 그 옷은 어디 있지?"

"세탁실 있어요."

때마침, 세탁실에 갔던 복승아 형사가 돌아왔다.

"보라색 옷, 없습니다."

"네? 있을 텐데? 무슨 문제 있나요?"

"문제지!"

신영규의 목소리가 험악해졌다.

"*That mean's you're a criminal!*(바로 당신이 범인이라는 뜻이 니까)!"

"*NO! I'm not!*(아뇨. 전 아니에요.)"

"절대 아닙니다!"

나오미와 동시에 또 한 사람이 소리쳤다. 요리사 이태일이었다.

신영규는 비웃는 표정으로 그를 노려보았다.

"당신은 그렇게 말하고 싶겠지? 당신도 공범이니까!"

"그, 그게 무슨 말입니까?"

"간단하잖아? 가정부가 불상을 훔쳐서 당신에게 넘기려다가 들켜서 주인을 죽였고, 그래서 피 묻은 옷을 당신이 처리한 거지. 안 그래?"

"마, 말도 안 돼!"

신영규는 코웃음 치며 그들의 항의를 무시했다.

"나오미 씨, 이태일 씨, 자세한 건 경찰서 가서 듣지! 그리고 나머지 사람들도 참고인으로 불러!"

"네!"

김정호 형사가 두 사람에게 수갑을 채우고 미란다 원칙을 고지했다.

경찰서 앞은 몰려든 취재진 탓에 발 디딜 틈조차 없었다. 외국인 가정부가 한국인 집주인을 죽인 혐의로 긴급 체포되었다는 소식은 곧 각 언론사로 넘어갔고, 비판적인 논평이 이어졌다. 인터넷과 SNS는 금방 외국인 노동자에 대한 공격적인 글들로 도배되기 시작했고 찬반 양쪽으로 나뉜 사람들의 격렬한 논쟁이 이어졌다.

'외국 놈들 다 추방해야 한다.'

'정부는 왜 외국인들을 고용함?'

'외국인 노동자가 계속 유입되면 우리 한국인들의 미래는 없다.' 일부 누리꾼은 인종차별 발언까지 서슴지 않았다. 그들과 반대되는 의견도 있었지만, 성난 멘션의 파도 속에 묻혀서 보이지 않았다.

상대가 누군지는 상관이 없었다.

언론에서 비판을 받은 순간, 그 사람은 이마에 주홍글씨가 새겨져서 악플의 대상이 되는 것이다. 그렇게 사람들은 서로를 비난하며 어딘가에서 입은 자신의 아픈 상처들을 다른 사람들을 해치는 것으로 보상받으려 하고 있었다.

조사실 안에서 나오미는 이상할 정도로 차분하고 조용했다.

"*I didn't do it!*(전, 죽이지 않았어요.)"

묻는 말에 주눅 들지 않고 범행을 인정하지도 않았다.

"그런데 왜 옷을 태웠냐고!"

신영규가 나오미에게 소리쳤다.

"저 옷, 안 태웠다고 벌써 많이 말했어요!"

"그럼, 이태일이 태웠나?"

"*Never*(절대 아니에요)! 이태일 씨, 그런 사람 아니에요!"

"그럼 누가 당신 옷을 태웠단 거야?"

"집에 온 손님, 그 사람 한 것 같아요."

"피해자 조카?"

"네, 그 사람 요즘 많이 왔어요. 사장님하고 많이 싸웠어요."

"싸워? 뭣 때문에?"

"그 사람, 침향불상 달라고 했어요! 욕심 많아요. 불상 절대 안 돼요!"

나오미가 주먹을 불끈 쥐며 외쳤다.

조사실에서 복승아 형사는 지나치게 밝은 조명에 눈살을 찌푸리고 있었다. 옛날에는 어두운 방에 책상만 비추는 밝은 등을 켜놓고 용의자를 심문했었다. 겁을 주어 원하는 답을 얻기 위해서였다. 하지만 지금은 인권을 침해할 소지가 있는 어떤 방법도 허용되지 않는다. 최근에 바꾼 LED 전등은 빛이 너무 밝아서 손을 들어 올리면 살을 투과해서 뼈까지 보일 것 같았다. 선글라스라도 꺼내서 쓰고 싶은 심정이었다.

반대편에는 가면을 쓴 것처럼 표정이 없는 한명국이 앉아 있었다. 그의 얼굴이 이상하게 창백했다.

"뭐 필요한 거 없으세요? 물 드릴까요?"

보통 조사실에서 이런 서비스는 없다. 상대방의 경계심을 허물려는 시도였다.

"괜찮습니다. 목 안 말라요."

남자가 무표정한 얼굴로 대답했다.

복승아는 조금 짜증이 났다. 한명국은 순진한 얼굴을 하고 있었지만, 마음속에 단단한 벽을 쌓고 있었다.

"한명국 씨, 외삼촌 집에 무슨 일로 가셨죠?"

"전 골동품 취급하는 사람입니다. 손님 중에 외삼촌 침향 불상을 비싸게 사겠다는 사람이 있어서 외삼촌을 설득하러 간 겁니다."

"그래서, 파신다고 했나요?"

"아이고, 아니요! 욕만 딥따 먹었어요. 어제는 마지막으로 사정해보려고 갔었는데. 그만…."

"나오미 씨는 외삼촌이 한명국 씨하고 자주 싸웠다던데?"

"그 여자가 그랬어요? 야, 그년, 진짜 안 되겠구만!"

"말조심하세요!"

복 형사가 불끈 쥔 주먹으로 책상을 내리쳤다. 오랫동안 크로스핏을 해온 복승아는 '머슬 퀸' 대회에 나가라는 권유를 받을 정도로 멋진 근육을 가지고 있었다. 한명국은 그녀의 팔에 불끈거리는 핏줄을 보고 슬그머니 시선을 피했다.

"당신이 나오미 씨 옷에 커피를 엎질렀다던데, 맞나요?"

"사실입니다. 제가 실수로 커피를 쏟았는데, 그게 가정부 옷에 튀었죠."

복 형사가 말을 멈추고 한동안 한명국을 노려보았다. 그는 불안한 표정으로 시선을 피했다.

"왜 갑자기 집에서 나왔어요?"

"외삼촌이 너무 화를 내서, 더는 말을 할 수 없었어요. 그래서 그냥 나온 겁니다."

복승아 형사는 시간 순서대로 확인하며 태블릿PC에 타임테이블을 기록해나갔다.

"그럼 한명국 씨가 나올 때까지는 외삼촌이 살아계셨나요?"

"그럼요! 저한테 가라고 손까지 흔드셨는데요!"

"조금 전까지 싸우다가 손을 흔들었다?"

"아, 잠깐만요!"

한명국이 복승아 형사의 말을 끊고, 옷소매로 이마의 땀을 닦았다. 브랜드 양복을 차려입었지만 교양이라고는 없는 사내였다. 틀림없이 식당에 가면 물수건으로 겨드랑이를 닦을 사람 같았다.

"그렇게 나가다가 왜 다시 들어갔어요?"

"그 가정부, 비명을 들었습니다."

"다시 들어갔을 때 뭘 봤죠?"

"금고 앞에 외삼촌이 엎드려 있었고 사방에 피가 튀어 있었어요. 제가 불러도 대답이 없었고… 크흑."

한명국이 갑자기 찔끔 눈물을 짜냈다.

"안에서 이상한 점 없었나요?"

"다른 건, 경황이 없어서 잘 못 봤어요."

"나오미 씨는 뭘 하고 있었나요?"

"그냥 옆에 서 있었어요."

"다른 이상한 점, 없었나요?"

"나오미, 그 여자가 원래부터 좀 수상했어요."

"뭐가 수상하죠?"

"아는 골동품상이 사기를 당해서 가짜 골동품을 산 적이 있어요. 그런데 그 사기꾼을 소개시켜준 여자가 나오미하고 인상착의가 비슷했어요."

"나오미 씨가 사기꾼과 한패다?"

"충분히 그럴 수 있죠. 동남아시아인들 어떻게 믿습니까? 무식하고, 게으르고."

복 형사는 자신도 모르게 움켜쥔 주먹에 힘을 빼려고 노력했다. 눈앞에 있는 이 능글맞은 얼굴을 한 방만 갈길 수 있다면 평생 크리스마스에 선물을 안 받아도 될 것 같았다. 그녀는 간신히 화를 삭였다.

"혹시 피해자가 소유했던 침향불상이 가짜였을 가능성은 없나요?"

"백 프로! 아니, 천 프로! 진품이었습니다. 만들어진 지 삼백 년도 더 된 거고, 베트남에서도 국보급 보물이라고 했어요. 예전에 외삼촌이 신문사 기자랑 인터뷰할 때 이 불상을 같이 보여준 적이 있었는데, 베트남 정부에서 그걸 보고 우리 정부에 반환 요청을 했을 정도예요. 저 말고도 전문가 여럿이 몇 번이나 확인했습니다. 얼마 전에는 일본에서 온 전문가가 X선 촬영까지 했으니까 틀림없어요!"

그는 흥분한 듯, 얼굴이 벌게져서 말했다.

"저 사기꾼 여자가 외삼촌을 죽이고 불상을 훔친 게 틀림

없어요. 형사님, 저 여자 꼭 벌 받게 해주세요. 아니면 저희 외삼촌이 불쌍해서… 큭!"

눈물이 글썽한 눈으로 애원하던 한명국이 테이블 위에 엎드려 울기 시작했다. 복숭아는 어처구니가 없어서 카메라만 쳐다봤다.

김정호 형사 앞에서 이태일은 어딘가 불안해 보였다.

"나오미 씨는 괜찮을까요? 지금 어디 있죠?"

그의 마음은 이곳이 아니라 온통 나오미에게 가 있었다.

"이봐요, 이태일 씨! 지금 당신이 남 걱정할 때가 아니야! 당신 지금 살인 혐의로 조사받는 중이야. 알아?"

"그건 압니다. 하지만 나오미 씨가 걱정돼서요. 한 번 만나게 해주시면 안 되나요? 아까는 경황이 없어서 위로도 못 했는데."

"휴우!"

김정호 형사가 길게 한숨을 쉬었다.

"거저, 둘이 무슨 관계요?"

"무슨 관계라뇨?"

"둘이 어떤 사이길래 이렇게 위급한 상황에서도 서로를 걱정하는 거야?"

"네? 그럼 나오미 씨도 제 걱정을 했나요?"

이태일이 활짝 웃으며 물었다.

"아, 그럼 이제 마음을 열었나? 다행이다!"

"이것 봐요, 지금 여기 소개팅 나온 줄 알아?"

참지 못한 김 형사가 버럭 소리를 질렀다. 모태솔로인 그의 울적한 상황도 화를 북돋는 데 한몫했다.

"당신 지금 범죄공모 혐의로 여기에 있는 거야. 그것도 살인 혐의로! 사실대로 말하고 수사에 협조 안 하면 당신 지금까지 쌓아온 인생 그냥 훅 가는 거라고!"

"압니다."

이태일이 차분하게 대답했다.

"저는 지금 제 인생을 걸고 말씀드리는 거예요. 나오미 씨는 그럴 사람이 아닙니다."

"하아!"

김 형사가 길게 한숨을 쉬었다. 오늘따라 유난히 공기가 썼다.

"이것 보세요. 이태일 씨! 세상은 당신이 생각하는 것처럼 단순한 게 아니에요. 사람들이 자신을 보호하는 가장 기본적인 수단이 바로 거짓말이라고! 특히 여자들은, 남자들보다 작고 약한 여자들은 더 거짓말을 잘하는 법이야!"

"잘 압니다. 형사님. 제 나이 벌써 서른입니다. 외국에도 살아봤고 여자들도 많이 겪어봤어요. 그런데 그 사람은 달라요. 저는 그 여자를 믿습니다!"

"야아, 이거 뭐지?"

김 형사는 말이 통하지 않는 답답함에 길게 탄식했다. 이 남자는 사랑으로 가득 찬 거대 괴수 같았다. 어떤 공격을 퍼부어도 소용이 없다. 대포도 미사일도 괴물에게 닿는 순간 하트가 그려진 캔디로 변해서 나에게 되돌아온다! 솔로-용사인 김정호로는 상대하기 힘든 무적 보스 캐릭터였다.

"좋아, 알았어!"

두 손으로 얼굴을 쓸어내고 그는 다시 그의 눈앞에 있는 '러브 몬스터'와 대면했다.

"당신이 나오미 씨를 믿는다는 건 잘 알았어. 그럼 우리 그날 있었던 '일'에 집중합시다. 자, 당신이 비명을 듣기 직전까지 뭘 하고 있었는지 한번 생각해봐요."

"생각해볼 것도 없어요. 뒤뜰에 있는 화덕에서 레촌을 굽고 있었으니까요."

"레촌이 그 통돼지 바비큐죠?"

"네, 레촌을 굽고 있었는데… 아!"

"뭐가 있었죠?"

"별일은 아니지만."

"그게 뭔데요?"

"미주하고 말싸움을 좀."

"미주라면 조수였던 장미주 씨요? 왜 싸웠어요?"

"그게… 저…."

이태일은 말하기가 곤란한 듯 선뜻 입을 열지 못했다.

"맞아요. 싸웠어요."

장미주가 조금 화난 얼굴로 말했다. 그녀는 요리사가 아니라 밤무대의 코러스-걸처럼 짙고 야한 화장을 하고 있었다. 옷차림은 더 대담했다. 가슴이 깊게 파인 셔츠 사이로 검은색 브래지어가 드러났고, 반바지가 워낙 짧아 다리를 움직일 때마다 속옷이 보였다.

"무슨 일로요?"

질문을 한 복승아 형사가 문득 옆의 김정호 형사를 보자, 그는 멍하니 입을 벌린 채 장미주의 가슴 골짜기를 바라보고 있었다. 그의 의식은 이미 그 풍요의 계곡 사이에 깊이 얼굴을 파묻고 있었다.

'이런 욕망의 화신!'

신 팀장이 자신을 같이 집어넣은 이유를 깨달은 복숭아는 일부러 책상을 '탕' 소리 나게 내리쳤다.

"뭐이가? 응!"

김 형사가 의자에서 떨어져 내릴 것처럼 화들짝 놀랐다.

"왜 싸웠죠?"

"그냥, 요즘 자주 싸웠어요. 오빠가 제 신경을 건드렸거든요."

"사장을 오빠라고 부르네? 둘이 사귀는 사이?"

"그렇게 볼 수 있죠."

"미주가 저한테 마음이 있다는 건 전부터 알고 있었죠. 하지만 저는 미주를 그냥 동생처럼 아껴준 것뿐입니다. 조심하려고 술도 같이 안 마셔요."

"장미주는 그렇게 얘기 안 하던데?"

김 형사가 다그치듯 말했다.

"오히려 당신이 매일 야근시켜서 둘만 일하는 상황을 자주 만들었다던데?"

"미주가 지각을 자주 해서 그만큼 늦게까지 일을 시킨 것뿐이죠. 우리 가게 스태프들 다 압니다."

"그럼 나오미 씨는 어떻게 알게 된 거요?"

"일 년쯤 전에 나오미 씨가 가게에 왔었죠. 반미 샌드위치를 먹는데 맛있다며 좋아했어요. 그 모습이 너무 귀여웠죠."

이태일의 눈빛이 몽롱해지려고 하자 김정호 형사가 손바닥을 마주쳐 '짝!' 하고 소음을 냈다.

"자자, 더 길게 말할 것도 없고 장미주는 당신을 좋아하고 당신은 나오미를 좋아한다, 그거 아닙니까? 그러니까 삼각관계, 맞아요?"

"그렇게 볼 수 있네요."

"다시 그날로 돌아가서, 나오미 씨, 비명이 들리기 전에 뭘 하고 있었나요?"

"둘이… 좀 다투고 있었습니다."

"손 좀 볼까요?"

복승아의 요구에 장미주는 마지못해 손을 내밀었다. 그녀는 모든 손톱에 화려한 모양의 네일아트를 하고 있었다. 이런 손으로 만든 음식은 무슨 맛이 날까? 그런데 그보다 더한 것은 따로 있었다.

"담배 피우시네요?"

복 형사가 장미주의 손가락 냄새를 맡으며 말했다.

"네, 그런데요?"

장미주가 태연하게 대답하며 손을 거둬갔다.

"요리사, 스트레스 개많아요. 다들 피워요."

복 형사는 할 말을 잃었다. 흡연자들은 못 느끼지만, 담배는 악취를 가지고 있다. 연기뿐만 아니라 필터를 잡은 손, 입속에도 빼기 어려운 짙은 냄새를 남긴다. 담배를 피우는 사람은 섬세한 맛을 못 느낀다. 또, 담배 냄새가 음식에 밸 가능성도 있다.

"사장님이 주의 안 주나요?"

"잔소리하죠! 그냥, A형이라서 그런가 보다 해요. 그날도 담배 피운다고 얼마나 뭐라고 하는지."

"그날도 레춘 굽는데 옆에서 담배를 피우려고 하기에 주의를 줬죠. 그랬더니 화를 내면서 가버렸어요."

"그게 언제였죠?"

"비명이 들리기 조금 전이었어요."

"음, 사건 직전. 평소에 장미주 씨가 말을 안 듣는 편인 가요?"

"좀, 그런 편입니다."

"그런데 왜 안 잘라요?"

이태일이 김 형사의 질문에 머뭇거리다가 입을 열었다.

"사실 미주는 제 스승님 딸입니다. 미주가 어렸을 때부터 봤던 사이라서 저는 그냥 어린 막내 같은 느낌뿐이죠. 그래서 그 애가 제 앞에서 오히려 더 여자 티를 내려고 애쓰는 것 같아요. 스승님 돌아가시고 혼자가 된 다음부터 저한테 많이 의지하는 것 같은데, 그 마음을 못 받아줘서 저도 안타깝습니다.

"하지만 전 믿어요. 우리는 운명적으로 연결돼 있거든요. 남자가 한눈팔 수도 있죠. 뭐, 저 이해해요. 그 여자가 어떤 사람인지 알게 되면 오빠도 정신 차리고 저한테 돌아올 거예요.

그럼 같이 가게 하면서 잘 살 수 있어요. 모두가 행복해지는
거죠."

장미주는 허공을 보고 뭔가를 다짐하는 것처럼 말했다.

"그럼 싸우고 나간 다음 담배를 피웠나요?"

"네."

"어디서요?"

"주차장 쪽이오."

"주차장이면 본채 앞이죠?"

"네."

"한명국 씨가 나오는 것 봤어요?"

"네!"

"한명국 씨가 나온 게 나오미 씨가 비명을 지르기 전인
가요?"

"네! 확실해요!"

장미주가 입에 힘을 주고 대답했다. 자신이 본 것을 강조하
려고 애쓰는 것 같았다.

"그래요? 그럼 그 전후로 다른 사람은 못 봤나요?"

"아니요! 못 봤어요! 아무것도요!"

복숭아 형사의 질문에 그녀는 과도하게 고개를 저으며 단
호하게 잘라 말했다.

수사팀은 사건 당시의 별장 CCTV를 보고 있었다. 감시카메라 모델이 10년도 넘은 구형이라서 화면이 흐렸다.

"이 정도면, 그냥 장식으로 달아놓은 거잖아?"

"얼굴 식별이 어려운데요?"

김정호 형사가 한명국이 나오다가 소리를 듣고 다시 들어가는 장면에서 화면을 멈췄다.

"기술자한테 물어봤는데 조작된 흔적은 없답니다. 시간상으로 봤을 때 한명국이 집을 나온 다음에 살인이 일어난 것 같습니다."

"하지만 살인을 하고 나서 나올 수도 있잖아요?"

"그럼 한명국이 살해 동기인 침향을 가지고 나왔어야 합니다. 그런데 여기 화면에서 보면 그 인간, 작은 지갑 하나만 들고 있었고 몸에도 침향을 감춘 흔적은 없습니다."

화면에 나온 한명국은 뚱뚱한 몸에 딱 붙는 양복을 입고 있었다. 주머니 어디에도 물건을 숨긴 곳은 없어 보였다.

"그 시간에 담배를 피우던 장미주도 한명국이 나간 다음에 비명을 들었다고 했습니다. 그리고 비명을 듣고 바로 안으로 들어가서 경찰을 불렀답니다."

복숭아가 조금 전의 면담에서 알게 된 사실을 말했다.

"한명국이 신고했단 말이지?"

신영규가 손으로 턱을 쓰다듬었다.

"먼저 부른 게 경찰이야? 아니면 119야?"

"119를 먼저 불렀습니다. 그다음에 경찰을 불렀죠."

"일반적인 반응이군. 그런데 집 안에서 불상이 안 나왔다?"

"경찰견까지 동원해서 샅샅이 뒤졌는데, 없었답니다. 비밀 금고가 있을 가능성도 거의 없답니다."

"그건 모르는 거지. 그, 교주 유병언도 비밀 방에 숨어 있다가 탈출했잖아?"

"그랬죠. 그래서 개를 데려간 겁니다. 금고 안 침향 냄새를 맡게 해서 샅샅이 뒤졌지만, 반응이 없었답니다."

"그래, 수고했어."

"감사함다!"

팀장의 칭찬에 김정호가 활짝 웃었다.

"평소에는 참 유능한 사람인데."

"고맙다야."

복승아의 말에 김정호가 더 크게 활짝 웃었다.

"그런데 여자만 보면."

"아이! 그 말은 또 어째 하니?"

"수필! 사실이 그런데?"

두 사람이 티격태격하다가 신영규의 노려보는 눈빛을 느끼고 입을 다물었다.

"그럼, 역시 남은 건 그 두 사람!"

"네. 이태일과 나오미가 공모했을 가능성이 가장 큽니다. 침향불상은 제3자가 가지고 도주했다고 보는 게 맞습니다."

복승아가 화면을 보며 말했다.

"하지만 장미주는 사건 전후에 아무도 못 봤다고 말했다. 추정만으로는 아무것도 안 돼. 그 네 사람 조사 결과는?"

"다들 서로 다른 사람이 범인이랍니다. 나오미는 한명국을, 한명국은 나오미를 범인이라고 주장하고 있습니다. 이태일은 한명국을 지목하지는 않았지만, 나오미가 범인이 아니라고 말하고, 장미주는 나오미를 의심하고 있습니다."

복 형사의 정리에 신영규가 고개를 끄덕였다.

"결국 이 네 사람은 모두 다른 이야기를 하고 있어. 같은 사건을 보는 네 개의 시각, 즉 '라쇼몽 효과'라는 거지!"

"네, 맞습니다."

복승아 형사가 대답했다. 거친 입과 대조적으로 그녀는 유학파 엘리트였다.

"계속 주시해, 오히려 답이 쉽게 나올 수도 있어."

"알겠습니다!"

"저기…."

김 형사가 쭈뼛거리며 끼어들었다.

"'나소몽'… 그게 뭡니까?"

"이런 샬바! 모르면 검색하십쇼!"

복 형사의 핀잔에 김정호 형사가 머뭇거리자 신영규가 카운터를 날렸다.

"너 말야!"

신영규가 김 형사에게 말했다.

"아까 너 조사할 때 다 봤다. 뭔 여자만 보면 정신을 못 차리냐?"

"아니, 그게 아니라 말입니다."

"이태일이 그 친구는 사랑이나 했지."

순진한 김정호 형사는 놀려먹기 딱 좋은 친구였다.

"넌 그동안 뭐 했냐?"

"그러게 말입니다."

"뭐이가 어드래?"

김 형사가 콧김을 뿜어내며 억울한 심정을 토로했다.

"어드렇게 불똥이 나한테 튀니?"

그러고는 한 맺힌 한마디를 토해냈다.

"이런 간나! 크리스마스에 우박이나 내려라!"

"저거 보셨습니까?"

휴게실에서 300원짜리 커피를 마시던 복승아 형사가 벽에 걸린 TV를 가리켰다.

"뭐이가?"

슬그머니 손가락을 넣어 자판기 동전 반환구를 뒤지던 김 정호 형사가 돌아보더니, '아!' 하고 소리를 질렀다.

"저 사람 알지? 요즘 겁나 유명해!"

그의 말에 신영규도 TV 화면을 쳐다보았다. 화면에는 시사 대담 프로그램이 진행 중이었다.

교양 있게 생긴 여성 아나운서가 어색하게 양복을 차려입은 안경 쓴 남자에게 질문을 하고 있었다.

"안녕하세요. 유치한 작가님. 아니, 유치한 회장님이라고 불러야 하나요?"

"작가가 더 익숙합니다."

"알겠습니다. 요즘 쓰신 책이 장안에 화제가 되고 있어요?"
아나운서가 책 한 권을 들어서 카메라 앞에 표지를 비춰주었다.

'나는 포기하기를 포기했다'

"이 책이 벌써 판매 부수 십만 부를 돌파했어요. 책 소개 좀 해주
세요."
"예, 이 책은 제 개인적인 경험을 토대로 쓴 책입니다. 사실 저는
아주 오랫동안 자존감이 없이 살아왔습니다. 저 자신이 아무런
능력이 없는 인간이라고 생각했었죠. 그러다가 어떤 계기로 그 생
각을 완전히 바꾸게 되었습니다."
"무슨 계기인가요?"
"사람을 만났어요."
"어떤 사람요? 종교인? 철학자?"
유치한이 미소를 지었다.
"요리사입니다."
"요리사요?"
"네. 그 요리사가 만든 음식을 두 번 먹었는데, 천국과 지옥을 모
두 다녀왔죠."
"네? 천국과 지옥을 다요? 정말 독특한 경험을 하셨네요. 그럼 그
요리사의 음식을 먹고 자신감을 되찾으신 건가요?"
"네. 그렇습니다. 세상에는 이런 맛도 있구나, 하고 느낀 다음, 좀
더 세상을 알고 싶어졌어요. 맛있는 것도 많이 먹고요. 아, 자세한

이야기는 제 책 속에 다 있습니다."

"앗, 깨알 홍보! 좋은데요?"

두 사람은 만담 콤비처럼 아주 호흡이 잘 맞았다. 배시시 웃던 김정호는 복숭아가 옆구리를 찌르자 얼른 눈치를 보며 웃음을 지웠다.

"아, 작가님은 또 철권연대, '철저한 권리를 요구하는 모임'의 회장 직을 맡고 계시기도 하신데요?"

"맞습니다. 세상을 알고 싶어서 사람들을 만나보니, 의외로 많은 분이 민주사회의 일원으로서 당연히 누려야 할 권리를 모르고 있다는 사실을 알게 되었습니다. 그래서 그분들의 권리를 찾아드리기 위한 작은 모임을 만들었죠. 그러다 보니, 지금은 많은 분이 도움을 받으시고 회원이 되어서 지지해주고 계십니다."

"회원 수가 얼마나 되나요?"

"약, 삼십만 명쯤 됩니다."

"삼십만 명요? 엄청난 회원수네요. 그래서 그런지, 정치권에서도 요즘 러브콜이 많다고 들었어요?"

"네. 맞습니다. 하지만 아직은 회원들의 복지를 위해서 할 일이 많습니다. 정치는, 나중 이야기 같습니다."

"아, 거절하신 건 아니네요."

"그렇게 되나요? 하하하. 뭐, 미래는 모르는 거니까요."

두 사람의 웃음소리가 휴게실을 가득 메웠다.

신영규는 담담했지만, 화면과 신영규의 표정을 번갈아 보던 두 형사는 마음이 편하지 않았다.

예전에 신영규는 유치한을 살인사건의 범인으로 지목해서 압박한 적이 있었다. 그랬던 사람이 이제 사회적으로 힘 있는 사람이 되었다. 하지만 신영규는 별로 신경 쓰지 않는 눈치였다.

"아유! 여기들 계셨네!"

등산복 점퍼 차림의 남자 하나가 호들갑을 떨며 휴게실로 들어왔다.

"어? 박만대 선배님!"

김정호가 반갑게 맞이했다. 그는 옆 사무실에서 일했던 형사로, 평소에 자주 마주쳤던 사이였다.

"개업하셨다고 들었습니다."

"에이, 개업은 무슨, 그냥 용돈이나 벌려고 시작한 거야."

그는 인터넷 불법도박을 하다가 적발되어 징계를 받자, 스스로 사표를 던졌다.

"그래도 애 대학 갈 때까지는 벌어야지?"

그는 두꺼운 플라스틱 명함 케이스에서 꺼낸 명함을 형사들에게 나눠주었다.

"자, 혹시라도 도울 일이 있으면 바로 연락주세요. 박리다매! 염가봉사! 거기다가 전 동료한테는 특별할인 50프로! 오케이?"

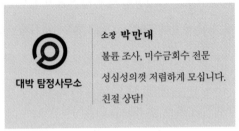

대박 탐정사무소

소장 박만대
불륜 조사, 미수금회수 전문
성심성의껏 저렴하게 모십니다.
친절 상담!

"자자, 뭐든 안 가리고 일합니다. 친절 상담!"

그러더니 그는 밖에서 옛 동료를 발견하고 바로 뛰어나갔다.

"야! 오랜만이야! 전화 좀 받아!"

"아, 뭐예요. 또? 돈 없다니까!"

명함을 본 김정호와 복숭아가 뜨악했다.

"이건 그냥 흥신소야?"

"그러게요, 미수금회수면 조폭인데?"

김정호가 혀를 내둘렀다.

"참, 남한 사람들, 진짜 열심히 산다. 열심히 살어!"

소주희는 4층짜리 낡은 건물을 올려다보았다. 세월의 풍파로 곳곳에 금이 가 있었는데 건물 주인은 돈을 아끼려 그랬는지 색도 맞지 않는 싸구려 도료로 그 틈을 대충 때워놓고 있었다. 그 모습이 꼭 B급 공포영화의 세트장 같았다. 엘리베이터도 없는 건물의 계단을 그녀는 한숨을 쉬며 힘들게 걸어 올라갔다. 요즘에는 보기 힘든 두꺼운 콘크리트계단과 굵은 나무 난간을 붙잡고 어깨로 숨을 쉬며 간신히 3층에 도착했다.

흰색 글자가 품위 있게 새겨진 명패가 낡은 나무문 위에 붙어 있었다. 다급한 마음에 그녀는 "실례합니다!" 하며 바로 문을 열었다.

"잠깐!"

양복바지에 셔츠만 입은 김건이 바닥에 누운 채 다급하게 말했다.

"움직이지 말아요!"

그의 뒤로 트럼프 카드로 만들어진 거대한 성이 서 있었다. 이전의 세 배는 되어 보이는 엄청난 규모에 망연자실한 소주희는 문고리를 잡은 채 그대로 굳어버렸다. 성의 입구에 새로운 첨탑을 쌓으려고 애쓰던 김건도 얼어붙은 채 소주희를 올려다보았다. 두 사람 사이에 미묘한 침묵이 흘렀다. 먼저 움직이는 사람이 지는 게임을 하는 것 같았다.

그때 갑자기 복도에서 불어온 강한 바람이 소주희의 치마를 살짝 들어 올렸다.

"앗!"

"으아앗!"

순간 한눈을 판 김건의 손에서부터 거대한 카드 성이 무너지기 시작했다. 수백 장의 카드가 김건의 몸 위로 쏟아져 내리며 눈 깜짝할 사이에 모든 것이 '無'로 변해버렸다. 얼굴을 붉히며 치마 단을 내린 소주희가 조심스럽게 트럼프 카드 더미에 깔린 김건에게 다가갔다. 그가 누워 있던 곳에 거대한 카드의 무덤이 만들어져 있었다.

"괜찮아요?"

카드 더미 일부가 숨을 쉬는 것처럼 오르락내리락하고 있었다. 그 속에서 "그럼요, 늘 있는 일인데요." 하는 말이 동굴

속 메아리처럼 울려 나왔다.

김건이 몸을 일으켰다. 우연인지 그의 이마에 스페이드 에이스가 붙어 있었다. "잠깐만요." 하고 일어난 그가 카드를 정리하기 시작했다. 엄청나게 많은 카드가 있었지만, 바닥에 깔린 시트를 들어 올려서 카드를 가운데로 모으더니 상자에 쏟아 넣는 것으로 손쉽게 정리를 마쳤다.

"저번보다 성이 더 커졌네요?"

"평소보다 난이도를 올려서요."

그는 사무실 한쪽 옆에 세워진 칸막이 뒤로 가서 셔츠와 조끼를 입으며 말했다.

"기억을 다시 쌓고 있어요."

"그게 무슨 뜻이에요?"

"그냥… 설명하기가 좀 어려워요."

소주희는 사무실 안을 천천히 둘러보았다. 1970년대로 돌아간 것 같은 소도구와 장식들이 심플하게 방 안을 채우고 있었다. 책상 위에 있는 노트북 컴퓨터 한 대 말고는 어디에도 '디지털'스러운 것은 보이지 않았다. 마치 이곳만 시간이 멈춰 선 듯한 느낌에 이상하게 마음이 편해졌다.

"그래서 한동안 신포에 안 오신 거예요?"

"그렇죠, 연습하는 동안은 밖으로 나갈 수 없어요."

"프랑수아가 보고 싶어 하던데요."

"프랑수아하고는 가끔 연락했어요. 저를 보고 싶어 한 거, 혹시 다른 사람 아닌가요?"

김건이 칸막이 사이로 고개를 내밀자 소주희가 살짝 붉어진 얼굴을 돌렸다.

"왜 이렇게까지 기억에 집착하세요?"

소주희가 화제를 바꿨다.

"강박증 같은 거, 있으세요?"

양복 상의를 입던 김건의 손이 멈칫했다. 그의 눈이 공허하게 먼 곳을 보고 있었다.

"저한테 기억은… 항아리 속의 사과를 잡고 있는 것과 같아요."

"사과요?"

"네, 그 항아리는 입구가 좁아서 큰 사과를 꺼낼 수 없어요. 그래서 계속 손으로 잡고만 있어야 하는데, 그 와중에 사과는 계속 썩어가죠."

"아이러니네요. 그냥 놔버리면 안 되나요?"

"놓쳐버리면 깊은 어둠 속으로 떨어져서 두 번 다시 찾을 수 없어요. 이미 사과의 많은 부분이 사라져버렸죠."

소주희는 김건의 마음속 깊은 부분을 본 것 같아서 아무 말도 하지 못했다.

"결국 시간이 지나면 사과는 사라지겠죠. 시간을 이길 수는 없으니까요. 가끔 이런 생각이 들어요. 어쩌면 내가 지금 쥐고 있는 건 사과가 아니라 사과에 대한 기억뿐인지도 모른다고."

김건이 말을 멈추자 이상한 고요함이 호숫가의 안개처럼 방안에 짙게 깔렸다. 김건이 다시 손을 움직여 옷을 입기 시작할 때까지 소주희는 그 안개 속에서 불쌍한 맹인 소녀처럼 불안하게 서 있었다. 하지만 곧, 아무것도 볼 수 없는 안개를 헤치고 레트로 스타일의 양복을 깔끔하게 차려입은 김건이 소주희에게 미소를 건넸다. 그 모습을 보고 안심하는 자신이 조금 낯설게 느껴졌다.

"오랜만이네요, 주희 씨. 무슨 일로 오셨죠?"

"선배 요리사 한 분이 경찰에 잡혔어요!"

"좀 자세히 말해주세요."

"이태일이라고 이태원에서 동남아시아 퀴진을 하는 분이에요. 그분이 지금 살인범으로 몰려 경찰에서 조사받고 있어요!"

"동남아 요리면, 쌀국수?"

"그것도 있지만 가장 유명한 메뉴는 반미 샌드위치라고 베트남식 쌀바게트 샌드위치예요. 한국에선 그 선배가 만든 게 제일 맛있을 거예요. 외국인 단골도 많아요."

"반미 샌드위치? 한 번도 안 먹어봐서 잘 모르겠는데?"

"쌀바게트에 돼지고기랑 채소, 고수 등을 넣고 늑짬(Nugoc Cham)이라는 소스로 맛을 낸 거예요. 저도 먹어봤는데 정말 맛있더라고요."

"늑짬?"

"느억맘에다 설탕, 마늘, 라임, 고추를 섞어서 만든 매콤한 소스요. 느억맘은 아시죠?"

"알죠, 생선을 소금에 절여 만든 액젓. 하지만 실제로 먹어 본 적은 없네요."

"아주 맛있어요. 그 선배 비결은 레촌을 직접 만들어서 반미에 넣는 거예요."

"오늘 처음 듣는 단어가 정말 많네요. 레촌은 또 뭐지?"

"통돼지 바비큐요. 그 선배 전문이죠. 필리핀 사람보다 맛있게 만든대요."

"설마?"

"진짜로 필리핀 여행 가서 먹어본 사람이 한 말이에요."

김건이 "아!" 하며 오른손 검지를 치켜세웠다.

"요리사가 잡혀 들어갔다면, 그 호숫가 별장 살인사건 말인가요?"

김건의 눈동자가 호기심으로 빛났다. 전날 밤에 뉴스에서 꽤 크게 다뤄졌던 사건이다.

"그러면, 그 용의자가 주희 씨 선배란 말이네요? 마침 잘됐네요. 나도 지금 그 현장에 가려던 중인데."

"네? 어떻게요?"

"수사 자문으로 가게 됐어요. 조용한 서장님이 부르셨죠."

"정말요? 잘됐네요!"

소주희는 펄쩍 뛰면서 기뻐했다. 그 순진한 어린아이 같은 모습에 김건의 심장이 '쿵' 하고 뛰었다. 이것이 그녀의 매력이었다.

"그런데, 주희 씨 주변에서 계속 일이 생기네요. 조금 걱정되는데요?"

"저도 요즘 고민이에요. 굿이라도 한번 해야 하나 싶어요. 하지만 이겨내야죠! 힘들어도 제 인생이잖아요?"

그녀는 씩씩하게 오른팔을 들어 올려 이두박근을 내보였다.

"언제나 긍정적이네요. 그 선배, 가까운 분인가요?"

"그렇게 친하진 않지만 도움을 많이 받았어요. 절대 나쁜 짓 할 분이 아니에요. 요리에 대한 자신감과 열정으로 가득 찬 분이거든요."

"그것만으로 인간을 평가할 수는 없습니다. 제가 수사한 다면…."

"알아요. 공정하게 흐름을 읽겠죠."

"맞습니다. 제가 할 수 있는 일은 전체의 흐름을 파악하는 겁니다. 그 과정에서 주희 씨 친구분의 죄가 드러날 수도 있습니다."

"네, 각오하고 있어요. 저도 있는 그대로 받아들일게요."

"정말 긍정적이시네요. 잠깐만요."

김건이 손가락으로 관자놀이를 누르고 있었다. 그 모습이 꼭 머릿속을 검색하고 있는 것 같았다.

"'베트남인 가정부와 요리사가 공모해서 집주인을 죽이고 국보급 침향불상을 훔쳐갔다'라고 되어 있네요."

"그게 그렇게 비싼 거예요? 사람을 죽일 만큼?"

소주희가 김건의 옆에 서서 벽 쪽을 살펴보며 물었다. 혹시 벽에 뭔가 써놓은 것이 아닌가 의심이 들어서였다. 그녀가 고개를 돌릴 때마다 머리카락에서 나는 꽃향기가 그의 메마른 가슴 속을 용서 없이 가득 채웠다.

"조사원 아저씨?"

그녀의 부름에 눈을 감고 향기를 음미하던 김건이 화들짝 놀랐다.

"아, 침향… 네."

그는 허둥대며 양손을 관자놀이에 댔다.

"베트남 산, 천연 침향이라면 상당히 비싸죠. 침향나무에 상처가 생기면, 그 속의 수지가 흘러나와 오랜 세월 동안 그 부위에 점착됩니다. 그것을 도려낸 게 침향이죠. 침향용 수지가 저절로 점착되려면 백 년은 족히 걸리기에 베트남에서는 수령 이십 년 정도 된 나무에 일부러 상처를 내서 수지가 나오게 만들어요. 상품으로 쓰려면 최소한 삼사 년은 기다려야 됩니다. 그러니 크고 오래될수록 가격도 비싸죠."

"오, 역시!"

소주희가 엄지를 척 세워 보였다.

"이 정도는 상식입니다. 베트남 다낭 지방은 예전부터 오래된 고급 침향을 생산하는 곳으로 유명했죠. 그런데, 월남전 때 미군의 네이팜탄 공격에 향나무숲이 불타버려서 침향이 굉장히 귀해졌습니다. 이번에 없어진 침향불상 크기가 한 뼘 정도는 된다니까, 그 정도 크기라면 몇백 년은 된 거라고 봐야죠. 가격도 상당할 겁니다. '국보급'이라는 게 이해되네요. 여기서 국보급이란…."

칭찬에 으쓱해진 김건이 자제를 못 하고 점점 빠르게 설명을 쏟아내자, 소주희가 작게 "으휴, 설명충." 하고 중얼거렸다. 그제야 그는 '어익후!' 하며 입을 다물었다.

그때, 구형 스타텍 핸드폰의 벨소리가 울렸다. 김건이 핸드폰을 열자 '딸깍' 하는 경쾌한 소리가 들렸다.

"어, 그래, 김 형사, 지금 CCTV 보고 있어? 그래. 한명국 씨는 손에 작은 가방만 들었다고? 불상이 안 들어가나? 아, 그래?"

김 형사가 CCTV의 상황을 알려주는 것 같았다. 김건이 눈을 감고 머릿속에 뭔가를 그리고 있었다.

"그 세 사람은 어떻게 하고 있지? 각자 자기 관점에서만 이야기하고 있다. 그래? '라쇼몽 효과'네. 응? 아니 그런 게 있어. 모르면 바로 검색!"

"야! 팀장님도 그러더니 너까지!"

전화 너머로 들려오는 푸념을 무시하고 김건은 "그럼, 나중에 보자고, 바이!" 하고 경쾌하게 말하며 전화기를 '딸깍' 접었다.

"응? 저번 스마트폰은요?"

"여기 있죠."

김건이 양복 안주머니를 가리켰다.

"아무래도 이게 익숙해서 두 개 다 쓰고 있어요."

"통신비 많이 나오겠네. 그런데, 라쇼몽 효과?"

"구로자와 아키라 감독의 영화 '라쇼몽'에서 나온 단어. 같은 사건을 두고 서로 다른 입장으로 해석하면서 본질을 다르게 인식하는 현상을 말한다. 기억의 주관성에 관한 이론으로 동일한 사건을 목격한 사람들의 진술이 서로 엇갈리면서도, 그 각각이 모두 개연성을 갖는 경우다."

김건이 사전적 정의를 설명하자 소주희가 작게 한숨을 쉬었다.

"뭔가 엄청 복잡하네요."

"복잡하죠. 하지만 방법은 있습니다."

입을 삐쭉거리는 소주희에게 김건이 아빠 미소를 지으며 말했다.

"'라쇼몽'이라는 영화에서 사건에 연루된 네 사람의 진술은 서로 엇갈리지만, 그 모두가 나름대로 설득력이 있죠. 그 각각이 자기 자신의 입장에서 보면 진실이기 때문이에요. 하지만 모두가 진실일 수는 없어요. 그들의 진술 중에는 반드시 논리적으로 설명할 수 없는 부분, 모순이 있기 마련입니다."

김건이 모자를 집어 들고 멋있게 올려 썼다.

"지금부터 그 모순을 찾아내야죠!"

"잠깐만요!"

위원장이 말을 끊었다.

"방해해서 죄송합니다. 신영규 팀장이 김건이라는 사람을 언급했는데요. 어떤 사람인지 설명을 좀 해주시겠어요?"

순간적으로 신영규의 표정이 굳어지는 것을 위원장은 놓치지 않았다. 심리학자인 그녀는 냉정한 신영규가 이런 반응을 보일 정도로 김건이 중요한 사람이라는 사실을 눈치챘다.

"아… 김건은… 탐정입니다. 저와 이전에 같이 근무했던 동료였습니다."

"그게 다인가요?"

"네!"

질문이 미처 끝나기도 전에 짧고 큰 대답이 튀어나왔다. 더 이상의 대화를 하고 싶지 않다는 의사표시였다.

"알겠습니다. 계속하시죠."

입술이 바짝 마르는 듯 신영규가 혀로 침을 발랐다.

"물, 드릴까요?"

"아니요. 필요 없습니다."

그는 손을 들어서 거부 의사를 표하고 다시 말을 이어 나갔다.

김건과 소주희가 별장 '월향장'에 도착한 것은 한낮의 열기가 근처의 자갈들을 뜨겁게 달궈놓은 때였다. 김건이 구형 폭스바겐을 주차장에 세우자, 온몸이 땀에 젖은 소주희가 파래진 얼굴로 굴러 내리듯 차 밖으로 나왔다. 차 안에는 모락모락 김이 피어오르고 있었다. 그녀는 겉옷을 벗어 던지고 숨을 몰아쉬었다.

"세상에, 무슨 차가 이렇게 더워요?"

"고장 났나 봐요. 따뜻하고 좋죠, 뭐."

김건이 상의를 벗어 털며 말했다.

"이게 사우나지 차예요? 그냥 땀으로 샤워했네!"

"건강에 좋지 않을까요?"

"숨 막혀 죽을 판인데 무슨 건강이요! 히터가 고장 났으면 끄면 되잖아요!"

"그게 문젠데요. 이 차는 히터가 없어요."

"어머! 어머! 어머! 그럼 그건 대체 뭐였죠?"

"모르죠, 뭐."

천연덕스럽게 대답하는 김건 때문에 소주희는 할 말을 잃었다.

"야! 두 사람, 머리에서 김 난다! 김!"

주차장에 있던 김정호 형사가 다가오며 말했다.

진짜로 김건과 소주희의 머리 위에서 김이 모락모락 피어오르고 있었다. 좁고 더운 공간에서 갑자기 추운 곳으로 나온 결과였다. 김건은 황급히 모자를 쓰고 소주희는 깜짝 놀라서 두 손으로 머리를 쓸어내렸다.

"차 좀 고쳐라, 이게 뭐냐?"

"돈이 없어. 신 선배는?"

"일! 나 혼자 안내하라신다. 그런데…."

김 형사가 고개를 갸우뚱하며 물었다.

"주희 씨는 여기 뭔 일이죠?"

"내가 도와달라고 했어. 용의자 중에 요리사가 있다고 해서."

김건이 소주희를 보며 살짝 윙크했다. 김건의 재치 덕분에 소주희도 수사관계자가 됐다.

"그래? 잘 오셨어요."

인사하던 김 형사는 옷이 땀에 젖어 시-스루처럼 분홍색 속옷이 비쳐 보이는 주희의 모습에 황급히 눈을 돌렸다. 하지만 그의 눈은 스스로 의지를 가진 것처럼 자꾸만 그녀의 가슴 쪽으로 달려갔다.

"어머!"

그제야 알아채고 허둥지둥 손으로 몸을 가리려는 주희에게 김건이 상의를 벗어 걸쳐주었다. 주희는 "땀났는데…" 하며 손으로 부채질을 하면서도 잠자코 옷을 걸쳤다.

세 사람의 눈앞에 호숫가 별장이 모습을 드러냈다.

호수 주변을 돌아보던 김건은 묘한 기시감에 사로잡혔다. 언젠가 여기 왔었던 느낌이 들었지만, 기억이 나지 않았다. 이럴 때마다 가슴속이 답답해졌지만 어쩔 도리가 없었다.

"정말 멋있어요."

"그렇네요."

"저 어렸을 때 꿈이."

"알아요, 이런 별장 가진 남자 만나는 거였죠?"

"아니거든요! 이런 별장 내가 사는 거였거든요."

"아, 그러시구나. 사과드립니다."

김건이 사과하자 소주희가 입을 삐쭉 내밀며 "요즘 왜 자꾸 내 말을 끊어요!"라며 걸치고 있던 김건의 옷을 벗어 내밀었다.

"고마워요. 마침 추웠는데."

김건이 냉큼 옷을 받자 소주희가 어이없다는 표정으로 노려보았다.

티격태격하는 두 사람 앞을 막아서며 김 형사가 말했다.

"거기 두 분, 사랑싸움 그만하시고 이거 착용하세요."

그가 덧신과 비닐장갑을 내밀었다.

"이거 뭐예요?"

"현장 훼손하면 안 돼요, 자!"

김 형사는 두 사람이 덧신과 장갑을 끼자 한 마디 덧붙였다.

"그거 나중에 반납하셔야 해요. 다 국민 세금으로 산 겁니다."

"비닐장갑도 반납해요?"

"어허! 세금이라니까, 하나도 빠짐없이 반납하세요."

"일회용인데."

소주희의 중얼거림은 쿨하게 무시하고 '짠물' 김정호 형사가 현관문을 열었다.

폴리스라인이 쳐진 문을 지나 안으로 들어선 소주희가 탄성을 내질렀다. 그만큼 별장 내부는 화려했다.

"여기서 살고 싶다!"

감탄하는 그녀에게 김건이 넌지시 말했다.

"여기 살인사건 현장인데요?"

"누가 모른대요? 하여튼 감정이 메말라서."

다시 입이 삐쭉 나온 소주희를 뇌두고 김건이 김 형사에게 물었다.

"CCTV는 확인했어?"

"봤는데, 한명국은 문제가 없어 보였어. 비명소리를 듣고 다시 들어가서 구급차를 부른 것까지 시간상 일치해."

"시간이 맞는다?"

"그래, 거기다가 결정적으로 가정부가 비명을 지르기 직전에 이태일의 조수 장미주가 마당 쪽에서 담배를 피우고 있었어. 나오미 비명소리가 나기 전에 한명국이 나오는 걸 봤대. 그 여자 말대로라면 한명국이 집을 나서자마자 피해자가 죽었다는 거지."

"그 말대로라면 그렇겠지. 그럼 역시."

"지금 상황으로 보면 이태일과 나오미가 가장 유력해."

"흠."

김건이 미간을 찌푸렸다.

"한명국이 나올 때 소지품은?"

"작은 가방만 들고 있었어. 불상을 넣기는 불가능!"

"그래."

김건이 무겁게 고개를 끄덕였다. 뭔가 잘못됐지만 그게 뭔지 알 수가 없었다.

"그럼 가정부 옷은 조사해봤어?"

"사건 전과 후에 가정부가 입고 있던 옷이 달랐어. 이게 이해하기 힘든 부분인데 그 여자가 범인이라면 왜 굳이 흰옷으로 갈아입었을까? 옷장에는 다른 보라색 옷이 더 있었는데."

"정신이 없어서 그런 건가?"

"그럴 리가요!"

소주희가 답답하다는 투로 말했다.

"여자들은요, 아무리 정신이 없어도 자기하고 안 맞는 색은 절대 안 입어요."

두 남자가 동시에 그녀를 돌아보았다. 소주희가 답답하다는 듯 말했다.

"보라색 옷이 많다고 했죠? 그럼 그 색을 좋아한다는 뜻이죠. 흰색으로 갈아입은 건 흰색도 잘 받는다는 뜻이에요."

여자의 특징을 짚어서 말하는 주희의 말에 두 남자는 말문이 막혔다.

"그러니까 가정부는 범인이 아닐 것 같은데요?"

"흠흠!"

김정호 형사가 헛기침을 했다.

"솔직히 가정부가 수상한 건 맞아. 조사해보니까 그 여자 필리핀에서 공대를 다녔어. 꽤 좋은 대학이더라고. 그런 고학력자가 왜 굳이 한국에까지 와서 가정부 일을 하고 있겠어?"

"자기 나라에서 대학 졸업하고도 한국에 와서 공장 다니는 사람들 많아. 그것 때문에 의심하는 건 좀."

김건의 말에 김 형사가 손을 저었다.

"그게 다가 아냐. 다른 증거도 있어."

"무슨 증거?"

"그 여자 방에서 USB 메모리가 하나 나왔어. 안에 사진하고 서류 같은 걸 찍은 영상이 여러 장 있는데, 그게 전부 피해자 개인 수집품에 대한 거였어. 그런데 그거 대부분이 정식으로 입수된 게 아니었어."

"잃어버려도 신고를 못 한다!"

"그러니까 나오미는 뭔가를 노리고 이 집에 들어온 거지, 알간?"

김 형사가 침을 꿀꺽 삼킨 뒤에 이야기를 계속했다.

"복 형사는 조카 한명국도 수상하대. 그 침향불상을 팔자고 피해자를 계속 졸랐다는 거야."

"왜?"

"커미션 먹으려고! 동기가 있는 거지."

일행은 2층에 있는 나오미의 방으로 들어섰다.

주인의 성격을 반증하듯 깔끔하고 깨끗하던 방은 경찰들이 휩쓸고 지나간 바람에 여기저기 폭격을 맞은 것처럼 어지러웠다. 김 형사가 옷장을 열었다. 보라색 셔츠와 원피스가 가지런히 걸려 있었다.

"보라색 진짜 좋아하나 봐?"

옷장 아래쪽 서랍을 열자 잘 정돈된 앙증맞은 속옷들이 보였다. 안에 작은 향수병이 놓여 있어서 서랍을 여닫을 때마다 속옷에 향이 배게 되어 있었다. 쟈스민 향이었다.

"아! 그 냄새가 이 냄새였구나!"

김정호 형사는 나오미의 몸에서 나던 향수 냄새를 떠올리고 얼굴이 빨개졌다.

"근데 뭘 찾으려는 거야? 벌써 경찰, 국과수 다 쓸고 지나갔어. 남은 것도 별로 없을걸?"

"그건 알지, 내가 여기 온 건 흐름을 읽으려는 거야."

"흐름? 또 그 이상한 이론이니?"

"문제유기체설은 이상한 이론이 아니야. 문제를 하나의 유기체로 보고 전체의 흐름을 읽는 방법이지. 흐름에 맞지 않는 불규칙점을 찾아 그 근원을 따라 올라가 보면 문제의 해결점을 찾을 수 있어."

"그건 알겠는데 여기서 뭘 더 찾갔어? 벌써 범인 나왔는데."

"지금부터 한번 보자고!"

김건은 어지럽게 널려 있는 물건들 사이로 발을 옮기며 방

안을 살펴보았다. 그의 시선이 책상 위의 액자를 붙잡았다.

"이건 '오행산'이잖아?"

김건은 책상 위에 있던 흑백사진을 보며 말했다. 열대여섯 정도로 보이는 예쁜 소녀가 산을 배경으로 찍은 사진이었다.

"오행산(伍行山)? 그 서유기에 나오는 거?"

그는 손가락으로 관자놀이를 돌리며 말했다.

"아니, 이건 베트남 다낭에 있는 오행산이야. 전체가 대리석으로 되어 있는 산이 다섯 개 있는, 유명한 관광지지. 다낭은 침향 산지로도 유명해. 그런데 왜 거기 사진을 나오미 씨가 가지고 있을까? 그것도 이렇게 오래된 사진을? 나오미 씨는 필리핀 출신이라고 했는데."

"여행 가서 찍은 거 아니니?"

"가만, 여기 1967년이라고 쓰여 있잖아? 그땐 월남전 중이라 거기로 여행을 갔을 리도 없고."

"그리고 1967년에 십 대면, 이건 나오미가 아니잖아?"

두 사람이 사진을 보며 이야기를 주고받는데 갑자기 소주희가 "맞다!" 하면서 손뼉을 쳤다.

"깜짝이야!"

김건과 김 형사가 놀라서 그녀를 쳐다보았다.

"나오미 씨, 베트남이랑 무슨 연관이 있는 거 같아요! 이태일 선배가 그러는데, 그 사람이 자기 식당에 자주 온 이유가 자기 엄마가 해주던 반미 샌드위치랑 맛이 비슷하다고 했대요! 반미는 필리핀이 아니고 베트남 음식이잖아요?"

"아!"

김건이 외쳤다. 왜 그 생각을 못 했을까 하는 표정이었다.

"나오미의 어머니가 베트남 출신일 수도 있지!"

"그럼, 사진 속 이 사람이 필리핀 사람이 아니고 베트남 사람이다? 이야!"

김정호가 뭔가 깨달은 것처럼 감탄해놓고 정색을 하며 다시 물었다.

"그게 왜 중요하지?"

"이 사건의 포인트는 침향불상이야. 베트남 정부가 반환 요청을 하고 있지. 그러니까 나오미가 필리핀이 아니고 베트남 출신이라면 침향불상에 대한 동기가 더 강해지겠지?"

"오라! 즉, 나오미가 범인일 가능성이 더 강해진다는 말이갓구만!"

김 형사가 북한 말투로 소리쳤다.

"하지만 그게 꼭 살해동기가 더 강해진다는 말은 아냐."

"나오미가 불상을 노리고 이 집에 가정부로 왔다는 거이 팩트야! 팩트. 알간 모르간?"

"모르간!"

두 사람이 옥신각신하고 있을 때, 소주희는 액자를 이리저리 돌려보고 있었다.

"이상하네. 이 액자, 왜 이렇게 두껍지?"

그 말을 들은 김건이 액자를 살펴보았다. 그녀의 말대로 액자는 일반적인 모양보다 조금 더 두꺼웠다. 그가 손가락으로 뒷면을 두드려보자 '텅, 텅' 하는 빈 소리가 울려 나왔다.

"안에 공간이 있어!"

김 형사가 액자를 건네받아 뒤판을 분해했다. 액자 뒤에는 금고같이 생긴 비밀 문이 붙어 있었다.

"이거 금고 아냐?"

"열쇠가 필요한데."

"이런 작은 열쇠를 어디에 숨겼을까?"

"여자들 마음을 알아야 해, 어디에 숨길까?"

두 사람이 생각하는 사이에 소주희가 장롱 아래 속옷 서랍을 열고 안을 뒤지더니 금방 뭔가를 꺼내왔다.

"이거 아니에요?"

"응? 주희 씨, 어떻게?"

"여자 마음을 알아야 한다면서요? 소중한 거 숨기려면 저기밖에 더 있겠어요?"

육군
김남규
B RH+

"그럼 주희 씨도."

김정호 형사가 묻다가 소주희의 사나운 눈빛에 입을 다물었다.

"응, 아니로구나, 야."

김건이 열쇠로 액자 금고의 문을 열었다.

"응? 이거 뭐야?"

김 형사가 놀라며 말했다. 안에는 침향불상을 찍은 사진이 들어 있었다. 오행산 사진 못지않게 오래된 것이었다. 그리고 다른 하나는 군인 인식표였다.

"김남규?"

김건도 놀랐다. 인식표의 이름은 바로 김남규, 피해자 이름이었다. 혈액형도 같은 B형이었다.

"이건 피해자를 전부터 알고 있었다는 말이잖아?"

김 형사의 말에 김건이 무겁게 입을 열었다.

"나오미한테 숨은 동기가 있어!"

"이거, 당신 거지?"

복승아 형사가 비닐백에 든 인식표와 사진을 조사실 테이블 위에 올려놓자 나오미는 고개를 숙였다. 그녀의 눈에서 굵은 빗방울이 떨어져 내리기 시작했다. 형사들은 아무 말도 하지 않고 그녀를 울게 놔두었다. 감정의 동요가 지나가면 언제나 진실이 나온다는 것을 경험으로 알고 있었다. 심하게 들썩이던 어깨가 잦아들고 떨어지던 눈물도 조금씩 걷혔다. 복 형사가 건네준 휴지로 눈물을 닦으며 나오미는 담담한 말투로 입을 열었다.

"저 필리핀에서 태어났어요. 대학교 다니는데 아빠 돌아가시고, 사업 망해서 빚 많이 졌어요. 저 일 열심히 해서 엄마 도우려고 했어요."

아버지가 불의의 사고로 죽고 어머니는 병으로 눕자 나오미의 집안은 크게 기울었다. 그녀는 생계를 위해 다니던 대학을 휴학하고, 한국기업이 운영하는 전자기기 부품 공장에 들어갔다.

하얀 피부에 얼굴도 예쁜 여대생 나오미는 금방 회사의 명물이 되었다. 젊은 남자들이 그녀에게 호감을 느끼고 주위로 모여들었다. 그중에는 한국에서 파견 나온 공장장도 있었다. 그는 집요하게 식사와 술자리를 같이할 것을 강요했다. 한국에 처자식이 있다는 것을 알고 있었기에 그의 호의를 무시하자, 금방 보복 인사가 있었다. 공장장은 그녀에게 다른 사람보다 힘든 업무를 주고 늦게까지 일을 시켰다.

하지만 돈이 필요했던 그녀는 저항도 못 하고 시키는 대로 할 수밖에 없었다.

어느 날 그녀가 아무도 없는 공장에서 밤늦게 일을 하고 있을 때, 술을 마신 공장장이 다가와 안마를 해준다며 어깨를 주물러 댔다. 그 손을 뿌리치자 강제로 그녀를 끌어안고 자신의 방으로 끌고 들어갔다. 저항했지만 소용이 없었다. 남자는 나오미의 얼굴을 주먹으로 때렸다. 충격으로 정신을 잃은 그녀의 옷과 자존심은 간단히 벗겨져버렸다.

나오미가 공장을 못 나가고 집에서 쉬고 있을 때 공장장 밑에 있던 한국인 대리가 찾아와 금일봉이라며 돈 봉투를 주고 갔다. 아무것도 몰랐던 엄마는 그 돈을 받았다. 이제 나오미는 강간을 당한 것이 아니라 돈을 받고 몸을 준 공장장의 정부가 되어 있었다.

며칠 뒤, 그녀가 다시 공장으로 출근했을 때는 이미 모든 직원 사이에 소문이 퍼진 후였다. 어제까지 친하게 지내던 사람들이 이제는 그녀를 창녀 취급하며 따돌렸다. 알고 보니 그 공장장이 술을 마시며 자랑스럽게 떠벌리고 다닌 것을 한국어를 아는 직원이 그대로 퍼뜨린 것이었다. 그녀를 좋아하던 마음만큼 배신감이 컸던 남자 직원들은 그녀를 보고 바닥에 침을 뱉었다. 나오미는 그길로 회사를 나왔다.

동네 사람들을 통해 이 이야기를 들은 엄마는 다시 몸져누웠다.

"내 엄마도 한국인 때문에 인생을 망쳤는데 너까지 한국인 때문에 인생을 망쳤구나."

"엄마, 그게 무슨 말이에요? 할머니가 한국인 때문에 인생을 망치다니요?"

나오미는 그게 무슨 말인지 알 수 없었다. 그제야 어머니는 예전 이야기를 들려주었다.

"네 외할머니는 베트남 사람이었어. 다낭에서 아주 유명한 조각가 집안의 딸이었지."

그녀의 마을에 흉흉한 소문이 퍼졌다. 미군을 돕기 위해 온 한국의 군인들이 공산반군 대신 양민들을 학살한다는 것이었다.

사람들은 한국 군인들이 베트콩을 색출한다는 명목으로 여러 마을에서 민간인을 대상으로 약탈과 학살을 저지른다고 했다. 그렇게 죽인 사람들의 귀, 수백 개를 잘라 철사에 꿰어 몸에 두르고 다니던 군인들도 있었고 그들이 부대 휴식 시간에 죽은 사람들의 머리로 축구를 하고 논다는 소문도 나돌았다.

사람들은 말했다.

"따이한(한국군)은 귀신이다!"

어느 날 나오미의 외할머니 '응우옌 티화'의 집으로 녹색 옷을 입은 험악한 얼굴의 군인들이 쳐들어왔다. 그들은 가족을 모두 모아서 꿇어 앉히고 '코뮤니스트!'라고 부르며 총을 겨누었다. 그리고 말이 통하지 않자 갑자기 총으로 아버지와 어머니, 오빠를 쏘아 죽였다. 시신이 된 부모님과 오빠를 붙잡고 울던 소녀를 장교인 듯한 군인이 집 안으로 끌고 들어갔다.

베트남에 파병된 한국 군인들은 자신의 봉급이 미군의 5분의 1도 되지 않는 이유가 국가에서 가져간 것이라는 사실을 알고 분노했고, 그들 중 일부는 다른 방법으로 모자란 돈을 받아내기로 작정했다. 자신들이 지켜주는 베트남 양민들에게서 강제로 받아내는 것이었다. 마을에서 가장 큰 집인 응우옌 티화의 집으로 몰려온 이유가 바로 그것이었다.

소녀는 "달러! 머니!(Money)"를 외치며 다그치는 군인이 무서워서 눈을 감은 채 고개만 흔들었다. 그때 소녀의 머리 뒤쪽 불단 위에 놓인 침향불상에 군인의 시선이 꽂혔다. 그것은 다낭에서도 보기 힘든 백 년 넘은 침향수(樹)로 만든 불상이었다. 정부에서 보물로 지정한 것이었다. 안 된다고 매달리는 소녀를 발로 밀어내고 군인은 다른 군인들이 오기 전에 불상을 자신의 수통 속에 집어넣었다. 수통은 특별히 이런 것들을 숨길 수 있도록 반으로 잘라둔 터였다. 만족스럽게 웃던 그의 시선이 소녀를 향했다. 그의 의도를 알아채고 뒤쪽으로 기어가던 소녀의 가녀린 발목을 군인의 거친 손이 와락 움켜쥐었다.

사람들은 말했다.

"따이한(한국군)은 귀신이다!"

소녀는 자신을 덮친 군인이 실수로 떨어뜨린 인식표를 손에 쥐어 숨겼다.

백성들을 지켜준다며 이곳으로 온 군인들은 그렇게 그녀의 모든 것을 순식간에 빼앗아갔다. 그뿐만이 아니었다. '귀신'은 열다섯 살 소녀에게 또 다른 멍에를 씌웠다. 그의 아이를 잉태한 것이다. 이른바 '라이따이한'이었다.

그녀와 '귀신'의 딸은 도저히 그곳에서 살 수 없었다. 가보를 잃어버린 데다 저주받은 씨까지 잉태한 소녀는 주위 사람들의 냉대를 못 견디고 결국 마을을 떠나 필리핀으로 이주했다.

마을 대지주의 딸에서 무일푼 미혼모가 된 그녀는 행상 일을 하며 거리에서 잠을 잤다. 등에는 어린 딸을 업고 있었다.

비가 많이 내려도 쉴 수 없었다. 자신은 먹지 못해도 아이를 먹이고 한데 잠을 자며 돈을 모았다. 그렇게 죽을 고생을 다 해서 작은 가게를 열고 자리를 잡았다. 돈이 조금씩 모일수록 그녀의 병도 깊어졌다. 귀신의 피를 이은 딸은 매일 밤 밭은기침을 하는 엄마가 걱정스러웠다.

전쟁이 끝나고 평화가 찾아왔다. 한국이 비약적인 성장을 했다는 기사가 나며 필리핀에 한국인 관광객이 많아지기 시작했다. 하지만 그녀에게는 한 가지 원칙이 있었다. 절대로 한국인의 돈은 받지 않는다! 그녀의 가게로 뭔가를 사러 오는 한국인들에게 그녀는 물을 끼었고 소금을 뿌렸다. 귀신의 나라에서 온 사람들과는 절대 상종하지 않겠다!

그녀의 가게 옆에는 '한국인 출입금지!'라는 푯말이 붙어 있었다.

다행히도 그녀의 딸은 잘 자라서 성실한 필리핀 남자와 결혼했다. 그리고 그 사이에서 나오미가 태어났다. '응우옌 티화'는 손녀 나오미가 아직 어린아이였을 때 병이 깊어져서 세상을 떠났다. 죽는 마지막 순간까지도 그녀는 한국인들을 용서하지 않았다.

그녀는 말했다.

"따이한(한국군)은 귀신이다!"

"김남규, 그 사람이 바로 우리 외할머니를 그렇게 만든 군인이에요! 그 사람이 우리 가보, 침향불상 빼앗았어요! 그 사람이 인식표 남겼어요! 그 사람 인간 아니에요! 귀신이에요!"

나오미의 눈에서 잦아들던 눈물이 다시 흘러내렸다.

"엄마, 죽을 때까지 나 걱정했어요. 나, 그 사람 만나서 침향불상 찾으러 한국 왔어요."

"그래서 죽였나요?"

복 형사가 물었다.

"안 죽였어요!"

"그럼, 왜 그 사람을 찾아갔어!?"

신영규가 책상을 내리치며 소리쳤다.

"사과받고 싶었어요."

나오미가 담담하게 말했다.

"그 사람한테, 한국 사람들한테, 한 번이라도 진심으로 사과하는 것, 듣고 싶었어요."

누구 한 사람 입을 열지 못했다. 숨기고 가려왔던 처참한 역사의 증거 앞에 모두가 말문을 닫았다.

선과 악의 기준은 무엇인가?

그녀의 말대로라면 분명히 악인은 따로 있고 이 사람은 피해자인데 자신들은 그녀에게 죄를 묻고 있다.

"어떻게 김남규 씨를 찾아냈지?"

무거운 공기를 깬 것은 신영규였다.

"도와준 사람 있어요!"

"도와준 사람? 그게 누구야?"

"샘(SAM)이라고 했어요."

"뭐?"

신영규가 놀라서 되물었다.

"지금 뭐라고 했어?!"

나오미는 김남규를 찾아 한국까지 오긴 했지만, 공항에서부터 당장 눈앞이 깜깜했다.

가진 단서라고는 군번줄과 침향불상을 찍은 사진 한 장이 전부였다. 고향 사람의 소개로 들어간 공장에서 일하며 한국말을 배우고, 쉬는 날이면 침향불상 사진을 들고 골동품 중개인들을 찾아다녔다. 하지만 한국말도 제대로 못 하는 그녀에게 돌아오는 것은 냉대와 무시뿐이었다. 힘들게 참고 또 참으며 사진을 들고 돌아다니던 어느 날, 우연히 들어간 이태원 근처의 골동품상 주인이 그 침향불상을 안다고 말했다.

"손님이 있으니까 여기서는 좀 그렇고, 저 안에서 기다려요."

사람 좋은 얼굴의 노인네는 나오미를 가게 안에 있는 방으로 안내하고 손님을 보낸 다음 가게 문을 닫았다. 방안 가득한 홀아비 냄새가 역겨웠지만, 그녀는 억지로 참아냈다.

"자, 추운데 한잔해요." 하며 따뜻한 커피까지 내주었다.

"내가 예전에 필리핀 여행 갔을 때 마셔봤는데 거기 커피 맛있더만!"

나오미는 그의 친절에 감사하며 달착지근한 믹스커피를 마셨다. 뭔가 텁텁한 가루 같은 것이 걸렸지만 갈증과 피로가 불쾌감을 이겨서 억지로 씹어 삼켰다.

"그 불상이 어떻게 생겼지?"

'왜 불상의 모양을 묻지? 아까는 분명히 알고 있다고 했는데?'

나오미는 아차! 하며 일어서려고 했다. 그 순간 머리가 높은 곳에서 떨어진 것처럼 핑 돌았다. 커피에 뭔가를 넣은 것이 분명했다.

"꼭 불상을 봐야 극락 가나? 내가 극락 보내줄게!"

노인이 안경을 벗으며 양손을 비볐다. 그의 동작이 꼭 파리 같다는 생각이 들었다. 손을 들었지만 들리지 않았다.

"Help(도와주세요)!"

연약한 말소리가 목구멍을 넘지 못했다.

극심한 노년화가 진행 중인 한국에서는 혼자 사는 노인들의 성 문제가 심각한 사회문제로 대두되고 있다. 돈이 있는 노인들은 창녀에게라도 가지만, 돈이 없는 노인들은 비교적 손쉬운 어린아이나 장애인을 노린다. 그리고….

"너 같은 불법체류자는 신고해봐야 강제송환이야! 나는 끽해봐야 벌금형이지."

노인이 벨트버클을 풀고 바지에서 뽑아냈다. 두꺼운 가죽과 크고 튼튼한 버클이 달린 벨트였다.

"까짓 백만 원, 꽃값 내는 셈 치지 뭐."

나오미는 퀴퀴한 냄새가 나는 담요 위에 누워 팔을 내저었다. 하지만 그것은 죽어가는 벌레의 손짓처럼 의미 없는 것이었다. 노인은 귀엽다는 듯 껄껄 웃으며 벨트로 나오미의 두 손을 묶고 칭칭 감아서 단단히 결박했다. 한두 번 해본 솜씨가 아니었다. 나오미는 조금씩 의식을 잃어갔다. 이런 일이 처음은 아니었다. 예전에 다녔던 한국기업의 필리핀 공장에서 한국인 공장장에게 당한 적이 있었다. 그 공장장도 이 노인처럼 능글맞게 웃으며 몸으로 그녀를 무겁게 눌러 내렸다. 비명을 질러도 소용이 없었다. 의식이 육체를 떠나 자신을 내려다보는 느낌이 들었다. 슬프게 울고 있는 자신은 이제 이전의 내가 아니었다. 찢어지고 깨지고 무시당하며 그녀의 영혼에는 커다란 구멍이 뚫렸다. 그때야 깨달았다. 자신의 어머니도 할머니도 그렇게 깊은 구멍이 뚫린 영혼을 품고 있었다는 사실을. 영혼에 상처가 있는 사람만 다른 영혼의 상처가 보인다.

그냥 눈을 감았다. 체념했다. 복수도, 고통도 모두 내려놓고 엄마와 할머니의 곁으로 가고 싶었다.

노인은 정신없이 그녀의 옷가지를 풀어헤치고 있었다. 굶주린 짐승 같은 노인의 이빨이 그녀의 여린 살덩이를 거칠게 깨물었다. 그 고통이 그녀를 정신 차리게 했다. 다시금 분노의 불길이 그녀의 내부에서 타올랐다. 그녀는 마지막 힘을 내서 다리를 휘둘렀다. 노인이 가슴팍을 얻어맞고 뒤로 물러났다. 하지만 덩치 큰 노인을 밀어낼 힘은 없었다.

"허어, 거 팔딱거리는 게 참 싱싱허네~."

노인은 손등으로 입가의 침을 쓰윽 닦고 두 손으로 그녀의 발목을 낚아챘다.

이제 남은 힘이 없었다. '엄마!'를 부르며 눈을 감았다. 그때였다!

갑자기 거칠게 문이 열리며 누군가가 안으로 뛰어 들어왔다. 꺼져가는 의식 속에서 나오미는 그 사람이 조금 전에 가게에 있던 손님임을 깨달았다. 젊은 남자는 노인을 제압하고 휴대폰으로 찍은 영상을 눈앞에 들이대었다.

"왜 이래? 그런 거 아니야!"

노인이 웃으며 변명했지만 남자는 노인을 방구석으로 집어 던져버렸다. 노인은 겁먹은 개처럼 자신보다 젊고 덩치가 큰 남자 앞에서 비굴하게 꼬리를 말았다.

"더러운 놈! 여기, 다 찍어놨어! 신고하면 당신 남은 인생 콩밥만 먹는 거야, 알았어?"

남자가 자신의 옷으로 나오미를 감싸서 번쩍 안아 들었다. 향긋한 구름 속에 둥실 실려 가는 느낌 속에 그녀는 정신을 잃었다.

───◦◦❦◦◦───

꿈을 꾸었다. 명절날 아침, 할머니와 엄마가 음식을 준비하며 웃고 있었다. 그런데 그 모습이 보이지 않았다. 나오미만 혼자서 텅 빈 방 안에 갇혀 있었다. 어느 곳에도 출구가 없고 음식 냄새와 즐거운 소리만 들려왔다.

"엄마! 할머니!"

벽을 두드리며 할머니와 엄마를 불렀다. 하지만 아무도 대답하지 않았다.

향긋한 음식 냄새에 눈을 떴다. 강아지처럼 킁킁 냄새를 맡으며 정신을 차린 그녀는 자신이 낯선 방 안의 낯선 침대 위에 누워있다는 것을 깨달았다. 몸을 일으키자 머리가 깨질 듯이 아팠다. 들어 올린 손목에 내출혈로 인한 붉은 자국이 선명했다. 벨트에 묶였던 자국이다. 그것은 꿈이 아니었다!

방문이 열리고 아직 스무 살 전후의 어려 보이는 여자가 들어오더니 나오미가 앉아 있는 것을 보고 밖을 향해 소리쳤다.

"오빠! 얘 일어났어!"

쿵쾅거리는 발소리가 방으로 다가왔다. 아까 봤던 남자의 얼굴이 나오미를 보고 기쁜 듯 활짝 웃었다.

"일어나셨네요. 잘됐다, 미주야! 그거 좀 가져와!"

남자의 말에 여자는 "아, 귀찮게 어디서 저딴 걸 주워와서…." 하고 툴툴대며 밖으로 나갔다. 나오미는 억지로 침대에서 일어나려다가 어지러워서 다시 주저앉았다.

"걱정하지 말고 쉬어요. 여기는 제 가게예요."

그제야 음식 냄새가 이해되었다. 그런데 너무나 익숙한 냄새였다.

"여긴 베트남, 필리핀 음식점이에요. 예전에 제가 필리핀에서 살았던 적이 있거든요. 필리핀 분이죠?"

그녀는 작게 고개를 끄덕였다.

"그 골동품상에는 가게 인테리어 때문에 갔던 거예요. 아가씨가 오니까 갑자기 그 미친 노인네가 저를 내쫓는 게 수상해서 다시 가봤죠."

남자는 나오미의 손목을 보고 낮게 한숨을 쉬었다.

"많이 아파요?"

남자가 나오미의 손목에 손을 대자 그녀는 깜짝 놀라 홱 손을 뺐다.

"미안해요. 나는 그냥."

그가 어쩔 줄 몰라 하고 있을 때 여자가 쟁반을 들고 방으로 들어왔다.

"먹고 빨리 가!"

던지듯이 내려놓은 쟁반 위에는 필리핀 사람들이 즐겨 먹는 닭죽, 아로스 칼도(Arroz Caldo)가 담긴 그릇이 놓여 있었다.

"야, 장미주! 너 말 곱게 안 해?"

"됐어! 또 볼 것도 아닌데 뭘?"

쏘아붙이듯 말하고 여자가 밖으로 나가버렸다.

"죄송합니다. 제가 대신 사과드릴게요. 저는 이태일이라고 해요. 배고프실 텐데 드세요."

이태일은 장미주가 놓고 간 쟁반을 침대 위에 올려주었다. 아로스 칼도의 향긋한 냄새가 식욕을 일으켰다. 나오미는 부끄러운 것도 잊고 허겁지겁 음식을 삼켰다. 금방 배속이 따듯해졌다.

'어떻게 한국 사람이, 그것도 남자가 이런 맛을 낼 수 있지?'

순식간에 죽 한 그릇을 다 비워버렸다.

"*May I have some more?*(좀 더 먹을 수 있나요?)"

남자가 싱긋 웃었다.

"잠깐만요. 식사 될 만한 거 갖다 드릴게요."

다시 밖으로 나간 그가 주방에서 뭔가를 만들기 시작했다.

고소한 돼지 살코기 냄새와 달착지근한 소스 냄새가 도마 위를 두드리는 리드미컬한 칼 소리와 함께 마음을 달래주는 한 편의 작은 교향곡을 만들었다. 어린 시절, 그녀의 아버지도 항상 주방에서 엄마와 딸을 위해서 음식을 만들어주곤 했다.

"많이 기다리셨죠?"

다시 돌아온 남자가 그녀 앞에 내려놓은 접시에는 반미(Banh Mi:쌀바게트) 샌드위치가 놓여 있었다.

반미 샌드위치는 베트남인들이 아주 좋아하는 음식이다. 나오미의 집안이 필리핀으로 옮긴 뒤에도 엄마가 자주 만들어주셔서 어려서부터 먹어왔기에 그녀에게는 이것이 소울푸드였다. 정신없이 집어 들고 한입 베어 물었다. 안에 들어 있는 돼지고기와 소스가 기가 막히게 어우러졌다.

"너무… 맛있어요."

이 남자가 만든 샌드위치에서 엄마의 맛이 느껴져 왈칵 눈물이 쏟아졌다.

그날로 나오미는 이 식당의 단골이 되었다. 공장이 쉬는 주말마다 이곳에 와서 반미 샌드위치를 먹었다.

"쟤는 왜 꼭 4인석에 앉아? 혼자 왔으면 2인석에 앉지!"

"장미주! 너 손님한테 그게 무슨 말버릇이야?"

장미주가 일부러 물을 흘리거나 접시를 던지듯 내려놓으며 냉대했지만, 이태일의 친절한 미소 덕분에 모든 것을 참아낼 수 있었다. 그와 함께 있으면 마음이 편해지고 한국인에 대한 불신감도 어느 정도 가라앉는 것 같았다. 무엇보다 자신의 몸에 흐르는 '라이따이한'의 저주받은 피에 대한 증오도 조금씩 녹아내리는 느낌이었다.

침향불상을 찾는 일도 게을리하지 않았다. 지난번의 실수를 교훈 삼아 무조건 찾아다니는 것보다 그 분야의 전문가들을 찾아 연락했다. 이 과정에서 이태일이 많은 도움을 주었다. 그는 지인과 연줄을 총동원하여 나오미를 도왔다. 골동품과 고미술 분야의 전문가들과도 연락이 닿게 해주었다.

"나오미 씨, 아는 선배한테 연락이 왔는데 지인 중에 미대 교수가 있대요. 그분이 골동품 전문가라서 도움을 줄 수 있을 것 같다고 합니다."

"정말이요? 감사합니다!"

며칠 뒤, 나오미는 고미술 전문가라는 사람을 만나게 되었다.

카페에서 만난 그는 둥근 뿔테 안경에 양복을 말끔하게 차려입은 고풍스러운 남자였다. 학자 같은 느낌도 들었다. 자신을 한국대학에서 강의하는 일본인이라고 밝힌 그는 나오미를 만나자마자 본론을 꺼냈다.

"침향불상을 찾고 있다던데, 맞습니까?"

남자의 목소리는 낮고 부드러웠으며 교양이 풍부하다는 느낌을 주었다.

"네, 맞아요. 침향불상, 찾아요."

"사진, 가지고 있나요?"

나오미가 사진을 꺼내서 내밀자 남자는 양해를 구한 다음 자신의 휴대폰으로 찍었다. 그러더니 사진을 어딘가로 전송한 뒤 전화를 걸어 일본어로 말했다.

"나야. 사진 보냈어. 알아봐줘!"

전화를 끊고 일 분도 안 된 사이에 답 문자가 왔다. 남자가 문자를 확인했다.

"그 불상, 아마도, 우리가 찾아 드릴 수 있을 것 같습니다."

"네? 정말요? 어디 있어요?"

"제가 아니고, 다른 전문가가 알고 있습니다. 아마도."

"아마도? 잘 모르는 거예요?"

나오미의 실망한 표정을 보고 일본인 교수는 살짝 웃어 보였다.

"그 전문가, 미술품에 대해서 모르는 것이 없습니다. 걱정하지 마세요."

"그럼, 그분 만나게 해주세요. 부탁드립니다!"

나오미가 고개를 숙였다.

"만나게 해드리죠."

남자가 한동안 물끄러미 나오미를 쳐다보다가 대답했다.

"하지만 시간이 필요합니다."

"왜요? 어딨는지 안다고 했잖아요?"

"불상이 어딨는지는 압니다. 하지만 당신에 대해서 모릅니다."

"저에 대해서요? 왜요?"

"우리는 관계를 중요하게 생각합니다. 모든 물건에는 주인이 있다는 말 아십니까?"

"네, 들은 적 있어요."

"사람과 사람뿐 아니라 사람과 사물 간에도 관계가 있습니다. 우리는 당신과 그 물건의 관계를 알아야 합니다. 그래서 당신에 대해 알아야 하죠."

나오미는 남자의 말을 이해하기 힘들었다. 하지만 그녀에게 그들의 시스템을 파악할 여유 따위는 없었다.

"알았어요. 마음대로 하세요. 그런데 그 전문가, 어떤 사람이죠?"

"그건 말할 수 없습니다."

"왜요? 어째서 안 돼요?"

"'그'는 사람이 아닙니다."

"*What*(뭐요)?"

그녀는 남자가 농담하는 거라고 생각했다.

"'그'는 사람이 아니라고 말씀드렸습니다."

"사람이 아니면 뭐죠?"

"'그림자'입니다."

점점 알기 힘든 말에 그녀의 마음이 조급해졌다.

"자세한 건 그 사람 만나서 이야기하세요. 조용한 곳에서 두 사람만…"

"방 안 싫어요!"

그녀가 자기도 모르게 소리쳤다. 사람들의 시선이 그녀에게로 모아졌다.

"사람 많은 곳, 만나고 싶어요!"

지난번 일로 나오미는 모르는 사람과 방 안에 같이 있는 것에 극도의 불안감을 느끼게 되었다.

잠시 생각하던 남자가 다시 말했다.

"알았어요. 사람이 많지만 은밀하게 이야기할 수 있는 곳을 찾아보죠."

나오미는 다시 불안해졌다. 간신히 불상의 위치를 아는 사람을 만났다. 만약 연락을 안 해오면 어떻게 할까?

"꼭 만나게 해줄 거죠?"

"아마도."

남자는 그 말과 짧은 미소를 끝으로 홀연히 떠나버렸다.

스테인드글라스를 통해 들어온 색색의 빛 알갱이가 오후의 성당 안을 가득 메우고 있었다. 시간이 천천히 흘러가는 것처럼 느껴지는 잔잔한 성스러움에 나오미는 문으로 들어서자마자 성호를 그었다. 할머니 한 분이 앉아 묵주기도를 올리고 있었다.

나오미는 사람이 없는 것을 확인하고 고해실 안으로 들어갔다.

"무슨 일로 오셨나요?"

부드러운 남자 목소리가 그녀를 맞이했다.

"침향불상."

"만나서 반갑습니다. 나오미 양."

고해실 칸막이 뒤의 남자가 말했다.

"도와주세요!"

나오미는 간절한 마음으로 부탁했다.

"불상 사진은 가져왔나요?"

그녀는 침향불상의 사진을 틈새로 밀어 넣었다. 사진을 받은 남자는 한동안 말이 없었다.

"이 불상을 찾고 싶은 겁니까?"

"네, 그리고 그 불상 훔쳐 간 사람 찾고 싶어요."

"찾아서 어떻게 할 겁니까?"

"복수하고 싶어요."

칸막이 너머의 남자가 잠시 침묵했다.

"모든 것을 다 가질 수는 없습니다. 복수를 하려면 당신은 당신의 인생을 버려야 합니다."

남자는 부드럽지만 단호한 어투로 말했다.

"불상과 복수, 둘 중에 무엇을 택할 겁니까?"

잠시 고민하던 나오미가 입을 열었다.

"*Revenge*(복수)!"

칸막이 너머에서 한동안 아무 말도 들리지 않았다.

대신, '딸칵' 하고 작은 나무문이 열리더니 서류 봉투 하나가 나왔다. 열린 문틈으로 남자의 양복 입은 날씬한 몸 윤곽이 드러났다. 나오미가 봉투를 받아들자, 다시 문이 닫혔다.

열어서 안을 보니 오래된 신문 기사가 들어 있었다.

영어로 번역된 기사에는 'Lucky buddha Statue(행운을 주는 불상)'라는 제목 아래 침향불상을 손에 들고 웃고 있는 중년 남자의 사진이 있었다. 김남규였다!

기사에는 베트남 파병 용사 출신의 김남규가 자신이 '선물' 받은 불상 덕분에 사업이 번창하고 하는 일마다 잘된다며 항상 감사하는 마음으로 살고 있다는 인터뷰 내용이 실려 있었다.

가족을 죽이고 가문을 몰락시킨 '귀신'이 이렇게 잘살고 있었다!

나오미는 작은 주먹을 꽉 쥐었다.

신문 기사의 뒷장에는 남자의 이름과 현재 주소가 적혀 있었다. 외할머니가 가지고 있던 인식표의 이름 '김남규'와도 일치했고 나이도 계산해보니 거의 비슷했다.

"잊지 마세요. 당신은 불상이 아니라 복수를 선택했습니다."

"알아요. 저, 우리 집, 망친 사람 직접 만나고 싶어요. 그 사람이 불상 가져가고 외할머니 가족 모두 죽였어요. 할머니, 돌아가실 때까지 그 사람, 한국 사람, 귀신이라고 했어요.

저는…"

"모든 물건은 주인이 있습니다."

갑자기 남자가 나오미의 말을 끊었다.

"네?"

"물건을 지키지 못하면 그 물건을 가질 자격도 없습니다."

나오미는 말문이 막혔다. 자신의 억울한 사정을 알고 돕는
줄 알았던 남자의 말에 놀랐다. 실망감으로 왈칵, 눈물이 복
받쳤다.

"저희는 모든 것을 관계로 봅니다. 힘이 없으면 사람도, 나
라도 보물을 가질 자격이 없습니다."

나오미는 입술을 깨물었다.

"만약 나오미 씨가 불상을 원했다면 도와드리지 않았을 겁
니다. 하지만 나오미 씨는 복수를 택했죠."

"저 그 사람 찾아가서 사과받고 싶어요. 그것 제 복수예요.
불상보다 더 중요해요."

"그 마음, 잘 알겠습니다."

칸막이 너머의 남자가 말했다.

"저 돈 드려요? 얼마 필요해요?"

나오미가 물었다.

"돈은 됐습니다. 귀신에게 희생당한 나오미 씨의 인생을 대

신 받지요. 그럼."

"잠깐만요! 궁금한 거 있어요."

"말씀하시죠."

"당신 친구. 왜 항상 '아마도'라고 하죠?"

의외의 질문에 남자가 한동안 말을 아꼈다. 하지만 곧 대답이 들려왔다.

"모든 사람이 가진 말의 무게는 틀립니다. 거짓말쟁이의 '정말'은 공기처럼 가볍고 금방 부서져서 흩어집니다. 하지만 정직한 사람의 '정말'은 바위나 산과 같죠. 그 사람은 가볍게 말하는 사람이 아닙니다. 그는 모든 가능성을 가정해서 말하죠. 이 세상에 100퍼센트는 없습니다. 그 사람의 '아마도'는 '반드시'보다 무겁습니다."

비로소 나오미는 남자의 말을 이해할 수 있었다.

왠지 이 사람들을 신뢰할 수 있게 되었다. 거짓 약속과 헛된 공약이 남발하는 세상에 그들의 모습은 더 신선하게 느껴졌다.

"지금부터는 혼자서 해야 합니다. 할 수 있겠어요?"

"아마도."

그녀가 대답했다.

"그 사람, 마침 입주 가정부를 구하고 있더군요. 그럼."

칸막이 너머의 남자에게 전화가 걸려 왔다. 남자는 전화를 받으며 고해실 밖으로 나갔다. 그는 프랑스어로 말하고 있었다. 잠시 망설이던 나오미도 밖으로 나갔다. 그 사람이 어떤 사람인지 보고 싶었다. 하지만 이미 남자는 성당 안 어디에도 없었다. 정말 '그림자'처럼 사라져버렸다. 기도하던 할머니가 나오미를 보며 살짝 미소를 지었다.

"그 사람 무슨 말 했는지 기억해요?"
복 형사가 물었다.
"네, 저 프랑스어 조금 배웠어요. 그 사람 '네, 샘입니다.'라고 했어요!"

'샘'이라는 말에 신영규의 표정이 변했다.
독과 연관된 몇 번의 사건에 등장했던 그 이름이 이번에도 나왔다.
그 사람이 프랑스어를 사용했다는 것이 마음에 걸렸다. 정체가 의심스러운 프랑스인.
그의 머릿속에 떠오르는 한 사람이 있었다.

"지난번, 그 선배 명함 있지?"

신영규는 바로 김정호에게 물었다.

"누구 말입니까?"

"그, 탐정사무소 개업한 사람!"

"아, 네."

눈치 빠른 김정호는 곧바로 휴대폰을 꺼내 명함 어플을 켰다. 그리고 선배의 명함을 찾아서 공유버튼을 눌러 신영규의 폰으로 전송했다.

"보냈습니다."

고개를 까딱한 신영규는 받은 전화번호를 확인하고 밖으로 나가서 전화를 걸었다.

"네. '대박' 탐정사무소입니다. 무슨 일이든 친절하게…."

"선배님, 저 신영규 팀장입니다."

"오우, 신 팀장님! 무슨 일로 전화를 다?"

"일 좀 부탁하려고요."

"그래? 무슨 일?"

"사람하나 미행 좀 해주십쇼."

"사람? 누군데?"

"외국인이에요. 인적사항을 폰으로 보낼게요."

"아, 그건 쉬운데, 비용이…."

"더블!"

"뭐… 네?"

"비용은 더블로 드릴게요. 확실하게만 해주세요."

"아이고오!"

좋아서 입이 뒤집어지는 모습이 보이는 것 같았다.

"내가 꿈에 대어를 낚더라니! 걱정 말어, 아니 걱정하지 마세요. 철저하게 해드리겠습니다. 저를 믿고…."

통화를 종료한 신영규는 인적사항을 폰으로 전송했다.

'프랑수아 마르셀'

—◈—

"잠깐만요. 확인 좀 하겠습니다."

위원장이 손을 들었다.

"지금 탐정을 시켜서 프랑수아라는 사람을 미행시킨 건가요?"

"네. 그렇습니다."

"왜죠? 그건 경찰이 할 일 아닌가요?"

"저희 업무가 바쁘기도 했지만, 프랑수아는 제 동료들 얼굴을 다 압니다. 미행하기에 부적절했습니다. 그래서 예전 경찰 동료였던 탐정에게 부탁한 겁니다."

"개인적인 사유로 한 건가요?"

다른 위원이 질문했다. 경찰 관계자였다.

"개인적으로 추진한 일이지만 당시, 저는 확신이 있었습니다."

"확신? 뭘 확신했다는 겁니까?"

"그 프랑수아가 연쇄살인범이라는 사실입니다!"

— ◦◦◦◦◦ —

"정말 '귀신'이라고 불릴 만하네요. 어떻게 그런 끔찍한 일을 저지를 수 있죠?"

치가 떨린다는 듯 소주희가 몸을 부르르 떨었다.

"한 남자의 잘못으로 삼 대가 피해를 입었어요. 나오미 씨 가족은 얼마나 힘들었을까?"

김건과 김정호, 소주희, 복승아가 신데렐라 포장마차의 스툴 앞에 침울한 표정으로 앉아 있었다. 오늘의 메뉴인 콩소메를 앞에 놓고도 누구 하나 입맛이 당기지 않는 듯했다.

"정말 부끄러운 일이지요."

김정호가 고개를 저으며 말했다.

"우리나라 사람이 한 짓이라고 믿기 어렵네요."

"베트남에서 무슨 일이 있었는지, 왜 그런 건 교과서에서 가르치지 않는 걸까요?"

"우리 사회가 그만큼 성숙하지 못했다는 증거죠. 잘못된 것을 잘못됐다고 인정할 만큼 양심적인 사회가 아니라는 거."

복숭아가 입맛을 잃은 듯 포크를 '댕그렁' 내려놓았다.

"피해자들은 수도 없이 존재하는데 죄지은 사람은 한 명도 없다니? 이럴 때 경찰은 가장 허탈하지."

김정호가 한숨을 쉬었다.

"베트남전에는 왜 참전한 거예요?"

소주희가 김건에게 물었다. 그는 양손가락으로 관자놀이를 누르며 말했다.

"1964년 통킹만 사건으로 미국이 베트남에 개입하면서 베트남전쟁이 시작됐어요. 박정희 대통령은 지속적으로 한국군 참전을 제안했고 처음에는 반대하던 미국 정부도 미국 내 반전 여론이 심해지자 한국에 참전을 요청했죠."

"한국이 먼저 제안한 거예요?"

"네. 당시 정부는 베트남 파병이 큰 기회라고 생각했어요."

"무슨 기회요?"

"돈벌이요."

소주희는 입을 떠억 벌렸다.

"한국 정부는 차관도입과 한국군 현대화 등을 조건으로

내세워 브라운 각서를 받아내고 1964년부터 베트남 파병을 시작했어요."

"베트남전 파병은 분명히 좋은 점도 있어요. 미국에서 받은 돈으로 당시에 최빈국이었던 한국이 경제발전을 한 거잖아요?"

"맞아! 그 돈으로 경부고속도로도 만들고."

복승아의 말에 김정호가 맞장구를 쳤다. 가끔 그들은 만담 콤비처럼 죽이 잘 맞았다.

"베트남 파병이 한국 경제에 큰 도움이 된 건 맞아요. 하지만 정작 목숨을 걸고 싸운 군인들에게는 제대로 돈이 지급되지 않았어요. 베트남전쟁 시 사상자 오천 명에 이만 명이 넘는 고엽제 후유증 환자가 발생했지만, 정부 차원의 지원은 형식에 그쳤죠. 월남전 참전동지회는 이렇게 주장하고 있어요. 당시 정부는 미국에서 병사 일 인당 오천 달러 이상을 받았지만, 군인에게는 겨우 육백 달러만 지급했다. 전체 파병 병력이 삼십이만 명이니까 대략 최저 삼십이만 명 곱하기 사천사백 달러, 곧 무려 십사억팔백만 달러(320,000×4400\$=1,408,000,000\$)나 되는 돈을 주인 허락도 없이 정부가 가져간 셈이다, 라고 말이죠."

"아, 너무하다. 공산당보다 심하네?"

"정부야, 도둑이야?"

"잠깐! 너무 한쪽으로만 말하면 안 돼!"

사람들이 화가 나서 한마디씩 하자 김정호가 가로막고 나섰다.

"우리는… 공무원이라고!"

그러고는 겁먹은 눈으로 주위를 살폈다.

"그래요. 1960년대만 해도 한국은 세계에서 가장 가난한 나라였어요. 경제발전을 최우선에 두고 모든 정책을 해나가고 있었으니 미국의 차관을 얻는 조건으로 베트남 파병을 한 건 어쩔 수 없는 선택이었을 거예요."

"포인트는, 베트남 파병을 하고 안 하고가 아니죠."

김건이 스푼으로 접시 안쪽을 휘저으며 말했다.

"당시에 나라가 어려웠고 차관을 받으려고 군인을 보냈다. 그럴 수 있어요. 하지만 문제는 그 한국 군인들이 양민을 '학살'했다는 거예요."

'학살'이라는 말에 사람들은 입을 다물었다.

"퐁니·퐁넛에서는 한국군 청룡부대원들이 양민을 학살한 것이 드러났어요. 그건 미군도 마찬가지죠. 미군은 남베트남 미라이에서 양민을 대량 학살했어요. 한국 정부는 지난 1998년, 2004년, 2018년, 민주 정부 때마다 대통령들이 베트남전쟁 당시 한국 군인에 의한 베트남인 양민학살을 사과했지만, 그쪽에서 받아들이지 않았죠. 2018년 대통령이 사과 발언을 한 건 베트남 신문에 한 줄도 나오지 않았어요."

납처럼 무거운 공기가 모두의 가슴을 무겁게 짓눌렀다.

김정호가 '에잇' 하며 손으로 자기 머리를 헝크러뜨렸다.

"이제 그만합쉐. 우리가 뭘 어쩌겠소."

"그래요, 말해봐야 마음만 아프고."

모두가 분위기를 정리하고 싶어 했지만 김건은 말을 멈추지 않았다.

"말 그대로 우리 개개인이 할 수 있는 건 아무것도 없어요. 하지만 우리는 우리 동족들이 한 짓을 알고 있어야 해요. 그래야 같은 잘못을 되풀이하지 않을 겁니다."

다시 숙연한 분위기가 되었다.

"사르트르는 이렇게 말했습니다. '폭력은 언제나 반대되는 폭력을 낳는다'. 일본 제국주의 식민지로 35년을, 거기다 삼년 동안 한국전쟁을 치른 한국인들이 다른 나라에서는 양민을 학살하는 살인자가 되었죠. 우리 민족에게 가해졌던 오랜 폭력은 우리 마음 깊은 곳에 날카로운 칼들을 심어놓았고 그것을 풀어놓자 쉽게 다른 사람들을 해치게 된 겁니다."

김건이 허공을 보며 잠시 말을 멈췄다.

"물론, 모든 군인이 다 그런 건 아닙니다. 일부 군인들이 그렇게 했겠죠. 하지만 당한 사람들의 입장에서는 모든 한국인이 똑같은 살인자로 보일 겁니다. 우리가 일본인들을 보는 시각처럼요."

한동안 아무도 입을 열지 않았다. 눈치 빠른 프랑수아는 그들의 분위기를 느끼고 주방에서 바쁜 척하며 나오지 않았다.

무거운 정적을 깬 것은 소주희였다.

"아, 맞다!"

그녀가 손뼉을 치며 말했다.

"이태일 선배가 그 나오미 씨 진짜로 좋아하나 봐요."

"응? 왜요?"

"이태일 선배 가게 홈페이지에 새 메뉴로 아도보(Adobo) 샌드위치가 있었어요."

"아도보 샌드위치? 그게 뭐죠?"

김 형사가 묻자 김건이 양손으로 관자놀이를 누르며 대답했다.

"아도보란 스페인어로 '양념에 재운다'는 뜻인데 돼지고기나 닭고기, 당근과 양파 등에 간장과 식초를 비롯한 여러 향신료를 넣고 졸인, 닭찜 비슷한 거야."

자기가 설명하려던 걸 김건이 가로채자 소주희가 낮게 "설명충…"이라고 중얼거렸다. 김건은 '아뿔싸!' 하며 얼른 입을 다물었다.

"나오미 씨, 베트남과 필리핀 혼혈이잖아요. 베트남식 쌀바게트에 필리핀식 아도보 닭고기찜을 넣은 메뉴잖아요. 분명 이태일 선배가 나오미 씨 사정을 알고 만든 거죠!"

"그럴듯하네. 잘됐으면 좋겠다. 그 사람들."

"정말 낭만적이죠. 이 세상에서 오직 나만을 위한 요리."

"정말~."

낭만적인 생각에 들뜬 소주희와 복 형사가 꿈을 꾸는 표정으로 말했다.

하지만 김건과 김정호는 사건 이야기에 여념이 없었다.

"지금 포인트는 그 침향불상을 어디에 어떻게 숨겼느냐 하는 거야. 혹시 창밖으로 던졌을까?"

"벌써 경찰이 호수 부근 다 뒤졌어. 없더라고. 그리고 그게 돈이 얼만데 밖으로 던지겠냐?"

"그러게. 그럼 대체 어디 있지?"

"진짜. 죽겠구나야. 언론에서는 매일 무능한 경찰이라고 조동이짓 하지, 위에서는 빨리 찾으라고 쪼지, 내가 어데 갈 데가 없어!"

"그, 용의자들 옷은 조사하고 있지?"

"옷? 이태일이하고 그 필리핀 여자 옷은 당연히 조사 중이지."

"한명국은?"

"조카? 하기는 하겠지만, 왜?"

"시간상 뭔가 애매해. 그 장미주라는 여자의 진술하고 한명국 진술이 미묘하게 안 맞거든."

"뭐이가 이상하지?"

"장미주는 주차장에서 혼자 담배를 피우고 있었어. 하지만 CCTV에 모습이 안 보였지?"

"그거, 카메라가 옛날 거라서 화질이 구려. 물어봤는데, 담장 안쪽에 앉아서 담배 피웠대. 꽁초도 확인했어."

"그렇지? 그럼 생각해봐. 비명이 들리고 한명국이 급하게 안으로 뛰어 들어갔어. 그런데 장미주는 그 자리에 그대로 있었다는 뜻이지?"

"그럴 수도 있지 않니?"

"비명소리에 사람이 달려가는데 앉아서 담배만 피웠다?"

"아!"

김정호가 크게 맞장구를 치더니, 다시 눈을 크게 뜨고 "그래서?"라고 물었다.

"생각해봐! 장미주는 나오미를 연적이라고 생각해. 그런데 그 연적이 비명을 질렀어. 무슨 일이 있는지 알고 싶어지는 게 정상이지. 가만있었다는 게 더 부자연스럽잖아?"

그때서야 김정호 형사가 고개를 끄덕였다.

"그것도 그렇구먼. 일단 참고하갔어."

"이상한 거 또 있어요!"

갑자기 소주희가 손을 들었다.

"네? 뭐가요?"

"레촌이 탔다는 게 좀 이상해요."

"그게 왜요?"

"만약 이태일 선배가 화로에 옷을 태운 거라면 당연히 돼지를 치워놓고 했을 거예요. 의심받을 걸 알면서 그대로 태웠다? 그건 아니죠!"

"서두르면 그럴 수도 있잖아요?"

복승아가 의의를 제기했다.

"이태일 선배는 요리사예요. 그분, 평소에도 요리는 자기 마음이라고 했거든요. 그런데 몇 시간 동안 공들여서 조리한 음식을 태운다?"

소주희는 마지막에 김건을 흉내 냈다.

"그분 프로필하고 맞지 않아요!"

그 말에 다들 웃음을 터뜨렸다.

"내가 저렇게 말하나?"

"너는 모르니?"

그들이 서로의 의견을 교환하고 있을 때 프랑수아가 큰 냄비를 들고 나타났다.

"자, 오늘의 요리 나왔습니다!"

"드디어! 오늘의 메뉴가 뭐죠?"

"오늘 메뉴는 포토푀입니다. 고기와 뼈, 야채를 푹 삶아 먹는 요리로, 사랑이 듬뿍 들어간 프랑스 가정요리죠!"

프랑수아가 설명하고 뚜껑을 열자 향긋하고 고소한 냄새가 퍼져나갔다. 고기와 야채가 덩어리 채 들어간 먹음직스러운 요리에 감탄사가 저절로 나왔다. 누가 먼저랄 것 없이 스푼을 드는데 소주희가 "잠깐만!" 하고 외쳤다. 그러더니 휴대폰을 꺼내 사진을 찍었다.

"사진을 왜 찍어요, 요리사가?"

복숭아가 물었다.

"쏴리! 프랑수아 요리랑 저희 식당 요리랑 비교해보려고요. 양해해주세요."

소주희의 말에 프랑수아가 살짝 웃으며 "천만에요."라고 대답했다. 그러자 이번에는 김정호가 휴대폰으로 요리 사진을 찍었다.

"뭐야? 선배는 또 왜?"

"블로그에 올리려고. 안 되니?"

"김 형사님도 그런 취미가? 신선하네!"

복승아 형사의 놀림에도 김정호는 조금도 기죽지 않고 SNS에 사진을 포스팅했다.

"죽을 것처럼 힘들었던 하루, 이 한 접시가 나를 살린다!"

"뭐지? 이 2천 년대 감성은?"

"거저, 내 맘이지! 자, 이제 거 주둥아리들 닫고 날래 먹으라우!"

"닫고 어떻게 먹어?"

"그냥 먹으라!"

김정호의 북쪽 사투리에 맞춰 프랑수아가 각자의 접시에 포토푀를 덜어주었다.

스푼으로 국물을 입에 넣은 사람들이 모두 "아~" 하고 감탄했다.

"처음 먹어봐요."

"이거… 정말 맛있는데?"

사람들의 찬사에 프랑수아가 고개를 숙였다.

"감사합니다. 천천히 드세요."

"베트남 쌀국수도 이 포토푀에서 나온 거죠?"

"네, 그래요."

국물을 떠 마시던 복숭아의 물음에 김건이 대답했다.

"베트남이 프랑스 식민지였잖아요. 원래 포토푀는 건더기만…."

그 말을 소주희가 냉큼 가로챘다.

"원래 포토푀는 건더기만 건져서 겨자소스에 찍어 먹는 요리였는데, 베트남 사람들이 그 남은 국물에 국수를 말아서 먹기 시작한 게 베트남 쌀국수의 기원이래요."

"주희 씨!"

김건이 항의하듯 쳐다보자 소주희가 "말 뺏기니까 기분 나쁘죠?" 하며 혀를 날름 내밀었다.

"하여튼 프랑스 사람들 다 허세야! 허세! 이 국물이 엑기슨데 건더기만 먹다니."

김 형사가 고기덩어리를 건져 먹으며 말했다.

"None! 그렇지 않아요. 프랑스에서도 이 국물은 스프로 먹어요. 원래 포토푀, 프랑스 서민 음식이에요. 값싸고 질긴 고기랑 찌꺼기 채소 같은 걸 맛있게 먹으려고 만든 거죠."

프랑수아가 끼어들었다.

"그렇구나. 그럼 이거 갈비탕이네. 프랑스 갈비탕!"

"아니, 갈비탕은 아니에요. 포토푀는 야채를 같이 넣고 끓여서 깊은 맛을 내거든요."

"갈비탕도 채소 들어가는데?"

"포토푀에는 부케가르니가 들어가요!"

그들이 서로 티격태격할 때, 김건만은 무엇 때문인지 숟가락을 든 채 가만히 접시를 들여다보고 있었다.

"부케가르니(Bouquet Garni)!"

"응? 건 씨! 무슨 일 있어요?"

프랑수아가 김건의 표정 변화를 알아차렸다.

"프랑수아! 방금, 부케가르니라고 했죠?"

"그래요! 갈비탕하고 다르게 여기는 부케가르니를 써요."

"어떤 부케가르니 쓰고 있어요?"

"좋은 질문이에요!"

김건이 묻자 프랑수아는 주방에서 잎채소를 실로 묶은 것을 꺼내 보이며 자랑스럽게 "이게 제 부케가르니죠."라고 대답했다.

"프랑스 요리, 만드는 사람마다 부케가르니에 들어가는 허브, 달라요. 저는 타임, 샐러리, 월계수잎, 파슬리를 쓰죠. 가장 기본적인 거예요."

"그런데, 부케가르…가 뭐요?"

김정호 형사가 뒷북을 쳤다.

"그러니까 지금까지 설명했잖아요. 고기의 냄새를 없애고 맛을 끌어올리는 거라고!"

복승아가 소리치자, "아, 모를 수도 있지 뭘 그렇게 화를 내? 내가 뭐 프랑스 사람이니? 부케가르룽, 그거 모를 수도 있지 않간?"

"그러니까, 부케가르니!"

김 형사와 김건을 제외한 나머지 사람들이 동시에 소리쳤다.

그 순간 김건이 벌떡 일어났다.

"그래! 부케가르니는 냄새를 없애려고 넣는 거야! 침향도 원래는 불상 복장품, 목제 불상에 잡냄새와 미생물 번식을 막기 위해 넣는 거지!"

그는 종이를 한 장 꺼내서 능숙한 솜씨로 접기 시작했다.

"지금 뭐 하는 거야?"

복승아가 묻자 소주희가 대신 대답했다.

"'사건유기체설' 모델이래요. C.O.T(Case Organism Theory) 라던가?"

김건은 종이를 접어서 뭔가 그럴싸한 모양을 만들었다. 맨 뒤는 삼각형의 꼬리지느러미, 가운데는 뾰족한 등지느러미,

SHARK

앞쪽은 삼각형의 날카로운 머리가 있었다.

"그거, 상어 아니에요?"

"맞아요. 이건 상어죠."

"왜 상어예요?"

"상어는 부레가 없어서 계속 앞으로 헤엄쳐야만 살 수 있습니다. 이번 사건에 관계된 사람들도 상어처럼 계속 앞으로만 가야 하는 운명들이죠. 하지만."

김건이 숨을 몰아쉬고 빠르게 말을 내뱉었다.

"부레가 없어서 가라앉는다는 말은 적절치 못합니다. 상어는 부레 대신 지방층이 많은 간이 있어서 부력을 얻는 데는 문제가 없거든요. 사실 상어가 계속 헤엄치는 진짜 이유는 입으로 물을 마셔서 그 안의 산소를 흡입해야 살 수 있기 때문

입니다. 또 상어는 로렌치니기관으로 전기를 감지해서….'

"거, 일 절만 합시다!"

소주희가 끼어들어 말을 끊자 김건은 입을 다물고 금빛 만년필을 꺼내서 종이로 만든 상어 모형에 뭔가를 그리기 시작했다.

처음은 맨 뒤의 꼬리지느러미에 이중 원을 네 개 그렸다.

"가정부 나오미, 출장요리사 이태일, 그 조수인 장미주, 그리고 피해자의 조카 한명국. 이 네 사람이 사건을 구성하는 주요 조건입니다."

각각의 선은 가운데의 세모꼴로 모였다.

"이 사람들이 피해자를 만났죠."

선들은 다시 흩어져서 뻗어나갔다.

"트리거는 침향불상! 이후 그 불상이 어디 있는지가 포인트."

네 개의 선은 다시 네모꼴로 이어졌다.

"사건 직전 옷을 갈아입은 가정부와 요리를 태운 요리사. 그들이 그렇게 행동하게 만든 요인."

네 개의 선들이 상어의 머리 부분에 그려진 둥근 원까지 이어졌다.

"이제 모든 흐름을 알았습니다!"

김건은 두 손으로 종이 모델을 구겨버렸다.

"이 문제는 수명을 다했습니다!"

— ❦ —

"신영규 팀장님께 다시 질문드리겠습니다. 그 프랑수아 씨에 대해서는 얼마나 알고 있습니까?"

"잘… 모릅니다."

"프랑수아 씨가 운영하는 푸드트럭에 김건 씨와 소주희 씨, 그리고 다른 경찰 동료들이 자주 만나서 어울린 것 같은데요. 맞습니까?"

"그런 것 같습니다."

"신영규 팀장은 같이 어울리지 않았나요?"

"저는… 그들과 다릅니다."

"흥미롭네요."

"네?"

"보통은 어울리고 싶다, 혹은 그렇지 않다, 라고 대답합니다. 하지만 조금 전 신 팀장은 다르다고 표현했습니다. 그들과 무엇이 다른가요?"

"저는… 그, 김건과 어울릴 수 없습니다."

"어울릴 수 없다. 이유가 뭔가요?"

"그놈은 제가 알던 그놈이 아니기 때문입니다."

"그렇군요…"

위원장이 잠시 말을 끊었다.

"제 생각은 그렇습니다. 어쩌면 신영규 팀장은 김건 씨에 대한 과도한 경쟁의식으로 무리하게 프랑수아 씨를 범인으로 몰고 간 것이 아닐까요?"

"그건… 생각해본 적이 없습니다."

"알겠습니다. 계속 들어볼까요?"

—◦◦◦—

"자! 이거 선물!"

차 안에 나란히 앉아 있던 복승아가 김정호에게 예쁜 크리스마스 포장지로 싼 선물을 내밀었다.

"응? 선물? 이걸 왜 갑자기?"

"그냥 생각나서 샀어요."

"고맙다. 야, 그래도 나 생각해주는 건 복 형사뿐이야?"

"됐고, 열어보기나 해요."

"그럴까?"

김정호 형사가 헤벌쭉 웃으며 포장지를 열었다.

"이거 포장이 뭐 이래 고급지니?"

"그냥 남자용 마스크팩 하나 사봤어요."

"고마워서 어쩌지? 웅?"

상자는 고급스러운 검은색과 금색으로 디자인되어 있었고 좋은 향기도 났다.

"야! 향기 좋다. 그런데… 이거이 뭐이가?"

검은 상자 앞에 '촉촉한 오징어 되기'라는 문장과 함께 웃고 있는 오징어의 그림이 당당하게 박혀 있었다. 그 밑에는 '이번 생, 미모는 포기해도 피부는 포기 안 해!'라는 문구가 쓰여 있었다.

"내가 낙지니? 이런!"

김정호 형사가 화를 내며 상자를 뒷좌석으로 휙 던져버렸다.

"뭐요? 낙지? 이거 오징어인데?"

"북한하고 한국은 달라. 북한에서는 오징어를 낙지, 낙지를 오징어라고 불러."

"웅? 왜 그런 거지?"

"처음에는 같았는데, 중간에 바뀌었어. 그런데, 그게 포인트가 아니야! 왜 하필 오징어냐고?"

"뭐면 어때요? 선물인데."

그 말에 김정호가 한숨을 내쉬었다.

"거저, 알았다야. 나도 저거 붙이고 촉촉한 낙지가 되갔어!"

복숭아는 옆으로 고개를 돌리고 키득키득 웃었다.

"거저, 히터 좀 키라. 내래 감기 걸리겠어야."

김정호 형사가 양손으로 팔을 문지르며 말했다. 유난히 더위를 싫어하는 복숭아 형사가 히터를 켜지 않은 탓에 김정호는 숨을 쉴 때마다 밭 가는 소처럼 코에서 김을 뿜고 있었다.

"이런 미네랄! 좀만 참아요. 남자가."

복숭아 형사가 예쁘장한 얼굴에 짜증을 듬뿍 담은 말투로 쏘아 올렸다. 불금 저녁에 차 안에서 용의자 감시나 하고 있는 처지가 답답해서였다. 한명국을 몰래 감시하라는 신영규의 명령에 두 사람은 졸지에 파트너가 됐다.

"뭐이가 어드래? 남자는 추위를 아니 타니?"

양손에 입김을 불며 투덜대는 김 형사에게 복 형사가 손가락으로 오리 입모양을 만들어 닫는 자세를 취했다. 신영규가 입 닥치라는 신호로 많이 하던 동작이었다. 자기도 모르게 반사적으로 '합!' 하고 입을 다문 김 형사는 덜컥 화가 치밀어 복 형사에게 따졌다.

"아니, 이거이 선배한테 무슨!"

"저기! 저기!"

복 형사가 가리키는 쪽에 빨간 헬멧을 쓴 남자가 대문 앞에 스쿠터를 세우고 있었다. 스쿠터에는 '꼬꼬댁 치킨' 상표가 붙어 있었다.

"뭐야? 닭 시킨 거야? 아직 여덟 신데?"

배달원의 손에는 대형 닭튀김 상자가 들려 있었다.

"무슨 파티 하나? 저 사이즈 봐라?"

문이 열리고 한명국이 고개를 내밀었다.

"아! 예, 돈 드릴 테니까 잠깐만 들어오세요."

남자가 안으로 들어가고 문이 닫혔다.

"닭튀김 안 땡기니?"

"치느님에 맥주 한 잔."

"양념 반 프라이드 반."

복 형사가 맥주를 벌컥벌컥 마시는 시늉을 했다.

"어, 복 형! 맥주 좀 하나 봐? 오백 한 잔?"

"아뇨, 소준데요!"

그녀의 술 내공을 잘 아는 김정호 형사가 '허걱' 하며 입을
다물었다.

"제가 한창때는 소주병 뚜껑으로 탑을 쌓아서 턱까지 닿
아야 집에 가곤 했어요."

"뻥치지 말라! 고거이 인간이 할 수 있는 일이네?"

"믿든지 말든지."

소주 두 잔에 고이 잠드는 소극적인 주량의 그는 명함도 못

내밀 엄청난 주량이었다.

멀리 떨어져 있는데도 기름진 닭튀김 냄새가 풍겨오는 느낌이었다. 잠복근무 시 가장 힘든 순간이 바로 이런 때다. 조금 전 편의점 햄버거와 커피로 대충 허기를 면했지만 다시금 맹렬하게 배가 고파졌다.

"너는 잠복할 때 뭐가 제일 댕기냐?"

김 형사의 물음에 복승아가 침을 꿀꺽 삼키며 대답했다.

"역시 짜장면이죠!"

"크!"

김 형사도 격하게 공감했다.

잠복하는 중에 중국집 배달 오토바이라도 지나가면 일이고 뭐고 때려치우고 중국집으로 달려가고 싶은 마음이 굴뚝같아진다.

"너는 모를 거이야. 한국 들어와서 처음으로 짜장면을 먹었는데, 와! 이건 뭐!"

김정호가 그때를 회상하며 감탄사를 연발했다.

"북한 음식, 안 댕겨요?"

"댕기지! 그래도 지금은 우리 음식 맛있는 게 많아서 괜찮아."

"우리 음식? 북? 남?"

"거, 좀 찰떡같이 알아들으라! 내가 사는 곳이 우리 집이지!"

두 사람이 음식 이야기로 입맛을 다시고 있는 사이에 빨간 헬멧의 배달원이 문을 열고 나왔다. 그의 손에는 여전히 닭튀김 상자가 들려 있었다.

"뭐야? 왜 닭을 다시 들고나오니?"

"다른 곳에 또 배달 가나 보죠."

복 형사가 별일 아니라는 듯이 대답했다. 배달원은 상자를 뒤쪽 트렁크에 싣고 스쿠터를 급발진시켜 달려 나가더니 아슬아슬하게 바뀐 신호등을 지나 어둠 속으로 녹아들었다.

"잠깐!"

뭔가를 생각하던 김 형사가 "젠장!" 하고 외치며 차에서 내려 한명국의 집으로 달려갔다.

"뭐예요?"

"배달원 바지 색깔이 달랐어!"

"이런 신발!"

복 형사도 차에서 내려 뛰기 시작했다. 들어갈 때는 분명히 청바지를 입고 있던 배달원이 나올 때는 남청색 바지를 입고 있었다. 김 형사가 한명국의 집 대문을 두들기자 덩치 큰 남자 하나가 닭다리를 뜯으며 문을 열었다.

"누구세요?"

"당신 누구야? 한명국 어딨어?"

김 형사가 경찰신분증을 내밀며 묻자 남자는 태연하게 말했다.

"아, 전 명국이 친군데요. 근처에서 닭집하고 있어요. 명국이 지금 술 사러 갔는데요?"

그러면서 그는 시원하게 캔맥주를 들이켜더니 "캬아!" 하고 탄산 가득한 숨을 내뱉었다. 김 형사가 화를 참으며 휴대폰을 꺼냈다.

"이런 시레기! 조팝!"을 외치는 복승아 형사의 목소리에 이웃집 개가 '컹컹' 짖기 시작했다.

M관광호텔 주차장에 스쿠터를 세운 한명국은 헬멧을 벗고 닭튀김 상자를 꺼낸 뒤 엘리베이터에 올라탔다. 8층에서 내려 왼쪽 복도를 지나 815호실 앞에서 두 번씩 노크를 세 번했다.

"하이!"

일본말이 들리며 문이 열렸다. 일본 야쿠자 만화의 실사판처럼 생긴 키 큰 남자가 문을 열고 한명국을 노려보았다. 억지로 웃어 보였지만, 남자는 굳은 표정으로 복도 여기저기를 살펴본 후에 턱짓으로 그를 들여보냈다.

"안녕하시므니까? 오시느라 고생 많았스므니다."

방 안에 있던, 둥근 안경에 5:5 가르마를 탄 남자가 일어나며 그를 반겼다. 이 방 안의 일본인들은 모두가 '나는 일본인이요' 하고 광고하는 것처럼 꾸미고 있었다.

"안녕하세요. 요시다상!"

한명국이 반갑게 웃으며 남자에게 손을 내밀었지만, 요시다는 그 손을 잡지 않았다. 날카로운 인상의 큰 키에 깡마른 남자 하나가 커튼을 두껍게 친 창문 앞에 서 있었다.

"물건은 어디 있으므니까?"

한명국이 큰 닭튀김 상자를 테이블 위에 올리고 뚜껑을 열자 위쪽에 담긴 고소한 닭튀김이 고운 자태를 드러냈다. 남자들이 일제히 침을 삼켰다.

"이건 써비습니다~."

그는 씨익 웃으며 두 번째 뚜껑을 들어냈다. 닭튀김은 뚜껑 위쪽에만 깔려 있었고 그 아래쪽에 조심스럽게 끈으로 묶어 놓은 종이뭉치가 숨어 있었다. 종이뭉치를 꺼내서 풀어헤치자 나무로 만든 불상이 나왔다.

"돈은?"

요시다가 신호하자 커튼 앞에 서 있던 깡마른 남자가 가방에서 비타민 음료수 상자를 꺼내 열어 보였다. 오만 원권 다발 위에 찍힌 신사임당이 인자하게 웃고 있었다.

"칸고꾸찡(한국인)이 다이스키(좋아)하는 온나(여자)입니다."

한명국은 쓴웃음을 지었다. 돈을 위해서는 일본인의 비아냥도 참아야 했다.

"침향불상이노 어디 있스므니까?"

요시다가 재촉하자 한명국은 불상을 눕히고 발밑에 교묘하게 만들어진 뚜껑을 열었다. 그 안에서 종이에 쌓인 한 뼘 크기의 침향불상이 나왔다.

"이것이 그 베트남산 침향불상입니까?"

한명국이 침향불상을 테이블 위에 올려놓자, 요시다는 무릎을 꿇고 돋보기를 꺼내 불상을 관찰하기 시작했다.

"스고이(대단해)! 이렇게 작은데도 너무나 정교합니다."

그는 만지기도 아깝다는 듯 사방에서 불상을 내려다보았다.

"아트데쓰요! 아트! 혼도니 스고이(정말 대단해)."

한명국은 조금 불안해져서 시계를 들여다보았다. 위험을 무릅쓰고 감시하던 눈들을 따돌리고 여기에 왔다. 돈을 받아서 감추고 빨리 돌아가야 하는데 이 일본인은 한없이 감탄만 하고 있었다.

"돈만 주시면 앞으로 평생 보실 수 있습니다."

"아! 실례했스므니다!"

그때서야 요시다는 몸을 일으키며 두 손으로 무릎을 털어 냈다.

"제가 잠시 정신이노 나갔스므니다. 아라이!"

그의 부름에 깡마른 남자가 음료수 박스를 들고 와서 테이블 위에 '텅!' 하고 올려놓았다. 한명국이 서둘러 박스를 잡으려는데 남자가 손을 누른 채 그를 노려보았다. 한명국이 불안한 얼굴로 요시다를 쳐다보았다.

"돈 드리기 전에 미리 말씀드립니다. 우리, 야쿠자입니다. 야마구치 구미! 이름은 들어보셨죠?"

한명국이 고개를 주억댔다.

"만약 이 물건 가짜라면 어떻게 되는지 알려드리죠. 그 친구 손 잘 보세요."

한명국이 깡마른 남자의 손을 내려다보았다. 박스를 누르고 있는 네 손가락 끝이 모두 한 마디씩 잘려져 있었다. 남자가 손을 들어 한명국의 눈앞에 가까이 가져갔다. 자세히 보니 관절 부위보다 조금씩 위쪽으로 살덩이가 남아 있었다. 칼로

마디를 자른 것이 아니었다. 딱 관절 위쪽까지만 깎아낸 것 같은 모습이었다. 너무나도 끔찍한 모습에 자기도 모르게 눈을 돌렸다.

"이 친구 옛날에 실수했스므니다. 조직에 큰 손해를 줬죠. 그래서 조직에 있는 고문 전문가가 저 친구 손을 일주일 동안 저렇게 만들었스므니다. 우리, 그 센세이 '조각가'라고 부릅니다. 뭘로 조각하는지 아시므니까?"

한명국이 고개를 저었다.

"그라인다(그라인더)!"

갑자기 아라이의 손이 한명국의 손을 잡고 무서운 힘으로 내리눌렀다.

"으아악!"

비명소리에 요시다가 씨익 웃었다.

"공업용 그라인다에 저 친구 손가락 일주일 동안 갈았스므니다. 그래도 그 전문가 아라이한테는 사정 봐준 겁니다. 같은 식구니까, 한센세이(한선생), 우리 식구입니까?"

한명국이 고개를 저었다.

"맞습니다. 그러니까 만약 이 물건 가짜면 우리 당신 찾아서 잡을 겁니다. 그리고 여기서부터…."

한명국의 손끝을 가리킨 요시다의 손이 "여기까지." 어깨를 가리켰다.

"갈아버릴 겁니다."

너무 놀란 한명국이 털썩 주저앉았다.

"폭력 잘 쓰는 사람이 어떤 사람인지 아시므니까?"

그는 입을 멍하니 벌린 채 고개를 저었다.

"바로 폭력을 당해본 사람이므니다. 폭력 당하면 마음속에 오니(귀신) 들어오므니다. 그래서 안에서부터 먹어 치우죠. 마침내는…."

그가 잠시 말을 끊었다.

"그 사람이 오니(귀신)가 되므니다."

조금 전까지 벙글거리던 남자 대신 무서운 눈의 야쿠자가 그를 노려보고 있었다.

"아라이가 바로 그 오니죠. 기회만 되면 이 친구는 사람 몸 전체를 그라인다로 갈아버릴 거므니다."

요시다가 한명국을 내려다보며 말했다.

"무슨 말인지 잘 아시겠죠?"

그가 힘없이 고개를 끄덕였다. 그때였다. 밖을 감시하던 덩치가 문에 귀를 대고 소리를 듣더니 "칙쇼(젠장)!" 하고 외쳤다.

"꼼짝 마!"

방문이 거칠게 열리더니 경찰관들이 일제히 들이닥쳤다.

덩치에 어울리지 않게, 남자가 잽싸게 돈이 든 상자를 집어 들고는 경관을 밀치고 튀어 나갔다. 럭비선수처럼 달려 나가는 덩치에 부딪혀 경찰 두 명이 나자빠졌다. 남자는 복도로 나오자마자 엘리베이터로 달려갔다. 미식축구 선수처럼 무시무시한 기세였다. 폭주 기관차처럼 달려 나가는 엄청난 덩치를 막을 것은 세상에 아무것도 없을 것 같았다. 하지만 복도 끝에서 갑자기 날아온 날카로운 구둣발이 그의 옆구리에 꽂혔다. 신영규였다.

"컥!"

남자는 허무하게 중심을 잃고 넘어지면서도 돈 상자를 보호하려고 위로 들어 올렸다. 하지만 인정사정없는 두 번째 발이 돈 상자와 그의 얼굴을 같이 걷어찼다. 정신을 잃고 쓰러진 남자의 몸 위로 상자에서 빠져나온 오만 원권 지폐가 강원도 군부대의 눈발처럼 사방으로 쏟아져 내렸다. 신영규는 그중 한 장을 잡아들고 자신의 구두에 묻은 피를 쓰윽~ 닦은 뒤에 다시 던져버렸다. 방 안에 있던 사람들은 덩치를 한 방에 기절시킨 신영규를 보고 저항을 포기했다. 은단을 입에 던져 넣으며 호텔 방 안으로 들어온 신영규가 탁자 위에 있던 침향불상을 쳐다보았다.

"이게 그거지?"

비웃듯 일그러진 신영규의 미소가 한명국을 향했다.

"어떻게? 완벽히 따돌렸는데."

한명국이 멍한 얼굴로 중얼거렸다. 오늘 하루 동안 너무 많은 일을 겪어서 갑자기 확 늙어버린 것 같았다.

"아, 그거. 당신이 걔네들 속인 건 맞아. 그런데 우리는 처음부터 두 군데를 감시하고 있었거든. 일본에서 온 야쿠자가 침향불상을 찾고 있다는 첩보를 입수하고 여기 요시다 선생을 감시하고 있었지."

신영규가 한명국의 손목에 '철컥!' 수갑을 채웠다.

"뭐? 그 침향불상이 가짜라고?"

신영규는 눈을 부릅떴다. 한명국과 국제문화재 밀매단을 모두 붙잡고 진짜를 찾았다는 자부심이 한순간에 무너졌다.

"이건 가짜가 분명하답니다."

통역사가 말했다. 베트남 문화재청 관리들이 침통한 얼굴로 불상을 보고 있었다. 하노이대학 교수인 고미술품 전문가의 말에 모두가 맥이 빠져버린 모습이었다. 같이 온 외교부 직원도 난감하기는 마찬가지였다.

"분명합니까?"

"이 불상은 패턴이 너무 일정하답니다. 인공적으로 합성수지를 첨가해 만든 게 분명하답니다."

전문가의 말을 통역사가 전달했다. 베트남 관리들은 체념한 듯 고개를 저었다.

"그럼 진짜는 어디 있어?"

불상이 가짜로 밝혀지자 또 다른 문제가 발생했다. 전직 판사인 한명국의 변호사가 달려와서 그의 석방을 요구했다. 아직 삼십 대 초반의 이 젊은 변호사는 사법연수원 수석으로 최연소 판사에 임용되었던 전력이 있다. 그가 다시 하버드법대에서 학위를 받고 귀국해서 변호사가 된 것도 엄청난 화젯거리였다. 오른손 가운뎃손가락으로 안경을 치켜올리는 날카로운 청년의 사진 아래, '유일상. 슈퍼변호사의 탄생!'이라는 기사 제목이 붙어 있었다. 기자가 아니라 팬클럽 회원이 쓴 것 같은 기사에는 '그에게서 최연소 대통령의 탄생 가능성을 보았다'라는 문장도 있었다.

"한명국 씨가 삼촌의 금고에서 불상을 훔쳤다는 증거는 어디에도 없습니다. 한명국 씨를 당장 풀어주십시오."

뜻밖의 벽에 부딪힌 경찰은 난감해졌다. 침향불상이 가짜라면 문화재를 밀거래했다는 혐의 자체가 성립되지 않는다. 현장에서 붙잡은 한명국과 일본인 밀거래상들까지 모두 풀어줘야 하는 상황이었다.

신영규는 마지막 희망을 품고 수색영장을 신청해서 한명국의 집을 샅샅이 뒤지게 했다.

하지만 김 형사에게서 돌아온 답은 실망스러웠다.

"아무것도 없습니다."

유일상 변호사 외에 일본인 사업가가 고용한 대형 로펌의 변호사들이 신영규를 고소하겠다며 뻔질나게 경찰서를 드나들었다. 그들은 이중 삼중으로 압력을 받게 되었다.

"이런 젠장!"

신영규가 힘껏 휴지통을 걷어찼다. 벽으로 날아가서 부딪친 금속 통에서 폭죽처럼 휴지조각들이 흩날렸다. 화가 났지만 다른 방법이 없었다. 이제 잠시 후면 그들을 모두 풀어줘야 한다. 화가 나다 못해 온몸에 맥이 빠져버렸다.

그때였다. 김정호 형사가 "팀장니임!" 하며 사무실로 달려

들어왔다.

"뭐야?"

"국과수에서 검사결과 나왔습니다. 통돼지 바비큐에서 다이옥신과 HCN가스가 검출됐답니다!"

김 형사는 마치 승전보를 전하러 42킬로미터를 달려온 마라톤전투의 전령처럼 숨을 헐떡거렸다.

"HCN가스?"

"사이안화수소입니다."

복승아 형사가 대답했다.

"왜 그게 검출됐지?"

"숯불 속에 태운 옷이 아크릴섬유로 만들어진 거랍니다. 아크릴이 타면서 HCN성분이 만들어진 거랍니다."

"다이옥신은?"

"비닐을 태우면 나오는 성분입니다."

복승아가 대답했다.

"그래? 그럼 옷하고 비닐을 같이 태웠다는 건데?"

이 정보는 나오미와 이태일에게 불리하게 작용할 것이다. 이제 모든 증거는 한명국이 아니라 나오미와 이태일이 합작해서 사람을 죽이고 증거를 불 속에 태웠다고 말하고 있었다.

"근데, 그게 다가 아닙니다."

김 형사가 허세 가득한 목소리로 말했다.

"똑같은 성분이 한명국 옷에서도 나왔답니다."

"뭐? 잠깐!"

신영규가 뭔가가 생각난 듯 손을 들어올렸다.

"그 말은 옷이 탈 때 한명국이 바비큐 옆에 있었다는 뜻이 잖아?"

"기렇지 에이요(그렇습니다)."

신영규의 입이 좌우로 찢어지며 웃는 것 같은 형상을 취했다. 하지만 눈은 저쪽 어딘가를 노려보고 있었다.

"이제 알겠어. 일이 그렇게 된 거였군!"

신영규가 휴대폰을 꺼내며 말했다.

"김건이 이 사건을 풀었다고 했지? 그놈 불러!"

잃었던 자신감을 다시 찾은 그가 사납게 미소 지었다.

"한명국, 송별회나 해주자구!"

김건의 폭스바겐 비틀이 경찰서 주차장에 멈춰 서자, 얼굴 이 파래진 소주희가 차 문을 열고 굴러떨어지듯이 내렸다.

"얼어 죽을 뻔했네!"

그녀는 부들부들 떨며 파랗게 얼어붙은 입으로 부정확한 발음의 불만을 토해냈다.

"점마, 다신 이자 아따요!(정말, 다시는 이 차 안 타요)"

두 손으로 팔을 문지르다가 "에취!" 하고 재채기를 해댔다.

"지나버에 어무 더다며서오, 그에서 고인거데(지난번엔 너무 덥다면서요. 그래서 고친 건데.)"

그렇게 말하는 김건도 새파래진 입술로 온몸을 사시나무처럼 떨고 있었다.

"고혀는데 시에온도가 여하 이 도에오(고쳤는데 실내온도가 영하 이 도예요)?!"

"어아아노? 여사 이도데(영하라뇨? 영상 이 돈데)?"

"그거나 그거나!"

쏘아붙인 그녀가 몸을 부르르 떨었다.

"아이고, 두 분 또 같이 오셨네. 그러다가 정들겠어!"

그들을 마중 나온 김 형사의 손에 들려 있던 김이 모락모락 피어오르는 커피잔을 소주희가 독수리처럼 채갔다.

"어? 내 커피!"

그의 말을 무시하고 소주희가 뜨거운 커피를 '후루룩' 마시더니 아저씨처럼 "어, 좋다!" 하고 추임새를 넣었다.

"고마워요. 이제 좀 살겠네!"

뜨거운 커피를 원샷하고 만족한 얼굴로 돌아서는 소주희에게 김정호 형사가 손을 내밀었다.

"뭐요?"

"고거이 삼백 원, 아니 프리미엄이디, 사백 원 되겠습네다."

"지금 커피값 달라는 거예요?"

말없이 부처 같은 미소를 지으며 고개를 끄덕이는 김정호 형사를 노려보던 소주희가 주머니에서 오백 원짜리를 꺼내서 손에 쥐어주며 말했다.

"커피에 계란 노른자하고 들기름까지 얹어서 드세요!"

그녀는 짜증 난 표정으로 김건과 김정호 형사를 번갈아 노려보고는 "짠돌이들!" 하고 중얼거리며 경찰서 안으로 걸어갔다.

"야, 히터 하나 달아라! 거 외제차 모는 놈이."

그녀의 뒷모습을 지켜보며 김 형사가 말했다.

"나도 달고 싶지, 하지만 월급도 못 받는 프리랜서가 돈이 어딨어?"

"이럴 때 보면 박봉이라도 따박따박 월급 나오는 공무원이 좋지에이요!"

김 형사가 불쌍하다는 표정으로 김건의 어깨를 두드렸다.

"자네가 돈 좀 빌려줘. 히터 달게."

김건의 말에 김 형사는 양복 소매를 걷고 팔뚝을 내밀었다.

"간나, 그냥 나를 씹어무라. 내래 먹고 죽을 돈도 없으니끼니!"

───※───

한명국의 석방 소식에 기자들이 벌떼처럼 모여들었다. 억울하게 누명을 쓴 피해자의 조카가 풀려나고 진범이 법의 심판을 받을 거라는 소식을 전하기 위해 신문기자와 뉴스 리포터 등이 경찰서 밖에 까맣게 몰려들어, 서로 좋은 자리를 차지하려고 몸싸움을 벌이고 있었다.

"저는 지금 별장 살인사건의 진범을 조사 중인 서울 경찰청에 나와 있습니다. 피의자 나오미는 이른바 라이따이한 여성으로 자신의 집안을 망친 사람에게 복수하기 위해서 피해자의 집에 가정부로 잠입한 것으로 알려졌습니다. 경찰은 집주인 김남규 씨가 죽은 현장에서 국보급 보물이 분실된 것을 발견하고 그 행방을 추적하는 데 수사력을 모으고 있습니다."

기자는 담담한 얼굴로 카메라를 향해 현장 소식을 전하고 있었다.

　복수를 위해 자신의 집안을 망친 사람의 집에 가정부로 들어간 라이따이한이 집주인을 죽이고 침향불상을 훔쳐 갔다는 이야기에 대중은 흥분했고 언론은 매일매일 좀 더 자극적인 이야기로 뉴스를 장식하고 있었다. 한 종편 채널에서는 대역배우를 써서 나오미가 '마타하리'처럼 집주인을 유혹해서 죽이는 모습을 방송했다. 언제부턴가 언론은 공정함을 잃고 드라마화한 흥미 위주의 뉴스들로 대중들의 관심을 끌고 있었다. 모든 언론이 하나같이 나오미가 희대의 악녀이고 무서운 살인자라는 관점에서 이야기를 풀어나갔다. 나오미의 입장을 대변하거나 치우치지 않게 공정한 보도를 하는 곳은 찾아보기 힘들었다. 사람들의 클릭수가 수입이 된 지금, 언론은 자신들의 밥벌이를 하는 데에만 열중했다.

　베트남에서는 네티즌들이 한국인의 죄악을 열거하며 공격하기 시작했다. 아를 본 한국 네티즌들과 유튜버들이 다시 베트남 네티즌을 공격했다. 이제 이 문제는 두 나라 간 사이버 전쟁으로 번졌다.

　"다들 나오미를 나쁘게 말하고 있네요. 여기서 가장 큰 피해자가 나오미라는 걸 왜 아무도 모르는 거죠?"

소주희가 울적한 얼굴로 말했다.

"모르는 게 아니에요. 말하지 않는 거지."

김건이 무겁게 대답했다.

"그게 무슨 뜻이에요?"

"지금 이 사람들에게 진실은 중요하지 않아요. 철저하게 대중이 듣고 싶어 하는 사실만 말할 뿐이죠. 그래야 클릭수가 올라가니까."

"그럼 언론이 왜 필요한 거예요?"

"프랑스의 사상가인 폴 발레리는 이렇게 말했어요. '거짓말과 그것을 쉽게 믿는 성질이 하나가 되어 여론을 만들어낸다.' 어쩌면 이게 바로 사람들의 본성 아닐까요?"

"하여튼, 이러니까 우리나라 국민들 언론 신뢰도가 세계 최하위지!"

"그럼 나오미 씨 어떻게 하죠? 너무 불쌍하잖아요."

"우리가 진실을 끌어내야죠. 사람들이 '사실'보다 더 좋아하는 게 있어요."

"그게 뭐예요?"

"극적인 반전!"

모자챙을 두 손가락으로 훑으며 김건이 말했다.

"아유, 손목에 수갑을 너무 오래 차고 있었나 봐요. 이제 없으면 허전할 것 같네."

조사실을 나서는 한명국은 여유 있게 웃으며 변호사에게 농담을 건네고 있었다.

"밖에 나가면 기념으로 수갑 하나 사야겠어요. 금도금한 걸로."

그는 일부러 기자들 앞에서 보란 듯이 수갑 찬 두 손을 들어 보이며 말했다. 현관 밖에서 카메라 플래시가 터졌다. 통제선 밖에서만 취재가 허락됐지만, 일부 기자들은 벌금을 무릅쓰고 건물 가까이에서 촬영을 하고 있었다.

"이제 이거 좀 풀어주죠?"

문을 나서기 전에 한명국이 수갑 찬 손을 들어 올리며 말했다.

신영규가 고개를 끄덕이자 복승아 형사가 열쇠를 꺼내 수갑 한쪽을 풀어주었다. 한명국이 오른손을 꺼내 들고 자유를 만끽하듯 빙빙 돌렸다. 복 형사가 다른 쪽도 풀어주려고 할 때, 김건과 소주희, 김정호 형사가 안으로 들어섰다.

"잠깐만, 복 형사. 저기 민간 조사원이 오셨는데 우리 이야기나 한번 들어볼까? 어이!"

신영규의 손짓에 복 형사가 물러섰다.

"이게 무슨 짓입니까? 빨리 수갑 풀어요!"

변호사가 항의했지만, 신영규는 "잠깐이면 됩니다." 하며 그의 말을 무시했다.

김건이 그들 쪽으로 다가왔다.

"여기 한명국 씨 가신다는데 뭐 할 말 없나?"

"물론 있죠."

김건의 대답에 변호사가 물었다.

"누굽니까? 이 사람?"

김건이 우아하게 모자를 벗어서 가슴에 대고 말했다.

"민간 조사원 김건입니다. 모든 일에 최선의 결과를 내겠습니다."

인사를 마친 그는 다시 멋있게 모자를 돌려 쓰고 두 손가락으로 챙을 훑었다.

"그날 상황을 다시 한번 정리해보죠. 범인은 둔기로 피해자를 때려 살해했습니다. 분명히 몸에 피가 묻었을 겁니다. 하지만 그날 집에 있던 네 사람, 이태일, 장미주, 나오미, 한명국, 이 중 한 명도 옷이나 몸에 피가 묻은 사람은 없었죠. 그럼 우리는 한 가지를 가정할 수 있습니다. 범인은 피해자를 죽이기 전에 비닐 옷을 입고 있었던 겁니다."

"그 비닐 옷은 어디서도 발견되지 않았습니다!"

변호사가 말했다.

"물론 그렇죠. 비닐 옷은 태워버렸으니까요."

"그럼 증거가 없다는 뜻이죠?"

변호사가 냉정하게 말했다.

"그런데 어쩌죠? 증거가 있네요!"

신영규가 비웃듯 말했다. 그가 "김 형사!" 하고 부르자 국과수 조사결과를 들고 온 김정호 형사가 변호사에게 내밀었다.

"통돼지 바비큐에서 다이옥신과 HCN가스가 검출되었습니다. HCN은 가정부의 옷이 타면서 나온 거고, 문제는 다이옥신이죠. 그건 비닐을 태우면 나오는 성분입니다. 여기서는 비닐 옷이겠죠. 잘 아시겠지만 그거 발암물질인데."

얼굴이 벌게진 한명국이 '쿨럭' 기침을 했다.

"그게 제 의뢰인과 무슨 상관이 있나요?"

"상관이 있지!"

신영규가 변호사를 노려보며 말했다.

"저 인간 옷에서 이 두 가지 성분이 다 검출됐어! 그런데 가정부, 요리사들 옷을 다 조사해봤지만, 아무것도 안 나왔다고! 요리사들은 하루종일 화덕 앞에 있었는데 옷이 말짱했다면 이게 무슨 뜻일까? 바로 저 인간이 옷과 비닐을 태웠다는 뜻이지 안 그래?"

변호사의 놀란 눈이 한명국을 향하자 그는 창백해진 얼굴로 시선을 피했다.

"CCTV에는 분명히 비명소리가 들리고 나서 한명국 씨가 다시 집 안으로 들어간 걸로 나와 있습니다. 그건 어떻게 설명하실 겁니까?"

"그건 아주 간단한 트릭입니다!"

김건이 검지를 세우며 말했다.

"대부분의 감시카메라에는 녹음기능이 없습니다. 똑똑한 한명국 씨는 그걸 이용했죠. CCTV에서는 집을 나오다가 비명을 듣고 안으로 들어간 것처럼 보이지만 사실 이건 소리가 난 다음에 나온 겁니다. 그냥, 연기한 거죠."

"말도 안 돼. 그걸 뭘로 증명할 거야?"

한명국이 악을 썼다.

"벌써 증명했잖아요? 다른 사람 옷에는 없던 다이옥신과 사이안화수소 가스가 당신 옷에서만 검출됐어요!"

"그건."

한명국이 필사적으로 뭔가를 생각했다.

"공사장! 내가 공사장을 지나가다가 그 사람들에게 길을 물어봤는데 그때 묻은 거야! 틀림없어!"

"이 양반 재밌네! 그 근처에 무슨 공사장이 있어? 거기 상수원이라서 건축허가 제한구역이라는 거 몰라?"

김정호 형사가 쏘아붙였다.

"나… 난 그게… 그래 농사꾼들이 들불을…"

"근처에 농지도 없어! 상수원! 상수원!"

"잠깐만요, 한명국 씨, 지금부터 제가 말하겠습니다."

변호사가 한명국의 입을 막았다.

"제 의뢰인은 공사장에서 그 성분이 묻었다고 주장합니다. 그러니 더는 그 문제로 제 의뢰인을 추궁할 수 없습니다. 모든 사실은 재판에서 밝혀질 겁니다. 그리고 여러분은 아직도 제 의뢰인이 침향불상을 가지고 나왔다는 사실을 증명할 수 없습니다."

변호사의 논리정연한 말이 끝나기 무섭게 김건이 받아쳤다.

"침향불상은 한명국 씨가 훔친 게 분명합니다. 그리고 삼촌을 죽인 것도 한명국 씨죠!"

"함부로 말하지 마세요!"

변호사가 쏘아붙였지만 김건은 태연하게 말을 이었다.

"자세히 말하자면, 피해자를 죽이고 불상을 훔친 게 아니라 사건 발생 며칠 전에 불상을 훔쳤기 때문에 죽일 수밖에 없게 된 겁니다."

"CCTV에 분명히 나와 있습니다. 제 의뢰인은 아무것도 안 가지고 나왔고 불상을 숨길 시간적 여유도 없었습니다!"

"불상은 숨긴 게 아니라 태워버린 겁니다."

"뭐라구요?"

모든 사람의 시선이 김건에게 쏠렸다. 도대체 그는 무슨 말을 하고 있는가?

"나오미 씨가 말했죠? 그날 피해자가 한명국 씨를 불렀다고. 왜 그랬을까요?"

김건은 당시 상황을 설명하기 시작했다.

"한명국 씨는 사건이 있기 전, 이미 금고 번호를 알아내서 침향불상을 훔쳤습니다. 피해자가 조카를 믿고 있었기에 가능한 일이었죠. 그리고 금고 안에 베트남 현지에서 사온 정교한 가짜를 넣어두었습니다. 그런데 피해자가 가짜를 눈치채고 조카한테 전화해서 경고했습니다. 파티 전까지 진짜를 돌려주지 않으면 경찰에 신고하겠다고, 그 때문에 한명국 씨 당신은 외삼촌을 죽이기로 한 겁니다."

"아냐! 난, 난 안 그랬어!"

부정하는 한명국의 목소리가 떨리고 있었다.

"당신은 사건 당일 일부러 가정부의 옷에 커피를 쏟아서 옷을 갈아입게 한 뒤, 품속에 숨겼던 비닐 옷을 입고 서재로 가서 김남규를 살해했어. 그다음 금고에서 자신이 넣어둔 가짜 침향불상을 꺼내고 세탁물 바구니에서 가정부의 옷을 훔쳐 집 안 어딘가에 숨겼지. 다시 서재로 올라온 나오미가 피해자의 시체를 발견하고 비명을 지르자, 그 소리를 듣고 이태일이 뒤뜰에서 서재로 달려갔어. 그 틈에 당신은 뒤뜰 화덕으로 가서 나오미의 옷과 피 묻은 비닐 옷, 가짜 침향불상까지 바비큐 그릴에 던져 넣고 태워버렸지. 그 불 때문에 통돼지의 가운데가 탔고 당신 옷에서만 다이옥신과 HCN가스가 검출된 거지. 어때 내 말이 틀려?"

놀라서 '어어' 하며 말을 못 하는 한명국에게 변호사가 "아무 말도 하지 말아요!"라고 소리쳤다.

"그건 그냥 추측일 뿐이죠. 직접적인 증거도 증인도 없습니다!"

변호사가 가운뎃손가락으로 안경을 올려 쓰며 말했다. 이지적이고 날카로운 시선이었다.

"네, 그런데 어쩌죠? 증인이 있어요. 저쪽에~"

김건이 손을 들어 누군가를 가리켰다.

그 손끝이 향한 곳에 창백한 얼굴의 장미주가 서 있었다.

"미주요? 미주가 왜?"

깜짝 놀란 이태일이 장미주에게 물었다.

"미주야, 너 뭐 본 거 있어?"

김건이 천천히 장미주에게 다가갔다. 그녀는 뭔가 체념한 표정으로 입술을 깨물었다.

"사건이 발생하기 직전, 장미주 씨는 담배를 피우기 위해 주차장 쪽에 있었습니다. 그렇죠?"

대답을 망설이던 그녀의 눈에 이태일이 보였다. 진심으로 그녀를 걱정하고 있는 그의 얼굴이 마음에 와닿았다. 그녀는 결심하고 입을 열었다.

"네. 맞아요."

장미주가 애써 울음을 참으며 대답했다.

"나오미 씨 비명이 들렸을 때 미주 씨는 어디 있었죠?"

"주차장에 있었어요."

"소리를 듣고 집 안으로 들어갔나요?"

"아뇨. 전 그냥 그 자리에 있었어요."

"그래요."

김건이 빙긋 웃었다.

"그럼 그 이후에 뭘 봤습니까?"

장미주가 머뭇거렸다. 금방이라도 울음이 터질 것 같았다.

"미주야!"

이태일이 두 손으로 그녀의 어깨를 잡았다.

"괜찮아, 말해봐. 그날 뭘 봤어?"

한동안 머뭇거리던 그녀는 이태일의 얼굴을 보고 결심한 듯 다시 입을 열었다.

"그날 주차장 그늘에 숨어서 담배를 피우고 있는데 비명이 들렸어요. 내가 싫어하는 나오미 목소리라서 그냥 씹고 앉아 있는데, 조금 있다가 저 아저씨가 뒤뜰로 나오더니 레촌 화로에 옷을 넣고 태웠어요. 그리고 안으로 들어가더니 조금 있다가 다시 현관으로 나왔죠."

'흑!' 하고 숨을 몰아쉰 그녀가 다시 힘겹게 말을 이었다.

"그러고는 걸어 나오다가 무슨 소리를 들은 것처럼 뒤돌아보고는 전화하면서 다시 안으로 들어갔어요."

"말도 안 돼!"

한명국이 외쳤다.

"왜 전에는 가만있다가 이제 와서!"

"전…."

장미주가 울음을 씹어 삼키며 말했다.

"저 아저씨가 안 잡히면 나오미가 추방될 줄 알았어요. 그런데 태일 오빠까지… 흑!"

"고마워요. 미주 씨!"

김건이 끼어들었다.

"이제, 라쇼몽 효과는 깨졌습니다! 현장을 목격한 증인이 있어요. 한명국 씨, 그래도 계속 거짓말을 하실 건가요?"

"아무 말도 하지 말아요!"

유일상 변호사의 얼굴이 삶은 게껍질처럼 새빨개졌다. 김 건이 나타난 이후부터 모든 상황이 절대적으로 불리해졌다. 타개할 방법이 없었다. 그는 경찰서 밖에 진을 치고 있는 기자 들을 흘낏 보았다. 변호사 개업 후 처음으로 언론까지 주목 하는 큰 사건을 맡는데 패배로 끝낼 수는 없었다.

"잠깐만 제 의뢰인과 단둘이 얘기 좀 하겠습니다."

"아, 그러세요. 단, 수갑은 그대로~."

신영규의 이죽거림을 뒤로하고 변호사는 한명국을 끌고 옆 의 비품실로 들어갔다. 문을 닫자마자 한명국이 울먹거리며 말했다.

"변호사님, 이제 끝났나 봐요. 저 사람들 다 알아버렸어요. 저 그냥 죄 인정하고."

갑자기 유일상 변호사가 내동댕이치듯 그를 옆으로 밀어 버렸다. '쿵!' 하고 벽이 흔들렸다. 충격을 받은 한명국의 입이 크게 벌어졌다.

"변호사님."

지금까지 조용히 들어주며 위로해주던 자상한 변호사는 그 자리에 없었다. 안경을 벗어서 손에 쥐어 든 유일상의 칼날처럼 날카로운 시선에 한명국은 말을 잇지 못했다.

"당신이 죄가 있고 없고는 중요한 게 아냐!"

유일상이 낮은 목소리로 으름장을 놓았다.

"그런 어설픈 정의는 한 줌의 가치도 없어! 중요한 건 내가 이기는가 지는가야, 알아들어?"

아직도 충격이 가시지 않은 한명국은 멍한 얼굴로 자신보다 한참 어린 변호사를 쳐다보았다. 백 년에 한 번 나올까 말까 한 천재라는 이 남자에게는 안 좋은 소문도 많았다. 군 법무관 시절, 자신의 잘못을 인정하지 않는 피의자에게 담요를 둘러씌우고 몇 시간 동안 폭행해서 거짓 자백을 받아냈다거나 판사시절, 사기사건 피의자 신분이 된 유명 여배우를 성상납 조건으로 집행유예로 풀어줬다는 등 뒷소문이 끊임없이 돌았다. 판사를 그만두고 유학을 택한 이유도 그의 뒤처리를 위한 정치권의 배려라는 말이 있었다. 실제로 정치권은 이 사람에게 끊임없이 러브콜을 던지는 중이었다.

"잘 들어! 저 인간들 지금 당신 겁주고 있는 거야. 여긴 자기들 홈그라운드거든. 절대로 죄 인정하면 안 돼! 무슨 일이 있어도 재판까지 가야 돼! 알았어?”

한명국이 겁먹은 얼굴로 고개를 끄덕였다.

“법정은 내 집이야. 거기만 가면 다 뒤집을 수 있어. 증거, 증인, 작업하면 다 바꿀 수 있다고! 내가 무조건 이겨. 알았어?”

유일상의 눈빛은 미친 사람에 가까웠다. 경찰이나 조폭보다 더 위험한 것이 이 사람일지 모른다는 느낌마저 들었다.

“난 절대 질 수 없어! 아니! 절대 안 져! 내 경력은 완벽해야 해! 만약 내가 지게 되면, 당신 절대 그냥 안 둬, 알았어?!”

광기로 빛나는 그 눈을 똑바로 볼 수조차 없었다.

“죄 인정하지 마! 끝까지! 알았어?”

한명국은 넋이 나간 채 고개만 끄덕였다. 변호사는 고급손수건을 꺼내서 안경에 ‘하아’ 하고 입김을 분 뒤에 꼼꼼히 안경을 닦더니 먼지 하나 없는 안경을 여기저기 살펴보고 다시 안경을 쓴 다음 의뢰인을 보고 씨익 웃었다.

“어휴, 옷이 이게 뭐예요? 기자들 많은데.”

갑자기 유일상 변호사가 부드러운 목소리로 한명국의 옷깃을 펴주었다. 그 변화에 소름이 끼쳤다.

“자, 나갑시다. 나머지는 내가 다 알아서 할게요.”

두 사람이 다시 사무실로 돌아왔을 때 분위기는 완전히 달라져 있었다. 겁을 먹은 한명국이 모든 사실을 인정할 것으로 기대하고 있었지만, 그의 입은 심해의 진주조개처럼 굳게 닫혀버렸다.

"완전히 겁먹은 얼굴인데요. 합죽이가 됐어요."

김정호 형사가 손으로 입을 가리고 속삭였다.

"변호사가 겁을 준 거야. 어렵게 됐다."

신영규도 커피잔으로 입을 가리고 말했다."

"법정까지 가면 어려울 수도 있어요."

"그래? 그럼 우리도 겁을 좀 줘볼까?"

말을 마친 신영규가 전화기를 들고 "응, 지금 보내."라고 말했다.

"제 의뢰인은 모든 증거가 조작됐다고 주장합니다."

유일상 변호사가 안경을 고쳐 올리며 말했다.

"모든 사실은 재판에서 밝혀질 겁니다. 제 의뢰인의 구금을 즉시 풀어주시기를 바랍니다. 여러분이 제시한 증거는 모두 정황증거이고 증인도 다른 피의자와 연인관계로 증언의 신빙성이 약하여 증거능력이 부족합니다."

변호사가 자신의 주장을 펼치고 있을 때 신영규가 한명국을 노려보며 엄지손가락으로 자신의 등 뒤를 가리켰다. 그쪽을 쳐다본 한명국의 눈동자가 공포로 뒤집어졌다. 사무실 한쪽에 일본 대사관 직원, 변호사와 함께 그와 밀거래를 하려던 일본인 야쿠자들이 서 있었다. 뼈째 씹어 먹을 것 같은 그들의 날카로운 시선이 한명국을 꿰뚫었다. 그는 그대로 얼어붙었다. 깡마른 남자가 손가락이 절반만 남은 손을 천천히 들어 올렸다. 삐뚤빼뚤하게 제각각으로 조각된 그의 손가락을 보자 고환이 오그라드는 느낌이었다. 그라인더로 어깨까지 갈아버릴 거라고 말한 요시다의 말이 새삼스럽게 떠올라 오한이 들었다. 그는 숨을 제대로 쉴 수 없었다.

"만약 제 의뢰인의 요구가 받아들여지지 않으면…."

그의 변화를 눈치챈 변호사가 말을 끊었다. 한명국이 겁을 먹은 상대가 야쿠자들인 것을 깨달은 그가 다급한 목소리로 말했다.

"겁내지 말아요. 경찰 보호 신청하면 저놈들 접근 못 해요!"

"정말 그럴까?"

신영규가 코웃음을 치며 말했다.

"보호 신청, 할 수 있지. 하지만 그거 얼마나 가겠어? 한 달? 두 달? 저놈들은 일 년이고 이 년이고 기다렸다가 경찰 떠나면 바로 당신 찾아가겠지!"

한명국의 표정이 공포로 일그러졌다.

"저치들, 야쿠자인 건 알고 있지? 저기 두 놈, 당신한테 망신 당했으니 손가락 하나씩은 날아가겠지? 그리고 아마 평생 당신 잡으러 다닐 거야. 한국 조폭들하고도 혈맹관계니까 그놈들도 당신 찾겠지. 자, 여기서 문제! 과연 당신이 어디로 숨는 게 가장 안전할까?"

물기 맺힌 눈동자가 부르르 떨렸다.

"스물네 시간 경찰 감시를 받을 수 있는 곳, 당신도 어딘지 알지?"

한명국이 고개를 숙이며 울음을 터뜨렸다. 유일상 변호사의 얼굴이 분노로 일그러졌다.

"제가 그랬습니다. 제가 외삼촌을… 죽였습니다."

"닥쳐!"

유일상 변호사가 소리쳤다. 하지만 한명국은 털썩 무릎을 꿇었다.

"제가 돈 욕심에 외삼촌을 죽였습니다!"

그는 고개를 숙인 채 꼭 쥔 주먹을 부르르 떨고 있었다.

"피의자가 범행 인정했으니까 다시 조사 들어갑니다. 변호사님은 그만 가보시지."

신영규가 비꼬듯 말했다.

"이제 다 끝났어!"

"아니, 아직 안 끝났어!"

유일상 변호사가 고개를 들었다. 조금 전까지 분노로 빨개져 있던 얼굴이 이상하게 하얘졌다. 여유 있는 표정으로 나지막이 코웃음을 치며 싱긋 웃기까지 했다.

"비겁한 인간 겁줘서 입 막았더니, 그걸 또 겁을 줘서 입을 열었어. 대단한데? 당신들!"

갑자기 다른 사람처럼 변해버린 그의 태도가 섬뜩했다.

"덕분에 내 경력에 오점이 생겼어! 그런데 그거 알아?"

유일상이 품속에서 접는 빗을 꺼내 펴며 거울 앞으로 갔다.

"이 세상에 죄인들하고 가장 가까운 사람이 누굴까?"

그는 정수기에서 물을 내려 빗을 씻었다.

"바로 경찰이야!"

그리고 그는 그 빗으로 머리를 쓸어 넘기기 시작했다.

"사건이라는 각도로 보면 경찰과 죄인은 같은 부류야. 물론 하나는 법을 집행하고 하나는 법을 어기지."

올백으로 넘긴 머리에 보기 좋은 두상이 드러났다.

"서로 완전히 다른 것 같지만 어느 순간 경계는 허물어져. 죄인과 경찰은 서로 역할을 바꾸게 되는 거야. 왜냐하면, 그게 바로 인간이거든!"

그는 옆머리를 쓸어 넘기고 다시 뒷머리까지 정리했다.

"모든 인간은 실수한다! 절대 명제지!"

그러고는 빗을 다시 양복 안주머니에 집어넣었다.

"한 번이야! 단 한 번만 당신들이 그런 순간을 맞이하면 내 집에서 나를 만나게 돼!"

거울에 비춰본 얼굴이 만족스러운지 그는 다시 안경을 썼다.

"그리고 그때 내 진짜 모습을 보게 될 거야."

거울 너머로 그의 면도날 같은 시선이 모두를 노려보고 있었다.

"안됐지만, 그 인간 조사해봐도 진짜는 안 나올걸?"

양복 소매를 정리하고 옷매무새를 고친 유일상이 마지막 한마디를 던졌다.

"저건 껍데기에 불과하니까!"

그리고 그는 그대로 몸을 돌려서 경찰서 밖으로 나가버렸다.

"이야~."

신영규가 비웃듯 말했다.

"저 친구 무슨, 학원 다니나? 말 잘하네?"

"장미주, 너!"

화난 표정의 이태일이 손을 높이 들어 올렸다. 장미주는 눈을 질끈 감았다. 하지만 그의 손은 살포시 그녀의 어깨에 내려앉았다.

"힘들었지? 지금이라도 말해줘서 고맙다."

그의 다정한 말에 참고 있던 눈물을 왈칵 쏟아버렸다. 이태일이 그녀를 가만히 안아주었다.

조사실에 있던 나오미가 수갑을 푼 채 밖으로 나오고, 밖에 있던 한명국이 수갑을 찬 채 조사실로 향했다. 두 사람이 엇갈려 지나갈 때 한명국은 고개를 숙였다.

"그런데 부케가르니하고 이 사건이 무슨 상관이에요?"

그들의 모습을 지켜보던 소주희가 물었다.

"부케가르니는 냄새를 감추기 위해 고기와 같이 끓이는 야채죠. 이 사건에서도 우발적 살인이 아니라 처음부터 자신의 잘못을 감추려는 범행이라고 가정하니까 모든 것이 풀리더군요."

김건이 두 손가락으로 모자챙을 훑으며 말했다.

"저 사람은 자신의 더러운 욕망을 감추기 위해 혈육을 죽인 겁니다."

기자들이 유일상 변호사를 둘러싸고 질문을 해댔지만, 그는 무시하고 빠져나갔다. 이제 기자들은 다시 조사실로 들어가는 한명국의 뒷모습을 카메라에 담기 바빴다.

"탐정 아저씨 말이 맞네요."

"네?"

소주희가 기자들을 보며 말했다.

"사람들이 극적인 반전을 더 좋아한다는 거요!"

이태원 대로를 동맥에 비유한다면 사방팔방으로 뻗어 있는 작은 골목길은 실핏줄쯤 될 것이다. 이 골목 안쪽에 의외의 맛집이나 편집광적으로 뭔가를 모아놓은 재미있는 가게들이 숨어 있었다. 걸어서 십오 분이면 지나가는 짧은 이태원 거리를 문화의 거리로 인정받게 하는 진짜 힘은 바로 이런 골목

안 가게들에 있었다. 이태일의 가게도 이런 가게 중 하나였다. 밖에서는 보이지도 않지만, 미식가들 사이에서는 현지보다 더 맛있는 숨은 맛집으로 정평이 나 있었다.

'한 번도 안 먹어본 사람은 있어도 한 번만 먹는 사람은 없다'고 극찬할 정도였다. 때문에, 이태원 대로에서 남산 쪽으로 언덕을 꽤 올라가야 하는 찾기 힘든 위치에 있었지만, 항상 손님이 끊이지 않았다.

김건과 소주희는 이태일의 식당을 찾아서 남산 골목길을 오르고 있었다. 힘차게 언덕길을 오르는 소주희와 달리 김건은 숨을 몰아쉬며 넥타이를 풀어 내렸다.

"빨리 좀 오세요. 다 왔어요!"

"제가 세상에서 가장 못 하는 게 등산이라서요."

"이게 등산이면 화장실 변기는 암벽타기예요?"

"사실, 변기에 앉는 것도 귀찮긴 해요."

힘겹게 발을 떼는 김건과 달리 소주희의 발걸음은 가볍기만 했다. 아직도 힘이 남아도는지 앞서 올라갔다가 되돌아오기를 반복했다. 이전에 김건의 사무실까지 올라가는 계단에서 숨차하는 자신을 발견하고 틈나는 대로 운동을 했던 덕분에 요즘은 몸이 가벼웠다.

"아직 멀었나요?"

"다 왔어요. 바로 저 언덕 위에 있잖아요!"

소주희가 가리키는 언덕이 아직 까마득히 위로 보이자 김건이 두 손으로 무릎을 짚었다. 그러고는 퍼진 자동차처럼 시멘트 계단 끄트머리에 엉덩이를 붙여버렸다.

"아이고, 더는 못 가겠어요. 이게 식당이야? 산사(山寺)야?"

"그러지 말고 힘내세요. 자!"

다시 돌아온 소주희가 김건에게 손을 내밀었다. 손등으로 땀을 닦던 김건이 그녀를 올려다보았다. 자신을 보며 소녀처럼 웃고 있는 그녀의 머리 뒤로 한낮의 태양이 눈부셨다. 김건이 손을 뻗어 그녀의 손을 잡았다. 작고 보드라운 손의 느낌과 달리 '영차~' 하고 의외로 센 힘이 그를 잡아 일으켰다. 그 기를 받아서 김건의 몸에도 없던 힘이 생기는 느낌이었다.

"도대체 사무실에는 어떻게 올라가요? 엘리베이터도 없는데."

"거기는 일주일에 한 번만 올라가면 되거든요."

"출근을 일주일에 한 번만 해요?"

"아뇨! 연중무휴인데요."

"응? 그럼 어떻게?"

"한 번 올라가면 안 내려와요~"

"밥은요?"

"배달시키죠!"

소주희가 고개를 저으면서 김건의 뒤로 가더니 그를 힘차게 밀어 올렸다.

두 사람은 마침내 작은 언덕 위에 있는 '모닝 로터스(Morning Lotus)'에 도착했다. 사장 이태일이 반갑게 그들을 맞이했다.

"오셨어요? 두 분! 고생하셨습니다."

"예, 안 그래도 힘들게…."

김건을 팔꿈치로 찌르며 소주희가 대신 인사했다.

"아니에요. 초대해주셔서 감사합니다. 그런데 손님이 없네요?"

원래라면 손님으로 가득 차 있을 가게가 텅 비어 있었다.

"두 분 뵈려고 저녁까지 쉬기로 했어요. 어서 들어오세요."

이태일은 두 사람을 의자에 앉게 하고 미리 준비한 따듯한 차를 내왔다. 은은한 자스민 차의 향이 피로를 씻어주는 느낌이었다.

"차 맛있네요!"

소주희가 감탄했다.

"향이 좋아요! 식당용이 아니라 찻집에서 쓰는 건데."

김건도 차 맛에 놀랐다.

"질이 좋은 차를 씁니다. 손님 드실 건데 당연히 좋은 걸 써야죠."

손님을 배려하는 이태일의 세심함을 느낄 수 있었다. 이곳 음식이 맛있는 건 이런 작은 하나하나가 모인 결과물이었다.

"물맛을 보면 그 집 음식 맛을 알 수 있다고 했는데 여기 음식은 안 먹어봐도 알겠네요."

'쩝쩝' 입맛을 다시는 김건에게 "노인네처럼…" 하며 흘겨보던 소주희가 "나오미 씨는 어디 있어요?" 하고 물었다.

"베트남에 가서 친척들을 만나겠답니다. 이제 자신을 돌아볼 여유가 생겼나 봐요."

"잘됐네요."

"나오미 씨, 이제 행복해질 일만 남았죠."

"그랬으면 좋겠네요."

이태일이 푸근하게 웃으며 말했다.

"그런데 장미주 씨는?"

"아, 미주요."

김건이 주변을 둘러보며 묻자 이태일은 겸연쩍게 웃었다.

"공부하겠다고 일본으로 떠났어요. 패션 디자인 쪽을 공부하겠다네요."

"그렇게 됐군요. 그게 최선이겠죠."

"미주 씨, 잘 하실 거예요."

"그렇겠죠."

잠시 어색한 침묵이 돌 때, 이태일이 봉투를 하나 꺼내 김 건에게 내밀었다.

"이거, 약소하지만, 사례금입니다."

"네? 이걸 왜?"

"조사원님 없었으면 제가 감옥에 갈 뻔했어요. 그 사람은 처음부터 계획적으로 저와 나오미 씨에게 누명을 씌우려고 했으니까요. 덕분에 살았습니다. 많지는 않지만 제 성의로 알고 받아주세요."

소주희가 머뭇거리는 김건을 팔꿈치로 쿡 찌르며 말했다.

"돈 줄 때 받아요! 빨리!"

그때서야 김건은 두 손으로 봉투를 받았다.

"알겠습니다. 감사히 받겠습니다. 그런데 나오미 씨가 없어서 좀 서운하시겠어요?"

소주희가 다시 김건을 팔꿈치로 찔렀다. 이태일은 쑥스러운 듯 웃으며 대답했다.

"알아차리셨군요? 맞습니다. 그 사람이 한국인을 미워하는 건 알지만, 제가 그 상처를 보듬어주고 싶어졌어요. 그래서…"

"국적을 초월한 사랑이네요. 멋있어요."

소주희가 손뼉을 치며 말했다.

"두 분 잘 되시면 좋겠어요. 너무 잘 어울려요."

"아, 전 그냥."

이태일이 뒤통수를 긁었다.

"서글픈 두 나라의 역사를 사랑으로 극복한다… 어쩌면 진짜 부케가르니는 사랑인지도 모르겠네요."

김건이 벽에 걸린 아름다운 연꽃 호수 사진을 보며 말했다.

"진짜 침향불상은 어디 있어?"

조사실에 마주 앉은 김정호 형사가 물었다.

"모릅니다! 저도 가짜인 줄 몰랐어요!"

한명국은 울상을 지으며 부인했다.

"당신밖에 없잖아! 처음부터 금고 속에 있던 진품을 훔쳐낸 게 당신인데 당신이 모른다는 게 말이 돼?"

"전 정말 모릅니다! 제가 외삼촌 금고에서 꺼낸 게 진짜인 줄 알았어요!"

김정호 형사가 파일을 열어서 한명국 앞으로 내밀었다.

"자, 이건 그 불상을 감별했던 전문가들 감정서야!"

파일 안에는 여러 장의 감정서들이 있었다. 국내 유명 미술품 감정사의 감정서와 일본인 감정사의 감정서까지 있었다. 모두가 100퍼센트 진품임을 확인하고 있었다.

"특히, 이걸 잘 보라구!"

김 형사는 아래쪽에 있던 감정서 한 장을 꺼내 보였다. 특이하게도 영어와 베트남어로 써진 감정서였다. 감정 일자가 작년 삼월이었다.

"이 사람 베트남 고미술 전문가야. 우리가 벌써 확인했다고. 작년에 베트남 전문가까지 진품이라고 확인해준 물건이야. 그런데 당신이 가짜를 훔쳤다고? 말이 된다고 생각해?"

"제발 믿어주세요! 저는 정말 몰라요."

울먹이며 억울함을 호소하는 한명국을 김정호 형사는 계속 다그쳤다.

"당신은 거짓말을 하고 있어! 내가 사실을 말해볼까? 당신은 삼촌한테서 진짜 침향불상을 훔쳤어! 그리고 대신에 정교한 가짜 침향불상을 금고에 넣었지. 삼촌이 그걸 알아채고 경찰에 신고한다고 말하자 삼촌을 죽이고 가짜를 태워버렸어! 그리고 당신은 야쿠자한테도 진짜 대신에 가짜를 가지고 간 거지! 그렇지?!"

"아니에요! 제발 믿어주세요! 전 정말 가짠 줄 몰랐어요!"

한명국이 고개를 떨군 채 눈물을 흘렸다. 통한의 눈물이었다. 순간의 욕심이 불러일으킨 화마가 그의 인생 전체를 깡그리 태워버렸다.

"제가 이것 때문에 살인까지 했습니다. 가짜란 걸 알았다면 왜 그랬겠습니까?"

소나기처럼 흘러내린 눈물이 철제테이블 위에 점점이 쌓여 퍼져나갔다.

김정호 형사는 카메라를 쳐다보며 작게 고개를 저었다. 거짓말 같지 않다는 신호였다.

옆방에서 모니터로 지켜보던 신영규가 복숭아 형사에게 눈짓했다. 거짓말 탐지 프로그램으로 한명국의 표정과 말투를 관찰하던 그녀도 고개를 저었다.

"거짓말은 아닌 것 같습니다."

"쯧."

신영규가 늑대 같은 표정으로 혀를 찼다.

"피해자가 어디, 다른 곳에 됐을 가능성은 없나?"

김정호 형사가 질문을 계속했다.

"절대 다른 곳에 둘 리가 없어요! 평소에도 집 안에 그 불상이 있어서 복을 받는 거라고 했거든요. 그런 보물을 집 밖에 둘 리가 없죠!"

"그렇다면, 별장에 갔던 사람 중 하나가 훔쳤다? 평소에 그 별장에 자주 왔던 사람이 누구야?"

"그게 다 외삼촌 지인들입니다. 다들 믿을 만한 분들이라서 그분들이 훔쳤다고는."

"그중 하나가 당신이었잖아? 안 그래?"

한명국이 다시 고개를 숙였다.

"면목 없습니다!"

"믿을 수 있고 없고는 우리가 판단해! 당신은 그냥 그 사람들 이름이나 말해!"

"예." 하고 그는 잠시 생각을 정리했다.

"우선, 같이 사업하시던 박 사장님. 참전동지회 회장 성 대령님은 자주 만나던 분들입니다. 횟집을 하시는 이 여사님도 별장에 몇 번 오셨었죠."

"그중 가장 최근에 온 사람이 누구야?"

"다들 한동안 못 왔어요. 나오미가 가정부로 오기 전에 별장 내부 공사를 했거든요. 그래서 그분들 마지막으로 별장에 오신 게 작년 가을이니까 거의 반년은 넘었을 거예요."

"그럼 그 사람들 중에 침향불상을 본 사람은?"

"다들 한 번씩은 봤을 겁니다. 특별히 의심 가는 사람은…
어? 자, 잠깐, 혹시?"

한명국은 망치로 머리를 얻어맞은 표정으로 말했다.

"넉 달 전쯤에 일본인 감정가가 와서 연대측정을 한다며
엑스레이 사진을 찍었어요. 그럼 그때!"

─────⊰⊱─────

옆방에서 모니터로 지켜보던 신영규도 자리에서 벌떡 일어
났다.

"넉 달 전? 가만! 그럼 나오미가 성당에서 그 조력자를 만
난 시기잖아?"

그는 문득, 나오미가 했던 말이 생각났다. 그 조력자는 자
신을 '샘'이라고 말했다.

"잠깐, 샘?"

지난번 인터폴의 친구가 보내온 메일과 이번 사건에서 모
두 '샘'이라는 이름이 언급됐다. 왜 국보급 보물과 미술품 도
난사건에 모두 '샘'이라는 이름이 공통으로 언급될까? 샘은

과연 누구인가?

　그때였다. 휴대폰이 울리며 이메일이 왔다는 신호가 떴다. 인터폴에 있는 동료가 보낸 메일이었다. 프랑수아에 대한 좀 더 자세한 정보였다.

✉ **New message**　　　　　　　　　　— ↗ ×

Francois Samuel Marcel(프랑수아 새뮤엘 마르셀)

1990년 프랑스 파리 출생.

아버지 장과 어머니 '엘라' 사이에서 출생.

장은 예술가들의 살롱으로 유명한 식당 voyageur의 오너였다.

장은 1995년 강도 사건으로 집에서 사망했다.

1996년 엘라는 식당을 매각하고 지방으로 이주해서 여러 곳을 전전했다.

프랑수아는 엄마인 엘라가 양육했다.

2019년 한국에 입국.

연수대학교 한국어교육원 수료.

인터넷에서 번역기를 돌린 듯한 보고서에 쓴웃음을 짓던 신영규의 눈에 지난번 메일과 다른 것이 보였다. 이전에는 프랑수아 마르셀의 미들네임이 빠져 있었다.

"새뮤엘 마르셀…."

문득 '새뮤엘'의 줄인 말이 '샘'이라는 것이 생각났다.

"새뮤엘, 샘…샘…."

나오미는 자신을 도왔던 사람이 '샘'이라고 했다. 그는 전기에 감전된 것처럼 꽉 쥔 주먹을 부르르 떨었다.

"프랑수아, 그놈이 바로 샘(SAM)이었어!"

"브라보!"

프랑수아가 외쳤다.

김건과 소주희, 김정호와 복숭아가 와인 잔을 높이 들었다.

자정을 불과 삼십 분 남긴 시간, 신데렐라 포장마차에 모인 사람들이 떠들썩하게 축배를 들었다.

"*très bien*(아주 잘했어요)! 축하해요. 여러분! 또 사건을 해결하셨네요."

"아이, 무슨 또… 그냥 우리 할 일을 한 건데…."

김정호 형사가 겸손한 듯 거만하게 손으로 머리를 쓸어 넘겼다.

"어? 이건 또 무슨 시추에이션? 사건은 김건 씨가 해결했는데?"

"뭐이가 어드래? 나는 한 일이 없네?"

"한 일 있지. 범인 놓친 거!"

"기거이… 그러치. 팀장님하고 공조수사 한 거 아이니?"

"공조 좋아하시네. 꽁초다!"

"뭐이야?"

"자, 자, 자!"

김건이 포크로 와인 잔을 두들겼다. 한참 싸우던 두 사람도 그를 주목했다.

"다들 아시겠지만, 이번 사건도 여기, 신데렐라 포장마차에서 영감을 얻었습니다. 사건을 해결한 배경에는 우리 프랑수아의 요리가 있어요. 프랑수아를 위해서 건배하죠. 메르시. 프랑수아!"

"고마워요, 프랑수아!"

"메르시!"

"저도 감사해요. 여러분, 여기 오늘의 요리 나왔습니다!"

프랑수아가 테이블로 김이 모락모락 나는 요리를 옮겨왔다.

"와, 이게 뭐지?"

뚜껑을 열자, 넓은 법랑 냄비에 각종 채소와 커다란 소시지, 베이컨, 큼직한 소고기가 가득 들어서 부글부글 끓고 있었다.

"전에 드셨던 포토푀를 응용한 요리예요. 추운 날에 좋아요!"

사람들이 감탄사를 연발했다. 맛있는 냄새에 모두가 행복해졌다.

"그럼 시작해볼까요?"

"잠깐, 잠깐만요!"

소주희가 휴대폰을 꺼내서 사진을 찍으며 말했다. 사람들이 이리저리 각도를 바꿔서 사진을 찍는 그녀를 원망스러운 눈으로 보고 있었다.

김정호도 사진을 찍으려고 슬그머니 휴대폰을 꺼냈다.

"자, 됐어요!"

하지만 소주희의 말이 떨어지기 무섭게 모두가 달려들어 각자의 접시에 양껏 음식을 덜었다. 김정호도 사진 촬영을 포기하고 달려들어 퍼담기 시작했다.

"야, 정호야! 소시지 한 개만 담아! 모자라!"

"다섯 개지 않니? 뭐이가 모자라니?"

"프랑수아는?"

"아, 저는 됐어요!"

"거봐라. 됐다지 않니?"

"그래도 사람이 말야…"

"그래요? 그럼 내가!"

두 사람이 열심히 싸우는 사이에 소주희가 독수리처럼 마지막 소시지를 채갔다.

"뭐야?"

"지금 무슨 일이 일어난 거지?"

"그냥 먹어요. 고기도 많구만…"

복숭아가 달래듯 말했다.

"알았어! 먹자! 먹어!"

다들 시끌벅적하며 즐겁게 식사를 하고 있었다.

'끼이익!'

날카롭게 브레이크를 밟는 소리가 밤공기를 찢어놓았다. 공원 입구로 들어서는 은색 포르셰였다.

"어? 저거 팀장님 차 아니니?"

"어, 정말? 뭔 일이시지?"

"사건 있나?"

"아, 신 팀장님!"

늦은 밤 혼자 사무실에 남아 있던 신영규를 경찰 출신 탐정 박만대가 찾아왔다.

"조사 끝났어요."

휴게실에서 만난 그는 신영규에게 서류 봉투를 건네주었다.

"일주일간 그 친구, 미행했는데 아주 재미있더만."

봉투 안에는 미행 결과를 타임테이블로 작성한 보고서와 사진이 들어 있었다.

프랑수아가 어디를 가고 누구를 만났는지 상세하게 적혀 있었다.

"이 친구가 만나는 사람들이 주로 미술계하고 문화재 관계된 인사들이야. 자주 만났는지 서로 잘 아는 사이더라고."

사진에는 프랑수아가 여러 사람과 만나는 모습이 찍혀 있었다.

"그리고 또 하나, 인터폴 후배 통해서 이 친구 과거를 좀 팠거든. 그런데 이런 게 나오더라고!"

그가 내민 것은 프랑스의 학적부를 영어로 번역한 서류

였다.

"이 친구, 어머니 성을 썼던 모양이야."

그것을 본 신영규의 표정이 차갑게 굳었다.

긴 스키드마크를 남기며 자동차가 멈추고, 거칠게 문을 열
며 차에서 내리는 신영규를 김건도 발견했다. 그의 기세가 심
상치 않았다. 이전에 프랑수아를 강제 연행하던 일이 생각나
서 바짝 긴장됐다.

"팀장님!"

"무슨 일 있습니까?"

김정호와 복승아가 엉거주춤 일어나서 신영규를 맞이했
다. 하지만 신영규는 그들을 지나쳐 곧장 프랑수아에게 다가
갔다. 젊은 프랑스인도 긴장한 것이 표정에 드러났다.

"선배님, 왜 그러십니까?"

김건이 신영규의 앞을 막아섰다. 그의 서슬 퍼런 눈빛이 심
상치 않았다.

"프랑수아!"

"네?"

젊은 청년은 긴장했지만, 겁을 먹지는 않았다. 그는 당당하게 신영규를 향해 걸어갔다.

"무슨 일이죠?"

"설명해라! 이거, 너지?"

신영규가 내민 사진에 프랑수아가 찍혀 있었다. 장소는 성당 같았다. 사진 속 그의 옆에는 윤범 교수가 같이 있었다. 프랑수아의 얼굴이 창백해졌다.

"이 성당은 별장살인사건 필리핀 가정부가 미술품 절도 용의자들과 만났던 장소다. 그리고 너는 거기서, 미술품 전문가와 같이 만났어. 이건 무슨 뜻이냐?"

"윤범 교수는 아버지의 친구였어요. 그날 연락이 와서 만난 것뿐이에요."

"하필이면 이곳에서? 좋다! 그럼 이건 뭐지?"

다음 사진에는 미술관에서 열심히 사진을 찍으며 수첩에 뭔가를 기록하는 프랑수아의 모습과 고미술상들을 만나는 모습이 있었다. 밤에만 프랑수아를 만났기에 낮에 뭘 하는지를 전혀 몰랐던 사람들은 그의 숨은 모습에 놀랐다. 사진에 의하면 프랑수아는 미술품을 조사하고 전문가들을 만나며 정보를 모으고 있는 것 같았다.

"그건 리스트를 찾기 위해 한 거예요."

"리스트? 그게 뭔데?"

"한국의 보물이 적힌 목록이요."

"뭐?"

태연한 얼굴의 프랑스 청년과 달리, 듣는 사람에 따라서 충분히 오해할 만한 대답이었다. 미술품 관련 범죄로 인터폴의 수배를 받았던 전력이 있는 사람의 아들이 한국에서 보물에 관한 리스트를 찾고 있다? 프랑수아를 잘 모르는 사람이 듣는다면 곧바로 범죄를 연상할 만했다.

"네가 한국에 온 다음부터, 계속 사건이 발생했다. 그리고 너는 이런 수상한 가게를 운영하면서 낮에는 한국의 보물 관련 정보를 수집한다. 이게 정상인가?"

프랑수아가 어깨를 으쓱했다.

"뭐가 이상하죠? 저는 여러분을 도우려고 온 거예요."

"닥쳐! 나는 너를 단순한 절도범 정도로 의심하는 게 아니다. 최근에 일어났던 독살사건, 그 모든 사건에 공통으로 나오는 이름이 있다. 바로 샘!"

"샘?"

"네 중간 이름이 새뮤엘이지? 바로 샘!"

"그렇네요. 어릴 때는 부모님이 저를 샘이라고 부르기도 했었죠."

프랑수아는 태연하게 대답했다.

"그게 다가 아니야! 너는 프랑스에서 대학교에 다녔어. 지금은 휴학했지만, 그렇지?"

"맞아요. 저는 대학생이었어요."

"묻자! 네 전공이 뭐냐?"

"그건…."

프랑수아가 머뭇거렸다.

"말 못 하겠지? 네 전공은 바로 '독물학'이었어!"

그곳에 있던 사람들 모두가 놀랐다. 순진하고 착한 요리사로만 봤던 프랑수아가 대학생이었고 독물학을 전공했다는 말은 충격적이었다.

김건도 깜짝 놀랐다. 신기하게도 프랑수아는 신영규가 추적 중인 독 예술가 샘의 프로파일과 상당 부분 들어맞았다.

"맞아요. 저는 대학교 법의학과에 들어갔고 독물학을 전공했어요. 그런데 뭐가 문제죠?"

"너의 행적이나, 기록. 모든 것들이 살인마의 프로파일과 일치한다. 살인마가 있었던 장소에 너도 있었고. 이게 우연일까?"

"그건 모르죠. 형사님, 죄송하지만 그만 가주세요. 이제 마무리를 해야 하거든요."

"도망가려고? 그건 안 되지. 지금부터 우리는 아주 오랫동안 같이 있을 거야!"

"죄송하지만, 형사님은 제 타입이 아니에요."

프랑수아의 농담에 신영규가 발끈했다.

"웃어? 이게 장난으로 보여?"

"저는 그렇게 보이네요."

프랑수아가 지지 않고 받아쳤다.

"이렇게 하죠. 저는 제가 할 일을 할 테니까, 형사님도 자기 할 일을 하세요."

"뭐야? 이 자식이!"

신영규가 갑자기 프랑수아에게 덤벼들었다. 긴급 상황에 그 앞을 김건이 가로막았다. 신영규는 그런 김건을 힘으로 밀쳐냈다.

"으앗!"

비틀거리던 김건이 발에 걸려 빈 테이블과 함께 옆으로 넘어졌다.

김정호도 달려와서 신영규의 팔을 잡았다.

"팀장님, 이러시면…."

하지만 흥분한 신영규는 김정호를 옆으로 던져버렸다.

"우악!"

거꾸로 날아간 김정호가 음식이 놓인 테이블 위로 처박혔다. '와장창' 소리와 함께 냄비와 와인 잔 등이 모두 박살났다.

"선배!"

복승아가 김정호의 상태를 보았다. 몇 군데 긁히긴 했지만, 다행히 크게 다친 곳은 없었다.

김건과 김정호의 방해를 물리친 신영규는 곧바로 프랑수아에게 달려들었다. 프랑수아의 목을 잡으려는 신영규의 손이 닿기 직전, 프랑수아가 발로 신영규의 정강이를 찼다. 그 바람에 신영규는 중심을 잃고 비틀거렸다.

"선배님!"

김건이 다시 다가왔지만, 신영규는 이번에도 김건을 두 손으로 거칠게 밀었다. 뒤로 밀려나던 김건이 공교롭게도 벌떡 일어나서 달려오던 김정호와 충돌했다.

"끄악!"

"에고!"

김건과 김정호는 서로 부딪혀 중심을 잃고 푸드트럭 옆에 충돌했다. 두 사람은 허우적대다가 차 옆에 펼쳐둔 간이 테이블을 붙잡고 같이 무너져버렸다.

또다시 요란한 소음과 함께 그 위에 올려둔 식기와 조리도

구들이 땅으로 떨어지며 깨졌다.

"아!"

푸드트럭의 차체가 크게 흔들리자 프랑수아가 돌아보았
다. 신영규는 그 틈을 놓치지 않고 달려들었다. 프랑수아의 목
덜미를 잡은 신영규가 옆으로 흔들어 중심을 빼앗았다. 하지
만 프랑수아는 허리를 뒤로 빼며 저항했고 옷이 늘어나면서
공간이 생기자 팔로 그의 손을 쳐냈다. 의외로 완강한 힘에 신
영규도 놀랐다. 다시 달려들어 잡으려고 했지만, 프랑수아는
발로 신영규의 다리를 차며 옆으로 빠졌다. 그리고 놀랍게도
태권도의 왼서기 자세로 공격에 대비했다. 어설픈 실력이 아
닌, 상당히 오랜 기간 수련한 자의 자세였다.

"이 자식!"

신영규도 쉽게 접근하지 못했다. 보기와 다르게 프랑수아
는 연약한 애송이가 아니었다.

대치 상황이 이어지는 중에 두 사람 사이로 김건과 김정호
가 끼어들었다.

"프랑수아, 그만해요!"

김건이 만류했다.

"저는 정당방어를 한 거예요. 저 사람이 먼저 공격했어요!"

"뭐야?"

달려드는 신영규를 김정호가 붙잡았다. 그러다가 신영규가 노려보자 얼른 손을 놓았다.

"조사하면 다 나와! 입 닥치고 따라와!"

"영장, 있습니까 선배님?"

입에 묻은 피를 손으로 닦아내며 김건이 물었다.

"뭐?"

"영장도 없이, 증거도 없이 기물 파손까지… 어떻게 하려고 이러십니까?"

"닥쳐! 범인 잡는 게 내 일이야! 그래서 저놈 잡아가는 거라고!"

"팀장님, 이제 그만하세요. 이러다 진짜 큰일 납니다!"

복숭아도 그를 말리고 나섰다.

"저를 의심하신다면 좋아요. 경찰서로 갈게요."

"프랑수아!"

소주희가 프랑수아의 팔을 잡았다.

"무슨 말이에요. 왜 그래?"

"괜찮아요. 저를 의심하는 건 당신 자유죠. 경찰서에 갈게요. 하지만 조건이 있어요."

"뭐?"

"변호사하고 같이 갈게요. 그리고 만약, 제가 범인이라는 증거 없으면, 당신을 정식으로 고소할 거예요!"

프랑수아는 신영규의 시선을 피하지 않고 당당하게 부딪
혔다.

"자, 자, 이제 그만하기요. 나머지는 제가 수습해보겠슴둥!"

"팀장님, 오늘은 우선 여기서 돌아가시죠. 저희도 계속 지
켜보겠습니다."

김정호가 필사적으로 말렸고 복숭아도 거들었다. 신영규
도 일이 커졌다는 것을 깨달았다. 아무리 심증이 가도 물증
이 없으면 아무것도 안 된다. 지나치게 흥분했다.

"경고하는데, 멀리 가지 마라! 계속 지켜본다!"

신영규가 몸을 돌려서 은색 포르셰로 갔다. 그리고 왔을
때처럼 거친 소음과 함께 태풍처럼 떠나가버렸다. 상처 입은
사람들과 깨지고 부서진 식기와 도구들이 처참하게 흩어져
있었다. 마치 태풍이 지나간 자리 같았다. 사람들은 신영규가
사라진 방향을 쳐다보며 한참 동안 움직이지 않았다. 혹시라
도 태풍이 되돌아올까 두려워하는 모양새였다.

"사건 개요는 잘 알았습니다. 잠깐만 되돌아보죠. 여기 신데렐라

포장마차라고 불리는 장소는 김건 씨와 친구들에게 아주 특별한 장소인 것 같네요. 맞습니까?"

"그런 것… 같습니다."

"그 장소에서 영감을 얻거나 수사의 실마리를 잡는 것처럼 보입니다. 맞습니까?"

"글쎄요. 그런 것 같기도 하네요."

"신영규 팀장은 왜 같이 어울리지 않나요?"

"말했잖습니까? 저는 김건을 친구로 인정할 수 없습니다."

"단순히 그 이유 때문인가요?"

"네?"

"신데렐라 포장마차에 가서 그들과 어울리지 않는 이유가 김건 씨를 인정할 수 없기 때문인가요?"

"그렇다고 했습니다."

신영규의 말투가 거칠어졌다. 하지만 위원장은 조금도 위축되지 않았다.

"저, 지금 신영규 팀장을 개인적으로 너무 몰아세우는 것 같습니다. 우리…"

"지금 이 회의는 상벌 위원회입니다. 모든 사실을 알지 못하고 결정을 내릴 수는 없죠. 거기에는 당사자의 심리상태도 포함됩니다."

위원장의 단호한 답변에 변호사가 머쓱해져서 입을 다물었다.

"신영규 팀장."

"네."

억지로 참는 티가 역력했다.

"조금 전 신 팀장의 대답에서 이상한 점을 느꼈습니다. 모르시나요?"

"뭐가 이상합니까?"

"신 팀장은 신데렐라 포장마차에서 친구들과 어울리지 않는 이유를 김건 씨 때문이라고 했습니다. 그렇죠?"

"그렇습니다."

"그 원인에 프랑수아는 없군요?"

"네?"

안경 너머로 모든 것을 꿰뚫어 보는 듯한 위원장의 눈빛에 간담이 서늘해졌다.

"당신은 이전에 프랑수아를 사건의 중요 참고인으로 의심하고 강제구금한 적도 있습니다. 그렇죠?"

"맞습니다."

"그리고 이번에는 그를 연쇄살인의 범인으로 지목하고 영장도 없이 체포하려고 했습니다. 그렇죠?"

"그렇습니다."

"그럼, 당신이 신데렐라 포장마차에 가지 않은 이유 중에 프랑수아에 대한 부분도 분명히 있어야 합니다. 하지만 당신 대답에는 김건만 있군요."

"뭐…."

순간적으로 멍해졌다. 갑자기 힘껏 올려 친 어퍼컷에 명치를 맞은 느낌이었다.

"이건, 순전히 제 추측입니다."

위원장은 두 손을 모아 턱을 받친 채 말했다.

"신 팀장과 김건 씨는 과거에 한 팀이었습니다. 성적도 아주 훌륭했죠. 두 사람은 호흡도 잘 맞고 사이도 좋았겠죠. 하지만 사고로 김건 씨가 떠나고 나중에 다시 만났을 때, 당신을 기억 못 하는 김건 씨에게 배신감을 느끼지 않았나요? 그리고 그런 김건과 친하게 지내는 프랑수아를 질투한 것이 아닐까요?"

"무슨 말을 하는 거야?"

신영규가 벌떡 일어나며 외쳤다.

"상벌위원회면 규정대로 벌이나 정해! 무슨 되지도 않는 심리 상담이야?"

"신 팀장!"

변호사가 양손을 흔들며 몸을 일으켰다.

"진정해요! 진정!"

다른 위원들은 인상을 찌푸릴 뿐 별 반응이 없었다.

"사과드리죠."

위원장이 표정도 바꾸지 않고 말했다.

"그래서 제가 추측이라고 한 겁니다. 사실이 아닐 수도 있죠. 신 팀장은 그저 억울한 마음에 화를 낸 거고요."

신영규는 황소처럼 콧김을 뿜어대고 있었다. 투우장의 소처럼 달려갈 준비가 되어 있었지만, 눈앞에서 펄럭이던 빨간 망토가 갑자기 사라져버린 느낌이었다.

"더는 신영규 팀장 개인 감정에 대한 질문은 하지 않겠습니다. 계속할까요?"

신영규는 깊은숨을 내쉬고 다시 자리에 앉았다. 자신도 알고 있었다. 이렇게나 화가 나는 이유를… 저 사람 말이 사실이기 때문이다!

"그럼, 전반적인 사실관계는 모두 들은 것 같군요. 신영규 팀장, 더 추가하고 싶은 말이 있나요?"

"없습니다!"

자기도 모르게 이를 악물고 말했다.

위원들은 서로를 쳐다보며 뭔가를 상의하고 있었다. 신영규는 결과가 어떻게 되든 빨리 이곳을 벗어나고 싶었다. 지금은 다시 혼자가 되고 싶은 마음뿐이었다.

"징계위원회 회의결과를 발표하겠습니다. 본 회의는 팀장 신영규에게 삼 개월 감봉과 일 개월 정직을 선고합니다. 증거 없이 피해자를 범인으로 압박한 점, 기물을 파손하고 피해자를 폭행한 점등이 징계의 사유입니다. 법적 절차에 따르지 않고 독단적으로 행동하여 피해를 줬고 결과적으로 경찰의 명예를 실추시켰으므로 중징계가 마땅하나, 피해자 프랑수아 마르셀이 고소를 취하했고 또 다른 피해자 김건도 가해자의 처벌을 원하지 않는다고 했기 때문에 이상의 징계가 타당하다고 생각합니다. 신영규 팀장, 하실 말이 있습니까?"

"없습니다."

"본 회의의 결정에 동의하시나요?"

"동의합니다."

"알겠습니다. 본 회의의 결정사항에 대한 효과는 즉시 발효됩니다. 이상 징계위원회를 모두 마치겠습니다."

위원들이 서로에게 수고했다고 인사를 하고 있었다. 한 사람의 인생을 결정하는 회의가 아니라 동네 간담회라도 마친 분위기였다. 신영규는 자리에서 일어나서 천천히 밖으로 걸어 나갔다.

감봉은 문제가 아니었지만, 진짜 문제는 일 개월 정직이었다. 지금까지 휴일도 없이 일만 해왔다. 그 시간 동안 뭘 해야 할지 짐작도 하기 힘들었다.

문밖으로 걸어 나가는 순간에도 위원장인 범죄심리학자의 날카로운 눈빛을 느낄 수 있었다. 그는 그대로 문을 열고 밖으로 나갔다.

―⚜―

이철호 회장은 상처가 별로 아프지 않다고 느꼈다.

몸을 움직일 만해지자, 기분도 나아지고 이곳의 생활도 조금씩 익숙해졌다.

식사는 점심과 저녁, 두 번만 나왔지만, 자끄가 아침마다 샐러드나 빵, 커피를 가져다주어 굶주리지는 않았다. 하지만 시간이 지날수록 조금씩 몸이 단 것을 원하기 시작했다. 덩치에 맞게 평소 단 것을 즐기는 이철호 회장에게 견디기 힘든 나날이었다. 후식을 안 주는 것으로 포로를 구분하는 이들의 생각이 조금씩 이해가 되었다.

실내는 기본적인 설비가 모두 갖추어져 있었다. 감금되었다는 사실 말고는 큰 불편함이 없었다. 이 회장은 방에서 쉬는 틈틈이 운동을 했다. 덕분에 회복이 빨랐다.

'삐빅!'

문이 열리며 자끄가 들어왔다. 양손으로 쟁반 한 개를 들고 있었다.

"축하해요. 이제 후식을 먹을 수 있어요."

"뭐라고요?"

"이제 미스터 리도 우리와 같은 음식을 먹을 수 있다는 말이에요."

"아, 그거 반가운 이야기군요."

자끄가 쟁반을 이 회장 앞에 내려놓았다. 쟁반 위에는 윤기가 흐르는 초콜릿케이크 한 조각과 오렌지 한 개, 블랙커피가 담긴 머그컵이 올려져 있었다. 그야말로 가뭄에 단비를 만난 느낌이었다. 오랜만의 단것에 이 회장은 바로 손가락으로 크림을 떠서 입에 넣었다.

"세상에!"

너무 맛있어서 혀가 녹아버리는 느낌이었다.

"그렇죠?"

"인생 케이크이네요."

고밀도의 당분이 목구멍을 넘어가자, 몸속에서 그것을 '쫘악' 빨아당기는 느낌이 들었다. 없던 힘이 생기고 기분도 좋아졌다. 이철호 회장은 플라스틱 포크로 케이크 한 조각을 덜어서 입에 넣고 맛을 음미하며 씹어 삼키고 옆에 있는 블랙커피의 향기를 음미하며 마셨다. 다시 문명 세계로 돌아간 느낌이었다. 그러고 보니 이곳에 온 지 얼마나 지났는지 감이 잡히지 않았다. 대략, 5일이나 일주일쯤 된 것 같았지만, 쓰러져 있던 기간을 알지 못하니 정확한 시간을 가늠하기 어려웠다.

"제가 여기 온 지 얼마나 됐죠?"

"죄송하지만 그걸 말씀드릴 수는 없어요. 이 안에서 시간은 무의미합니다. 우리는 영겁을 준비하며 살기 때문입니다."

"영겁?"

"그렇습니다. 나중에 아시게 될 겁니다."

그의 말을 이해하기 힘들었지만, 이 회장은 말없이 고개를 끄덕였다. 그의 실망스러운 표정을 보고 자끄가 빙긋 웃었다.

"아, 오늘은 다른 좋은 소식도 전해드려야겠네요."

"좋은 소식이라고요?"

"오늘부터 밖으로 나가실 수 있습니다."

"밖이라고요? 그럼 이제 여기서 나가도 되나요?"

"제한된 범위 안에서 가능합니다. 준비되셨나요?"

"물론이죠."

남은 케이크를 내려놓으며 이철호 회장이 몸을 일으켰다. 케이크보다 자유가 더 절박했다.

"그럼 우선 시스템에 등록을 해야 합니다."

자끄는 들고 있던 태블릿PC를 꺼내서 어플을 켜고 내밀었다. 파란색 화면에 손바닥이 그려져 있었다.

"여기 손바닥을 올려놓으세요."

이철호 회장이 머뭇거리며 손바닥을 올려놓자, 음성이 들렸다.

"경동맥 스캔 중!"

몇 초간 화면이 깜빡거리더니 다시 음성이 들렸다.

"스캔 완성!"

이 회장이 손을 치우자 자끄가 태블릿 화면을 터치해서 등록을 마쳤다.

"미스터 리는 현재 최하등급인 노란색입니다. 노란색 표시가 있는 문만 들어갈 수 있습니다. 아, 물론 다른 곳은 들어가고 싶어도 못 들어가지만요."

이곳의 시스템을 설명하며 자끄가 문 앞으로 걸어갔다.

"자, 손바닥을 여기 문 스캐너 앞에 대보세요."

그가 시키는 대로 이 회장이 문 스캐너에 손바닥을 대자 점멸하던 빨간 불이 녹색으로 바뀌며 '철컥' 하고 문이 열렸다.

"브알라!"

자끄가 웃으며 말했다. 이철호 회장도 같이 웃었다.

"혹시, 문이 열렸으니까 저를 죽이고 탈출하려는 건 아니겠죠?"

"그럴 리가요! 저기 케이크가 아직 남아 있는데…."

이철호 회장이 웃으며 대답했다.

"다 먹고 나면 또 모르죠."

문밖으로 나서니, 좁지 않은 복도가 꽤 길게 연결되어 있었다. 중간중간 벽 안에 내장된 조명이 불을 밝히고 있었고 바닥에는 노란색과 파란색, 녹색 등의 화살표가 그려져 있었다. 이곳 내부는 최신기술을 아낌없이 사용해서 만들어진 것 같았다.

자끄의 설명대로 이곳은 개개인의 보안등급에 따라 어울리는 색만 따라가게 되어 있는 모양이었다.

"이 안에는 방이 아주 많습니다. 길을 잃지 않도록 주의하세요."

설명하며 앞서 걷는 자끄를 따라 이철호 회장은 서둘러 발을 옮겼다. 하지만 지팡이가 없어서 다리를 절고 있었다.

"아! 혹시, 지팡이가 필요하신가요?"

자끄가 걱정스러운 얼굴로 물었다. 친절한 사람이었다.

"있으면 큰 도움이 되겠네요."

"원래 포로에게는 지팡이가 허용 안 되지만… 한번 알아보죠."

"고맙습니다."

앞서 걷던 자끄가 십자로에 도착해서 이 회장을 기다려주었다. 벽을 짚고 걷던 이 회장이 다가올 때까지 기다리다가 다시 왼쪽 복도로 걸어갔다. 이 복도는 더 넓고 더 밝았다. 이철호 회장은 젊은 시절 건축가로 일한 적이 있었다. 전업 작가가 되면서 일을 그만뒀지만, 건축설계에 대한 풍부한 지식이 있었다. 그는 머릿속으로 이곳의 지도를 그려나갔다. 이 복도는 아마도 중앙으로 연결되는 메인 복도인 것 같았다. 그렇다면 그가 있던 방과 연결된 복도는 숙소동일 가능성이 높았다.

앞서 걷던 자끄가 발을 멈췄다. 그의 앞에 거대한 문이 서 있었다. 원목으로 만든 크고 무거운 문에 고전 양식의 조각이 되어 있었다. 문 앞에는 노란 표시등이 켜져 있었다.

"우선 도서관부터 보시죠."

자끄가 문에 달린 스캐너에 손바닥을 대자, 빨간불이 녹색으로 바뀌며 '삐빅' 하고 문이 열렸다.

문 안쪽에는 상당히 넓은 방이 있었다.

벽 사면을 모두 채운 거대한 서고에는 형형색색의 책들이 빈틈없이 꽂혀 있었다.

엄청난 양의 장서였다. 중앙 홀에는 책상과 의자, 소파 등이 적절하게 배치되어 있었다. 놀랍게도 가구들 중 어느 것도 싸구려로 보이는 것이 없었다. 책을 좋아하는 사람들의 이상적인 도서관처럼 보였다. 몇 명의 사람들이 책을 읽거나 대화를 하며 커피를 마시고 있었다. 체스를 두는 이들도 있었다. 스타벅스의 도서관 버전 같은 느낌이었다.

"저희들의 자랑거리죠. 이곳의 가구들은 모두 엔틱입니다. 어떤 것들은 박물관에 전시되어 있던 물건입니다."

"믿을 수가 없군요. 전 세계 도서관을 다 가봤지만, 여기만큼 멋진 곳은 없었어요."

"미스터 리는 이곳에 마음대로 머물 수 있습니다. 하지만 사람들과 대화는 피해주세요. 노란색은 비상시를 제외하고 다른 등급과 이야기할 수 없습니다."

"그렇군요. 알겠습니다. 그런데 비상시가 어떤 거죠?"

"뭐겠어요? 화장실이 어디죠? 아니면, 저 여자 이름이 뭐죠? 뭐 이런 거죠."

"아, 그렇군요."

외국 생활을 오래 한 이철호 회장도 이 친구들의 유머코드는 이해하기 어려웠다.

"다른 장소는 나중에 다시 알려드리죠. 어, 당신 몸이 회복되면요. 불편하게 해서 죄송합니다."

"천만에요. 불편하다뇨. 여기서 살고 싶을 정돈데요."

이 회장이 손으로 도서관을 가리키며 말했다.

"마음에 드신다니 다행이군요. 아! 한 가지 보여드릴 것이 있어요."

자끄가 빙긋 웃으며 서고 앞으로 걸어갔다. 전 세계에서 온 수많은 서적 중에 낯익은 한글이 눈에 띄었다. 여러 유명한 한국문학 작품들이 보였다. 비교적 신간인 것들도 여럿 구비되어 있었다. 그중에는 특별히 눈에 익은 책도 있었다.

"이 책을 잘 아실 거라고 믿습니다."

자끄가 이철호 회장을 향해 윙크를 하고는 책 한 권을 꺼내 들었다.

'황금해골'

바로 그가 쓴 책이었다.

"세상에!"

자신의 책이 지구 반대편에, 그것도 산속의 비밀장소인 이곳에 있을 거라는 사실은 꿈도 꾸지 못했었다. 가슴이 벅차올랐다.

"미스터 리의 신원을 확인하고 혹시나 해서 도서관을 뒤져봤죠. 그랬더니, 브알라! 여기 당신 책이 있는 겁니다!"

"고마워요. 정말 놀랍네요."

서고에는 이철호 회장의 대표작 거의 전부가 꽂혀 있었다. 누군지는 몰라도 이 도서관의 책임자가 한국 사정에 밝은 사람의 도움을 받았을 거라는 생각이 들었다.

"이곳이 마음에 드시기를 바랍니다. 그럼…."

"아, 감사합니다."

인사를 마친 자끄가 자리를 떠났지만, 이철호 회장은 책들에서 눈도 떼지 않았다. 그는 초콜릿 공장에 견학 온 어린아이처럼 입을 헤 벌린 채 히죽히죽 웃고 있었다.

갈레트 데 루아

갈레트 데 루아 *GALETTE DES ROIS* 왕의 과자

- 프랑스의 명절인 1월 6일, 혹은 1월 1일 이후 첫 번째 일요일인 주현절(主顯節, Epiphany 주님이 나타난 날)에 가정에서 먹는 파이.

- 갈레트 데 루아를 굽기 전에 '페브(fève)'라는 도자기 인형을 집어넣고, 쿠키를 잘라서 먹을 때 도자기 인형을 발견한 사람이 그날 하루 왕이 되는 풍습이 있다.

- 프랑스와 같은 문화권에 속하는 퀘벡, 아카디아, 스위스, 룩셈부르크, 벨기에, 레바논 등에도 같은 전통이 있다.

- 사람 수보다 1개 더 많도록 파이를 나누어 남는 한 조각은 가난한 사람들에게 나눠주는 전통이 있다.

- 갈레트는 프랑스 브르타뉴 지방에서 유래된 전통 요리. 게일어로 '납작한 케이크'를 의미하며, 프랑스에서 유래된 다양한 유형의 둥글넓적하고 바삭한 케이크를 일컫는다.

전혀 뜻밖의 장소에서 전혀 생각지도 못했던 사람을 만났다. 문을 열고 나왔더니 다른 세계로 나오는 옛날 미스터리 영화의 한 장면처럼, 집 안에 들어서자, 뜻밖의 사람이 눈앞에 서 있었다.

"이설… 누님?"

"오랜만이다. 영아."

실제 나이라면 30대 중반이겠지만 20대로도 보이는 얼굴, 예전 그대로 차가운 표정에 뚜렷한 이목구비의 아름다운 여성이 눈앞에 서 있었다. 어린 시절부터 그의 멘토이자 악몽, 라이벌이었던 사람. 삼족오 가문의 수장, 이설.

이런 곳에서 갑자기 그녀를 만날 거라고는 상상도 하지 못했다. 아니, 그 사건 이후로 그녀가 죽었다고 믿고 있었기에 유령이라도 본 것처럼 놀라서 심장이 가슴을 뚫고 튀어나올 것처럼 쿵쾅거렸다.

"많이… 변했구나."

아무리 오랜 세월이 흘렀어도 이설의 존재감은 엄청났다. 그녀의 주위에만 다른 중력이 흐르고 있는 느낌이었다.

"여긴 어떻게…"

차갑고 냉정한 신영규도 떨려서 제대로 말을 못 할 정도로 긴장했다. 두 주먹을 꽉 쥐었다.

그가 살고 있는 아파트는 비싼 만큼 최고의 보안을 자랑하는 곳이었다. 주인의 허락 없이는 파리도 함부로 들어오지 못한다.

"어떻게 들어왔냐고? 쉬워. 경비실을 점령하고, 경비들을 죽인 다음, 보안카메라를 무력화시키는 거다. 옛날에 배웠잖느냐?"

자기도 모르게 신영규가 두 눈을 부릅떴다. 예전의 이설이라면 충분히 가능한 이야기였다.

신영규의 모습을 본 이설이 피식 웃었다. 비웃음까지도 우아했다.

"농담이다. 내가 여기 있는 건 아무도 모른다."

"누나는 죽었잖아?"

신영규가 억지로 입 밖으로 말을 밀어냈다. 이미 죽었어야 할 존재가 그의 눈앞에서 그의 고급 위스키를 꺼내서 그의 크리스털 글라스에 따르고는 한 모금을 들이켰다.

"크으!"

가볍게 내뱉는 폼이 유령치고는 생기가 넘쳤다.

"공식적으로는 그렇지. 나는 존재하는 인간이 아니다."

"그동안 어디 있었어?"

"인사는 치우자. 영아. 나는 너한테 경고를 하려고 여기 온 거다."

"경고?"

"너는 지금 아주 거대한 위험을 눈앞에 두고 있다. 너 혼자서는 감당 못 한다!"

"그게 무슨 말이야? 무슨 위험?"

"자세한 건 나도 몰라. 우리가 정보를 얻었고, 너한테 경고하러 온 것뿐이다."

"'우리'라니? 삼족오? 그룹은 해체됐잖아?"

신영규는 고개를 갸우뚱했다.

"그룹은 해체됐지. 하지만 삼족오는 아직 남아 있다."

"삼족오가 남아 있다? 예전에 하던 일을 그대로 하고 있나? 납치, 밀수, 암살?"

"확실히 그런 시절이 있었지. 아버지 세대 때는 그랬어. 하지만 지금 우리는 그런 식으로 일하지 않아. 우리는 정보를 제공하는 일을 한다."

누구나 말을 듣게 만드는 낮고 간결한 말투는 여전했다. 어린 시절, 그녀의 이런 말투를 싫어하면서도 따라 하려고 무던히도 애를 썼었다.

"정보? 그걸로 누구를 협박하나?"

"부정하지는 않아. 하지만 우리는 국가를 위해서 일하고 있어."

"나하고 같네. 공무원인가 봐?"

"어떤 의미로는 그렇지. 하지만 지금 할 말은 아니다."

"그럼 언제 말하는데? 죽은 줄 알았던 이복 누나가 20년 만에 나타났어. 보통은 평범한 이야기부터 하지 않나? 추억 같은 거?"

"영아, 우리는 평범하지 않다!"

이설이 차갑게 끊어냈다.

"태어났을 때부터."

신영규도 잘 알고 있었다. 자신들이 출생부터 평범하지 않다는 것을.

"나를 어떻게 찾아냈어?"

"간단해. 네 돈!"

"돈?"

"많은 돈은 곧 짐이다. 사람은 숨을 수 있어도 돈은 숨을 수 없지."

이설이 손에 든 위스키를 한 모금 마셨다. 20년 전, 그녀는 술을 입에 대지도 않았었다.

"너한테 많은 돈을 준 이유다. 돈의 흐름을 찾으면 네가 있다."

사실이다. 적당한 돈이 아니라 큰돈이라면, 투자와 세금 등 여러 가지 문제로 많은 사람과 엮일 수밖에 없다. 큰돈에는 자유가 없다.

"그냥 전화라도 하지 그랬어?"

"외국에 있었다. 거기서 일하기가 더 편했거든."

잔을 사이드 테이블에 올려놓은 이설이 신영규를 똑바로 쳐다보았다. 까마귀를 연상시키는 검은색 가죽 재킷이 조명 빛을 반사했다.

"그래서 왜 갑자기 나타난 건데? 형제의 정이 그리워지셨나?"

"때가 됐기 때문이다. 영아!"

"때? 무슨 때?"

"악몽, 매일 꾸지?"

"뭐?"

매일 밤, 잠을 제대로 잘 수 없을 정도로 악몽을 꾼다. 꿈속에서 그는 언제나 무력한 어린아이고 까마귀 가면을 쓴 귀신들에게 둘러싸여 있다.

"지금도 까마귀를 보니?"

그렇게 묻는 이설의 뒤쪽에 까마귀가 태연하게 날개를 퍼덕거리고 있다. 부리로 뭔가를 쪼며 한가롭게 거니는 모습이 이상하게 자연스럽다. 신영규는 자기도 모르게 한동안 까마귀의 모습을 보고 있었다. 이설은 이미 알고 있었다는 표정으로 소파 쪽으로 가서 가장 넓고 편한 1인용 소파에 앉았다. 평소에 신영규가 앉는 지정석이었지만, 이설은 조금의 망설임도 없이 그곳에 앉아 다리를 꼬았다. 마치 이곳 전체를 소유하고 있는 것처럼 당당했다. 어린 시절의 이설과 조금도 다르지 않았다. 황실 최초의 공주황태자. 오악재가 그대로 이어졌다면 황제가 되었을 여자. 신영규는 태자 간택 시험에서 이설의 흉계에 빠져 머리를 얻어맞고 기절해서 시험장에 가지 못했다. 그녀에 대한 감정이 좋을 리가 없다. 그때를 떠올리자 다시 머리가 아파졌다. 신영규도 그녀의 맞은편 소파에 털썩 주저앉았다.

"그냥 말하자. 내가 너한테 해줄 이야기는 미래, 현재, 과거다."

"반대로 하면 안 되나?"

까마귀에게서 눈을 뗀 신영규가 퉁명스럽게 대꾸했다.

"흐름상 맞지 않아! 먼저 미래부터 말하지. 앞으로 너는 큰 위험에 직면할 거다. 너는 이미 거대한 흐름 속에 있고 피할 수 없겠지."

"그래? 그럼 부적이나 한 장 주고 가!"

"내가 말하는 미래는 점 같은 게 아니야. 정확한 정보의 흐름에 의한 타당한 예측이지."

"그래? 그럼 말해 봐. 내 미래가 어떻게 될까? 아이가 있나? 딸이면 좋겠는데."

"알잖아? 너는 남편 깜냥이 아닌 거."

"그래도 자식은 있겠지?"

"남편 깜냥이 아닌데, 아빠 깜냥은 될까?"

농담을 주고받지만, 서로의 얼굴에는 일 그램의 웃음기도 없었다.

"흥!"

신영규가 콧방귀를 뀌며 동의했다.

"그래서 그게 다야? 위험해질지도 모른다?"

"아니, 너는 이미 위험한 상태야. 그게 너의 '현재'다!"

조용한 서장이 그에게 몇 번이나 경고한 적이 있었다. 상부의 움직임, 내사과 등등….

거기다 김건과 그 프랑수아라는 놈까지, 모든 것이 엉켜버린 실타래처럼 복잡했다.

"그래서 어떤 위험이야?"

"네가 없어지기를 바라는 사람들이 있어. 정부의 고위층, 그리고 네가 일하는 경찰 내부에도…."

"내부의 적? 흥, 영화 같네?"

"그건 네 주변 사람일 수도 있다."

"점점 더 흥미로운데?"

"모든 일은 연결되어 있어. 같이 연결시켜보면 보일 거야."

"내 주변은 믿을 만한 인간뿐이야."

"어쩌면 그중에 있을 수도 있다."

"몇 번이나 체크했어."

"세상에 완전하게 믿을 수 있는 사람은 없다. 아버지 말씀, 잊었니?"

"완전히 믿을 수 있는 인간들이야!"

"그래서, 네가 완전히 믿었던 그 친구는 어떻게 됐지?"

순간적으로 할 말을 잃었다. 김건 사건 이후로 그는 많은 것을 잃었다. 김건과 함께, 그를 인간답게 했던 큰 부분이 함께 사라졌다.

"그 사고 기억하지? 사고 직전에 마지막으로 통화한 게 누구지?"

"그건…!"

잘 기억하고 있다.

근처 막걸리집에서 폭탄주를 만들고 있던 신영규에게 누군가 전화를 건네주었다.

"여보세요!"

"팀장님, 접니다."

김정호 형사였다.

"뭐해? 빨리 와! 김건은 어딨어?"

살짝 취한 들뜬 목소리로 대답했다.

"그게, 이쪽으로 좀 오셔야겠슴다. 저, 지금 사무실 나왔는데, 김건이 조금 이상합니다."

"뭐? 이상해? 뭐가?"

"잘 모르겠슴. 침입자가 어쩌고 하면서, 그냥… 아무튼 빨리 오십쇼!"

김건이 이상하다는 말에 술이 확 깼다. 워낙 이상한 놈이라서 방심을 할 수 없었다. 하긴 그 점이 좋기는 했다.

"신 팀장님! 빨리 끊고 오세요!"

동료들이 그를 불렀다.

전화를 끊은 신영규가 둘러댔다.

"화장실 좀…"

"그것도 빨리 끊고 와요!"

돌아가며 폭탄주를 마시는 릴레이를 마치고 술집을 빠져나와 서로 돌아갔다. 그가 도착하기도 전에 경찰서 안에서는 총격전이 시작됐다. 그리고 나중에 김건은 기억을 잃은 모습으로 발견됐다.

그가 마지막으로 통화한 사람은 김정호였다. 그건 무슨 뜻인가?

신영규는 애써 머릿속에서 커지는 의문을 무시했다. 지금 그의 주변에 남은 사람은 한 줌도 되지 않는다. 그런데 그중에 '적'이 있다면 그 사람들마저 의심해야 한다.

"그래서 미래하고 현재는 됐다 치고, 다음은 뭐야?"

"과거."

이설은 신영규의 표정을 살피며 말문을 열었다.

"해봐!"

"이건 네 친구 김건하고도 관련된 이야기다."

"김건? 그놈은 친구가 아니야!"

"김건은 2년 전, 사고로 기억을 잃어버렸지. 그 이유를 들었니?"

"원인 모를 사고라고만 들었어. 의사는 김건의 혈액에서 고 농도의 신경안정제 성분을 발견하고 그놈이 약물중독일 가능성을 제시했지. 그래서 검찰이 김건을 병원에서 긴급체포했어. 약물중독 형사가 외국마피아 세력과 결탁해서 경찰서 증거보관실의 약물을 강탈하려고 했다는 거였지. 하지만 결국은 증거불충분으로 풀려났어."

"김건의 사고원인은 따로 있다."

"사고원인?"

"그래, 원인을 알려면 기억해야 할 것이 있다. 너희들이 인천항만에서 조폭들과 싸워서 압수한 컨테이너, 기억나니?"

"그럼 기억하지. 우리 두 명이 조폭 열두 명하고 총을 들고 싸웠어. 무슨 영화에나 나올 이야기였지."

"인상적이군."

"우리 둘 다 총은 좀 쐈지. 김건 그놈은 총을 정말 싫어했어. 그래도 그놈, 내가 위험하면 바로 총을 꺼냈지. 그놈 옛날부터…"

신영규는 김건 이야기를 하면서 자신이 웃고 있다는 사실을 깨닫고 순간, 흠칫 말을 멈췄다.

"그런데, 누님이 그 컨테이너를 어떻게 알지?"

"그 안에 실렸던 물건, 암호명 'Oblivion'. 그게 김건을 그렇게 만든 거다."

"암호명, 망각? 그게 뭔데?"

"즉효성영구적기억상실촉발제(卽效性永久的記憶上室觸發製). 일명 기억제거약물!"

"뭐야? 그럼… 그게?"

"그래, 우리가 만든 '화학무기'다."

신영규가 자리에서 벌떡 일어나며 소리쳤다.

"무슨 소리야?!"

하지만 이설은 조금도 위축되지 않고 같은 태도로 말을 이었다.

"대한민국 국방부의 요청으로 해외연구소에서 우리가 만든 화학병기이다. 동기는 간단해. 한국군은 실제 전쟁이 났을 때, 더 효과적인 무기를 개발하고 싶어 했다. 적을 죽이는 것보다 다치게 하는 게 더 효과적이지. 그래서 발목지뢰가 나온 거다. 그런데 이건 그냥 부상이 아니라, 기억을 지워버리는 거야. 군인 한 명을 양성하기 위해 쏟아부은 막대한 시간과 자원을 한순간에 지워버리고 바보로 만드는 약물. 이건 전쟁터의 혁명이다."

"지금 무슨 말을 하고 있어. 그… 그 약이 왜 김건을 그렇게 만들어? 설마… 누나가 한 짓이야?"

험악한 얼굴로 노려봤지만 이설은 표정도 변하지 않았다.

"말했지. 우리는 정보기관이라고. 우리가 한 일은 병기를 만들어서 한국까지 배달만 한 거다. 원래 국방부에서 바로 컨테이너를 인수하기로 되어 있었다."

"말이 안 되잖아? 얼마나 많은 양이길래 컨테이너를 써?"

"1000명 분! 싸구려 향수와 같이 들어 있었다."

"1000명 분? 무슨 시제품을 그렇게 많이 주문해?"

"그건 시제품이 아니야. 이미 완성품이었다."

신영규는 충격에 입을 벌렸다. 완성품이라면, 이미 전략이 수립되었다는 뜻이다.

"농담이지? 한국군이 그런 무기까지 쓴다고?"

"우리는 사방이 적이야. 북한은 말할 것도 없이, 중국은 우리 한반도를 잃어버린 자신들의 영토라고 주장하고 있고, 일본은 계속 군비를 확장하면서 우리를 노리고 있다. 내 집이 호랑이굴하고 늑대굴 사이에 있다면 다른 선택지는 없지. 모든 수단을 동원해서 강해져야 한다."

거짓이기를 바라지만 절대 그럴 리는 없었다. 옛날부터 이설은 거짓말을 하지 않았다. 언제나 진중하게 사실만을 이야기한다. 그래서 사람들은 그녀를 신뢰했다.

"군대에서는 필드에서 바로 시험해보기를 원했어. 컨테이

너를 인수해서 곧장 실험을 시작하려고 했었지. 그런데 그걸 누군가가 가로챘다."

"한국에서? 군대가 수행하는 비밀작전을 가로챘다고? 누가?"

"그 모든 정보를 가지고 있던 사람들…."

잠시 생각하던 신영규가 놀란 표정으로 이설을 쳐다보았다.

"국정원?"

이설이 고개를 끄덕였다.

"국방부와 국정원이 서로 다른 마음을 먹었다. 그래서 그 컨테이너를 빼앗겼지. 그런데 거기에 변수가 등장했어. 일개 형사 두 명이 그 컨테이너를 다시 빼앗은 거야."

"그게 우리 둘이었다!"

이설이 고개를 끄덕였다.

"그럼, 그 일 때문에 김건이 타깃이 됐다고?"

"그건 김건을 노린 게 아니다."

"그럼 누구를… 설마?"

"그래, 그건 원래 너를 노린 거야."

신영규는 차가운 냉기가 등뼈를 따라 흐르는 것을 느꼈다. 김건이 얼마 전에 자신에게 했던 말이 기억났다.

'제가 학교에 가야 했던 진짜 이유를 가르쳐드리죠.'

그리고 김건은 삼족오의 문장을 보내왔다.

"나를 노렸다고? 왜?"

"너하고 김건이 잡은 사람 중에 그들과 관계된 사람이 있었다! 우리가 아는 건 거기까지야. 누구 짐작 가는 사람 없니?"

"우리가 잡은 사람 중에 국정원과 관계된 사람이 있었다고? 무슨 말도 안 되는…."

화가 나서 내뱉던 말을 되씹으며 생각에 잠겼던 신영규가 '아!' 하며 고개를 쳐들었다.

"우리가 수사하면서 잡아넣은 놈이 있어. 그런데 그 과정에서 국정원 요원하고 몇 번인가 부딪혔지. 우리 둘 다 국정원에 끌려가서 조사를 받기도 했어."

"누군데?"

"오레온!"

"오레온? 그 천재 연쇄살인마?"

"그래, 있다면 그놈뿐이야."

이설이 턱을 만지며 잠시 생각에 잠겼다. 어렸을 때부터의 버릇이었다.

"오레온은 살인자야. 그런 인간이 국정원과 결탁했다?"

"그거보다 중요한 건, 왜 그 인간을 잡아넣었다고 내 기억을 지우려고 한 거지?"

"네가 알려지면 안 되는 뭔가를 알았다? 영아! 그놈 잡을 때, 뭐 이상한 거 없었니?"

"그놈은 유명인들 열한 명을 죽이고 그 사람들로 예술작품을 만들었어. 그런 놈이 이상한 게 없었냐고? 숨 쉬는 거 빼고 다 이상하지."

한동안 생각에 잠겼던 이설이 천천히 입을 열었다.

"어쩌면 그 사람 자체일 수도 있어."

"사람 자체?"

"그래, 그 사람이 중요한 역할을 하는 '키맨'이라는 거다. 그런데 너희가 그 사람을 감옥에 보낸 거고."

"그럼. 이 모든 일의 배후가 국정원이다?"

"아니야. 진짜 배후는 따로 있다."

"배후? 그건 누구야?"

"레메게톤!"

신영규는 경악했다. 최근 사건들에서 자주 들었던 이름이다. 하지만 구체적이지도 않고 인터넷 음모이론 같은 뜬구름 잡는 이야기였다. 그런데 이설이 그 이름을 말하자, 꿈에서 깨어난 듯 모든 것이 현실로 다가왔다.

"그‥그걸 누님이 어떻게?"

"너도 알 거다. 최근에 네가 다뤘던 사건에도 몇 번이나 나왔지."

"레메게톤이 국정원을 움직인다고? 장난해?"

"그들은 아주 오래전부터 한국에서 활동해왔어. 고위층에도 많은 협력자가 있지."

"그중에 하나가 국정원이고?"

"국정원의 주요 인사겠지. 그리고 그들이 너를 위험하다고 판단한 것 같다."

"그러다가 엉뚱하게 김건이 당했다? 그럼 결국 김건이 기억을 잃은 게 나 때문이라는 거잖아?"

"네 잘못이 아니다. 너희들은 그저 그 흐름 속에 있었던 것뿐이다."

"그럼 그 이후로 왜 나는 가만 놔뒀지? 그것도 이상하잖아?"

"어쩌면, 그들은 너희 두 사람의 팀을 깨는 것이 목적이 아니었을까? 너희들이 팀일 때 위험하다고 판단했겠지."

"이게 무슨 만화 같은 소리야!"

"프랑수아를 국외 추방시키려던 것도 아마 그들이 한 일이겠지."

프랑수아를 억지로 추방시키려던 것을 김건과 소주희가

막았었다. 그때도 뭔가 윗선에서 움직인 것 같다는 말을 했었다.

"그리고 얼마 전, 네가 프랑수아를 살인자로 의심하게 만든 것. 그 일도 의심스럽다."

"뭐?"

신영규는 탐정이 된 전 경찰 동료에게 프랑수아를 미행하게 시켰고 그 동료는 프랑수아의 행보를 그에게 보고했다. 그 보고만으로 보면 놈은 의심할 만한 근거가 충분했다. 보고서만 보면!

"이런 젠장!"

신음처럼 욕을 내뱉었다. 이설은 그런 그를 보며 잔을 들어 술을 한 모금 마셨다.

"레메게톤은 생각보다 더 깊숙이 침투해 있다. 그들은 목적을 위해서 무슨 일이든 할 거야. 설령 그것이 국가전복이나 정권붕괴라도…."

"그래서 그놈들이 노리는 게 뭔데?"

"보물!"

"보물? 무슨, 인디애나 존스야?"

"그들은 예술 지상주의자들이야. 예술을 인류의 최고선(最高善)이라고 믿지. 그래서 정치나 경제, 국가도 다 예술보다는 아래로 취급하지."

"생명보다도?"

"그래, 생명보다도!"

신영규는 낮게 저주의 말을 퍼부었다. 어떤 이유에선지, 그는 살인자를 극도로 혐오했다. 그가 경찰이 된 이유도 바로 그것이었다. 살인자들을 벌주는 것.

"그래서, 그놈들 목적이 뭐야? 예술을 지배하는 거야?"

"지배보다는 보호하는 것이 목적이지. 그들은 그렇게 하는 것이 인류의 가치를 보존하는 방법이라고 믿는다. 하지만 그들이 구체적으로 뭘 하는지는 모른다."

"모른다면서, 레메게톤에 대해서 어떻게 아는 거야?"

그 물음에 이설의 표정이 굳어졌다. 하지만 그녀는 다시 신중하게 말을 이어나갔다.

"예전에 우리는 그쪽으로 우리 요원을 침투시켰다. 요원은 그들 안에서 신임을 얻으며 자리를 잡았고 한동안 보고를 이어나갔지. 그런데 언제부턴가 연락이 끊어졌다. 그들의 일원이 됐든가, 죽었겠지."

"그래? 007도 실패하나 봐?"

"영아. 그 사람은… 네 어머니였다."

"뭐?"

"네 어머니, 신아연 씨는 예전 오악재 시절부터 해외정보 담당이었다. 그래서 계속 외국에 있었지. 네가 오악재를 떠날 무렵에도 임무 수행 중이었어. 그리고 몇 년 뒤에 그 사람은 실종됐다."

신영규는 한동안 말을 하지 못했다. 그저 착잡한 표정으로 물끄러미 이설을 쳐다볼 뿐이었다.

"마음이 복잡할 거야. 네가 어떤 마음인지 안다는 따위, 뻔한 거짓말도 하고 싶지 않구나. 하지만 우리 때문에 네 인생이 복잡해졌고 힘들어졌다는 건 안다."

혼란스러웠다. 머리가 터질 것 같았다. 심장을 토해낼 것 같은 심정이었다. 오악재에 어린 자신을 맡기고 사라진 어머니였다. 두 번 다시 보고 싶은 마음도 없는, 이미 지운 사람이었다. 그런데 그 사람이 삼족오의 정보요원이었고, 임무 중 실종되었다. 믿기 힘든 이야기였다. 신영규는 익숙하게 현실을 부정했다. 자기 자신을 현실에서 억지로 떼어냈다. 마치, 남의 이야기를 보듯, 드라마를 보듯 무표정하게 자신의 현실을 쳐다보며 그냥 흘려보냈다. 자신을 보호하는 가장 효과적인 방법이었다.

"오늘 무슨 날이야? 죽은 줄 알았던 사람이 갑자기 나타나서 비밀을 쏟아내네? 이유가 뭐야? 왜 하필 오늘이냐고?"

"때가 됐기 때문이다. 영아!"

또다시 머릿속에서 종이 울렸다. 언젠가 악몽 속에서 봤던 까마귀 왕이 했던 말이 생각났다.

'이제 곧 시작된다. 종말이!'

"예전일, 기억 못 하니?"

이설이 신중한 얼굴로 물었다.

"무슨 일? 내가 모르는 건 없어."

"그래? 그럼 오악재가 어떻게 무너졌는지. 삼족오 가문이 어떻게 됐는지 기억하니?"

"못하지. 거긴 어릴 때 잠깐 있다가 나왔는데?"

"아니. 오악재가 무너진 건 네가 열네 살 때다!"

"무슨 소리야? 나는 오악재에 어렸을 때 잠깐 있었던 기억밖에 없어. 그 뒤에 오랫동안 요양원에 있었다고!"

고개를 젓는 이설의 표정이 무거웠다.

"그 반대야. 너는 오랫동안 오악재에 있었고 요양원은 아주 잠깐 있었다!"

"무슨… 말도 안 되는…."

또 한 번, 머릿속에서 종이 치는 것처럼 둔하게 울렸다. 그의 머릿속, 단단한 벽이 무너지는 느낌이었다.

"까마귀의 눈을 봤니?"

이영의 목소리가 꿈결처럼 멀리서 들려왔다.

"뭐?"

들고 있기 힘들 만큼 머리가 무거웠다. 두 손으로 머리를 잡았다.

"까마귀의 눈! 네 눈에만 까마귀가 보이는 건 이유가 있다! 진실은 까마귀의 눈을 통해서만 볼 수 있어. 그 안에 모든 답이 있다!"

까마귀의 눈! 신영규는 거실 한쪽에서 날개를 퍼덕거리는 검은 까마귀를 쳐다보았다. 언제나 보이지만 한 번도 그 눈을 똑바로 볼 수 없었다. 까마귀의 눈에는 무서운 불꽃이 번뜩였다. 모든 것을 집어삼키는 지옥의 업화(業火) 같은 불길. 그래서 신영규는 끝내 그 붉은 눈을 피했다.

"그 눈 속에 답이 있어."

"그냥 당신이 말해!"

신영규가 아픈 머리를 손으로 누르며 소리쳤다.

"내가 말해주는 건 내 경험이다. 네 것은 너 스스로 깨달아야 한다."

"닥쳐!"

신영규는 종처럼 울려대는 머리를 붙잡으며 외쳤다. 갑자기 너무 많은 것을 알게 됐다. 김건이 기억을 잃은 진짜 이유, 오블리비언, 국정원, 레메게톤, 어머니까지…. 믿기 힘든 사실의 폭격에 그의 정신은 초토화되었다. 이 믿기 힘든 현실을 아무리 자신과 분리시키려 해도 그것은 도깨비바늘 씨앗처럼 절대로 떨어지지 않았다.

"눈을 봐라! 영아. 피하지 말고!"

숨을 몰아쉬며 들어 올린 시선 앞에 까마귀가 있었다. 신영규의 눈이 까마귀를 향했다. 알 수 없는 두려움으로 온몸이 떨렸다. 까마귀의 눈이 발갛게 불타올랐다. 두려움이 밀물처럼 몰려들었다. 이성의 둑을 넘어 밀려드는 감당하지 못할 공포에 사지가 떨렸다. 도저히 까마귀의 그 시선에, 타오르는 불길에 맞설 재간이 없었다. 숨이 막혔다. 그의 안에서 뭔가가 무너지려 하고 있었다. 오랫동안 쌓아왔던 제방이 더는 버티지 못하고 무너지려는 것처럼 휘청거렸다. 뭔가에 머리를 세게 얻어맞은 것처럼 아팠다. 지진의 한복판에 있는 것처럼 어지러웠다. 그는 끝내 눈을 감았다.

"헉!"

숨을 쉬기 힘들었다. 소파에 앉아서 양손으로 머리를 감싸 쥐었다. 비 오듯 땀이 흘렀다. 온몸이 사시나무처럼 떨렸다. 얼마나 그렇게 있었는지도 몰랐다.

　정신을 차리고 보니 집 안에 이미 이설은 없었다. 그는 조금 전까지 자신의 이복누이가 앉아 있던 자리를 쳐다보았다. 아직도 그녀가 입고 있던 가죽재킷의 냄새가 남아 있는 것 같았다. 하지만 그녀는 거짓말처럼 사라지고 없었다.

　어쩌면 처음부터 이설은 없었는지도 모른다. 테이블 위의 술잔은 자신의 것인지도 모른다. 무엇이 환영이고 무엇이 진실인지 구분하기 어려웠다. 눈앞이 두꺼운 안개로 뒤덮인 느낌이었다. 이제 아무것도 믿을 수 없게 되었다.

　한동안 머리를 감싸 쥐고 숨을 고르던 신영규는 화장실로 가서 거칠게 세수를 하고 자동차 키를 집어 들었다.

　지금 이 순간, 이 세상에서 그가 갈 수 있는 데는 딱 한 곳뿐이다. 고래뱃속!

　거울 뒤에서 까마귀가 그를 노려보고 있었다. 신영규는 애써 그 눈을 피했다.

　"미스터 리. 소개할 사람이 있어요."

　"네?"

책을 읽고 있던 이철호 회장이 고개를 들었다. 광고사진에 관한 화보집이었는데, 마침 그는 옷을 거의 입지 않은 여성의 광고사진을 보던 중이어서 황급히 덮으려다가 책을 아래로 떨어뜨렸다. 그리고 공교롭게도 그 페이지 그대로 바닥에 펼쳐졌다. 당황해서 얼른 책을 집으려고 몸을 일으켰는데 자끄 옆에 서 있던 남자가 다가서며 손을 내밀었다. 이철호 회장도 얼른 그 손을 잡을 수밖에 없었다.

"안녕하세요. 미스터 리. 저는 이곳 책임자인 라파엘 (Raphaël)입니다."

책임자라는 말에 반사적으로 그를 올려보게 되었다. 남자의 키는 185센티미터가 넘어 보였다. 178센티미터인 이철호 회장이 올려다보아야 할 정도였다. 핏이 루즈한 마바지에 캐시미어 스웨터를 입은 캐주얼한 모습이었지만, 멋있게 수염을 기른 얼굴 전체에 카리스마가 넘쳐흘렀다.

"반갑습니다. 저는 이철호라고 합니다."

"이런 상황이라서 안타깝군요. 멀리서 오신 손님이면 극진히 대접하는 게 당연한데, 오히려 이렇게 불편을 드려 죄송합니다."

50대로 보이는 남자는 프랑스식 억양이 강한 영어로 이야기했다.

"천만에요. 불청객을 잘 대해주셔서 감사합니다. 저는 이곳 생활을 즐기고 있습니다."

라파엘이 발밑의 책 속 사진을 흘끗 보고 말했다.

"그렇게 보이는군요."

자끄가 허리를 굽혀 책을 집어서 테이블에 올려놓았다.

"한국의 저명한 소설가를 직접 뵐 수 있어서 영광입니다. 이곳에 오신 이유가 책 집필과 관련이 있나요?"

"그것도 있지만, 개인적인 호기심이 더 큽니다."

"개인적인 호기심요?"

"한국에 있을 때부터 몇몇 사람들에게 이곳 이야기를 들었어요. 처음에는 그저 도시전설이나 음모이론 같은 거라고 생각했습니다. 하지만 몇 가지 사건을 겪으면서 이곳에 대한 확신이 생겼죠."

"그래서 직접 이곳으로 날아오셨다? 아주 열정적이시네요."

"나이도 제 호기심을 막지는 못합니다. 제가 소설가가 된 이유죠."

"훌륭합니다. 그런 열정은 예술가에게 필수적인 덕목이죠. 그 덕분에 미스터 리가 그토록 많은 업적을 이루신 거겠죠."

"과찬이십니다. 저는 그저 노인의 몸에 갇힌 철없는 아이에 불과합니다."

"아!"

라파엘이 격하게 공감을 표했다.

"그 말씀은 아주 많은 차원에서 생각하게 만드는군요. 감명받았습니다."

그의 말투에서 지식인의 모습이 그대로 드러났다.

"미스터 리, 오늘 저녁 식사에 초대하겠습니다. 시간이 되시겠습니까?"

"감사합니다. 지금은 시간밖에 남는 게 없군요. 즐겁게 초대에 응하겠습니다."

"잘됐군요. 나중에 자끄가 모시러 갈 겁니다. 그럼 그때까지… 즐거운 시간 되시기 바랍니다."

그는 조금 전 이 회장이 읽던 책으로 눈길을 주었다가 가볍게 목례를 하고 몸을 돌렸다.

자끄 역시 빙글거리며 이 회장을 보고 있었다.

"아트(Art)!"

이 회장이 머쓱해서 말하자 자끄는 "물론이죠!" 하며 뒤로 물러났다.

"아트!"

'뚜벅 뚜벅, 또각 또각.'

지하 복도에 구둣발 소리가 울려 퍼졌다.

발소리는 그 복도 가장 안쪽에 있는 바(Bar)로 향하고 있었다.

바(Bar) '몬스트로', 고래 중의 고래. 하지만 이름과 달리 작디작은 가게였다.

신영규는 네 각이 모두 둥글게 만들어진 문을 열고 안으로 들어갔다.

'띠리링.'

날개 달린 천사 모양의 종이 그를 반겼다.

이곳은 일반적인 바와는 달랐다.

바 안은 모든 것이 둥글둥글하게 만들어져서 각진 곳이 없었다. 테이블 모서리, 의자, 바 스툴뿐만 아니라 천장과 연결된 벽의 코너도 둥글게 마감되어 있다. 주인이 술꾼들을 배려해서 설계한 느낌이었다. 그래선지 이 안에서는 묘한 안정감이 들었다.

천장을 하얀 고래의 뼈대처럼 만들어놓아서 진짜로 고래 뱃속에 있다는 느낌마저 들었다.

실내에는 음악도 없었다. 있는 것은 깊은 바닷속 혹동고래의 숨소리와 노랫소리뿐이었다. 그래선지 이곳에 계속 있다 보면, 마치 자신이 깊은 바닷속이나 우주 공간, 혹은 진짜로 고래뱃속에 있는 것 같은 느낌이 들었다. 아무런 장식이나 그림도 걸리지 않은 푸른 벽에는 프로젝터 같은 특수한 조명을 써서 깊은 바다 밑바닥에서 그물처럼 햇살이 일렁이는 모습을 끊임없이 비추고 있었다.

이상하게 중독성이 있어서 한참을 쳐다봐도 질리지 않았다.

여느 때처럼 손님은 없었다.

스툴 안쪽 의자에 늙은 바텐더만 혼자 앉아 있었다. 등과 목이 조금 구부정하고 머리가 하얗게 센, 나이를 짐작하기 어려운 노인이었다. 그는 언제나처럼 깊은 바닷속 같은 벽을 하염없이 쳐다보고 있었다. 이미 자정을 한참 전에 넘긴 시간이지만 그는 꼿꼿하게 자리를 지키고 있었다.

신영규는 스툴 앞으로 다가가서 둥근 의자에 앉았다.

"안녕하세요?"

노인이 그를 흘끗 보고는 시선을 다시 벽으로 옮겼다.

"오랜만에⋯오셨소."

"네. 잘 계셨죠?"

"똑같소. 매일… 매일…."

음절과 음절 사이에 쉼표를 찍는 것 같은 말투였다.

"그런 것 같네요."

신영규가 가게 안을 둘러보며 말했다. 별로 바뀐 것이 없어 보였다. 그래서 마음이 놓였다.

그리고 무엇보다 이곳에는 '까마귀'가 없었다.

처음 이곳에 왔던 날도, 이 안 어디에도 까마귀가 없다는 사실에 깜짝 놀랐었다. 까마귀가 없어서 마음이 편한 건지, 마음이 편해서 까마귀가 안 보이는 건지 몰라도, 이 세상에 까마귀 프리존(Free Zone)이 존재한다는 사실에 한껏 들떴었다.

"그동안… 어떻게 지냈소?"

그는 예전에 이곳에서 잠시 일했던 적이 있었다. 김건과 같이 일하던 시절, 놈의 권유로 잠 못 자는 밤에 바텐더로 일했었다. 의외로 그의 적성에 잘 맞았다.

"일이… 많았습니다."

"그렇소?"

늙은 바텐더는 여전히 벽을 보며 대답했다. 그는 언제나 한결같았다. 관심을 보이지도 무시하지도 않는 '적절한' 태도. 신영규는 이 점이 좋았다.

그는 자신에게 관심을 가지고 다가오려는 사람이 부담스러웠다. 다시 상처를 받는 것이 두렵기 때문인지도 모른다. 대부분의 사람은 적당한 호기심으로 접근했다가 그것이 적당히 채워지거나 적당히 무시되면 적당히 등을 돌린다. 그 '적당히'가 바로 신영규가 사람과의 관계를 싫어하는 이유였다. 하지만 늙은 바텐더의 '적절히'는 다르다.

그는 언제나 선을 넘지 않는다. 너무 멀리 떨어지지도 않고 너무 가까이 붙지도 않는 노련한 복서 같은 느낌으로 적정선을 유지한다. 신영규는 그의 '적절함' 때문에 같이 있으면 마음이 편했다.

늙은 바텐더가 그 적절함을 활용해서 신영규에게 칵테일 한잔을 만들어서 밀어주었다. 신영규는 운전을 할 때 절대 술을 마시지 않는다.

"무알콜…이요."

바텐더가 알고 있다는 투로 말했다. 노란색 음료를 한 모금 나셔본 신영규는 그 음료가 마음에 들었다. 오렌지, 레몬, 파인애플 등, 여러 과일의 맛이 상큼했다.

"이름이 뭡니까?"

"신데렐라!"

이름을 듣자 젊은 프랑스인의 푸드트럭이 떠올랐다. 씁쓸

한 웃음이 지어졌다.

음료를 서빙한 노인은 다시 말없이 벽을 쳐다보고 있었다.

목을 축인 신영규도 몸을 돌려서 노인처럼 벽을 쳐다보았다. 파란 바다에 일렁이는 물결의 그림자를 표현한 벽은 고래의 노랫소리와 어우러져서 묘하게 현실과 비현실을 물결치듯 넘나들었다. 마치 이 공간 자체가 최면을 거는 듯한 느낌이었다.

"여기는 시계가 없습니까?"

"시계… 말이오?"

"네. 가게 안에 시계가 없네요."

"그렇지. 시계는… 없소."

노인은 한동안 말을 하지 않았다. 신영규도 굳이 답을 기대하지 않았다.

"시계는… 필요 없소."

"시간을 안 보시나요?"

"필요할 때만… 보지."

노인이 주머니에서 회중시계를 꺼내 보이고는 다시 집어넣었다.

"아!"

그 회중시계는 김건이 가지고 있던 것과 비슷해 보였다. 세상에는 아직도 저런 물건을 쓰는 사람들이 있다.

"멋있네요."

두 사람은 다시 한동안 벽을 쳐다보고 있었다. 특별히 말이 필요하지 않았다. 여기는 그런 곳이었다.

"여기가 왜… '몬스트로'인지… 알고 있소?"

이번에는 노인이 먼저 입을 열었다.

"네."

"디즈니판… 피노키오에 나왔던 고래 이름이… 바로 '몬스트로'였소."

신영규의 입가에 살짝 미소가 걸렸다.

"원작 소설에는… 고래가 아니라… 상어였지."

"네. 압니다."

"유식…하시오."

"친구가 알려줬습니다."

처음 이곳에 왔던 날, 김건이 말해줬었다.

"궁금한 게 있습니다."

"물어…보시오."

"연세가 어떻게 되십니까?"

"아마…."

단어를 길게 끌며 생각하던 노인이 가볍게 고개를 저었다.

"팔십… 몇 살쯤… 될 거요."

"연세를 모르시나요?"

"세다가… 잊어버렸소."

"네."

신영규도 다시 묻지 않았다.

늙은 바텐더는 머리가 하얗게 세었고 눈썹까지 그랬다. 오랜 세월의 영향으로 등과 목도 굽었다. 외견상으로 팔십, 어쩌면 구십이 넘었는지도 모른다. 하지만 그는 아직도 동작이 정확했고 반응이 빨랐다. 칵테일을 만들거나 손님의 주문을 받을 때도 모든 과정이 일사불란했다. 쓸데없는 동작이나 힘이 없이 필요한 행동만으로 결과를 만들어냈다. 한치의 다름도 없이 언제나 같은 칵테일, 같은 술의 배합이었다. 세상에서 가장 맛있는 음료는 아닐지라도 가장 '적절한' 음료를 만들어냈다. 하루가 고달팠던 날에 그의 술은 적절하게 쓴맛을 냈고 기분 좋은 날에는 적절한 단맛이 느껴졌다. 그 반대인 경우도 있었지만, 어쨌든 그것도 적절하게 이상한 맛이었다.

"오늘은… 어쩐 일이오?"

"그냥… 왔습니다."

"그렇소?"

다시 침묵이 이어졌다. 어쩌면 이것이 바다에서 고래가 대화하는 방법이 아닐까 하는 생각이 들었다. 대왕고래는 800 킬로미터 떨어진 상대와도 대화가 가능하다. 아마, 그들의 대화도 서로의 거리만큼이나 긴 침묵을 사이에 두고 있을 것이다.

"잘… 왔소."

딱히 답답하거나 대화상대가 그리운 것은 아니었다. 하지만 신영규는 입을 열었다.

"오랫동안 피하고 살았던 진실이 있습니다. 그런데 이제 그만 피하려고요."

"흠…."

노인이 팔짱을 끼었다.

"잘… 생각했소."

그러고는 다시 입을 다물었다. 그의 눈은 바다처럼 파랗게 칠해진 벽을 계속 주시하고 있었다.

"아시겠지만, 나는… 전쟁을 겪었소."

노인의 나이로 미루어보면 그럴 것도 같았다. 80대라면 어린 시절, 6.25 전쟁을 겪었을 나이였다.

"그 뒤에, 우리나라가… 겪었던 전쟁은, 나도… 모두 겪었지."

신영규는 뜻밖의 이야기에 조금 당황했다.

"항상, 시간에⋯ 쫓겼소. 1분, 1초 때문에⋯ 사람들이 죽었지. 살려고⋯ 계속 뛰었소."

말을 이어가는 노인의 표정은 담담하기만 했다.

"그래서, 시계를⋯ 없앤 거요. 쫓기지⋯ 않으려고."

"그러셨군요."

다시 한동안 바 안에는 고래의 노랫소리만 계속 이어졌다. 800킬로미터의 거리가 느껴졌지만 외롭지 않았다. 아무리 멀리 있어도 노랫소리는 들리기 때문이다. 늙은 바텐더는 여느 노인들처럼 넋두리를 하지 않았다. 결국 신영규가 다시 입을 열었다.

"무섭지 않으셨습니까?"

"뭐가⋯ 말이오?"

"전쟁에⋯ 나가는 것 말입니다."

"무서웠소."

노인이 팔짱을 풀었다. 그리고 그는 아주 이상한 동작을 했다. 주머니에서 담배를 꺼내서 입에 무는 시늉을 한 것이다. 다음에는 2차대전에서 썼을 법한 낡은 지포라이터를 꺼내서 불을 켜고 담배에 불을 붙이는 시늉을 했다. 마지막으로 담배 연기를 깊이 들이마시고 연기를 뱉어냈다. 판토마임을 하는 것 같았지만, 그의 동작에 있는 일련의 자연스러움 때문에 더

생동감이 있었다. 마치 진짜 담배를 피우는 것 같았다.

"옛날… 습관이오!"

신영규의 표정을 보고 노인이 웃으며 말했다.

"참호 속에서 담배가 피우고 싶은데… 총 맞을까 봐 못 피웠소. 그래서… 피우는 시늉을 했더니, 욕망이… 가시더군."

담배를 맛있게 피우는 모습을 보니 이상하게 그도 담배가 피우고 싶어졌다.

"무서워도… 그냥 나갔소."

"네?"

"전쟁… 말이오."

"도망칠 생각은 안 하셨나요?"

"했소. 그래도… 그냥 갔지."

"어떻게? 아니, 왜요?"

"내… 일이니까!"

고개를 들고 연기를 내뿜는 노인의 입에서 진짜 파란 연기가 뿜어져 나오는 것 같았다.

"다른 사람도 있잖습니까?"

"다르지!"

재떨이에 담뱃재를 탁탁 털면서 노인이 말했다. 금연인 가게 안에 재떨이가 있는 이유를 그때 알게 되었다.

"누구나… 해야만 하는 일이… 있는 거요. 그때, 내… 일은 전쟁에… 나가는 거였소."

"이해가 안 됩니다. 무서우면 도망치는 게 인간의 본능 아닌가요?"

신영규는 자신이 지금까지 했던 일이 옳다고 믿고 싶었다. 도망치는 일이 정당한 본능이라는 확인을 받고 싶었다.

"전쟁에서… 도망칠 순 있겠지."

다시 담배 필터를 입에 무는 시늉을 하며 늙은 바텐더가 말했다.

"하지만, 자기… 자신에게서… 어떻게 도망치겠소?"

'쿵' 하고 뒤통수를 맞은 느낌이었다. 가슴속까지 충격이 전해졌다.

"일이 곧… 나요. 나는… 내 일 하려고 이 세상에… 온 거지."

경찰을 천직이라고 여기고 싶었다. 하지만 별로 만족을 느껴본 적은 없었다. 매일매일 쫓기는 삶의 연속이었다.

"일에서… 도망치면, 나…라는 사람은 내가… 아니게 되는 거요."

자신만의 세상에서 그는 확실한 중심이 있었다. 바로 나, 신영규라는 자아였다.

하지만 지금은 그것이 흔들리고 있었다. 진짜 나는 누구일까?

다시 고요한 바닷속 같은 침묵이 이어졌다. 하지만 고래의 노래 때문에 적막하지는 않았다.

"여기는 왜 이렇게 만드신 겁니까?"

"뭐가… 말이오?"

"꼭 바닷속 같아서요?"

노인이 담배 연기를 코로 뿜어내며 고개를 끄덕였다.

"내가… 탔던 배가… 바닷속에…가라앉았었소. 머리 위에는 총탄이… 날아다니는데, 아래쪽은… 너무 평화롭더군. 그냥, 그대로… 그 안에서 살고 싶었지. 그때 봤던… 풍경이 바로… 이거요."

신영규는 자기도 모르게 고개를 끄덕였다. 죽음의 직전에 느꼈던 평화로움, 그 모순된 감각이 바로 이 장소의 모티브였다니, 자기도 모르게 미소가 지어졌다.

바(Bar) 몬스트로(Monstro). 거대한 고래의 뱃속을 닮은 술집.

신영규는 이상하게도 이 장소의 의미가 자신과 잘 맞아떨어진다는 생각이 들었다. 피노키오도 자신의 자아를 찾아가는 여정으로 고래 뱃속으로 들어갔었다. 이제 자신도 비슷한

길을 가야 한다.

"그만 가보겠습니다."

신영규는 스툴에 5만 원권 한 장을 올려놓고 일어났다.

"그러시오."

노인은 고개도 돌리지 않고 인사했다.

피노키오는 고래의 뱃속에서 모닥불을 피워 고래가 재채기를 하는 순간을 틈 타 그곳을 빠져나갔다.

이제 자신도 이곳을 빠져나갈 차례였다. 이 괴물보다, 훨씬 더 크고 훨씬 더 잔인한 세상 밖으로….

작은 천사종이 달린 문 앞에서 그는 다시 한번 그 안을 되돌아보았다. 늙은 '제페토 영감'이 파란 벽을 바라보며 가짜 담배 연기를 길게 내뿜고 있었다. 그것이 '몬스트로'의 콧구멍을 간지럽게 했는지, 고래의 거대한 몸이 떨리며 문이 활짝 열렸다. 천사가 속삭였다.

'지금이야! 지금 나가면 돼!'

피노키오는 그렇게 늙은 제페토를 남겨두고 고래의 뱃속을 빠져나갔다.

'에취!'

거대한 한숨 같은 재채기가 터지며 피노키오는 어느새 문 밖에 서 있었다. 등 뒤의 '몬스트로'는 이전보다 훨씬 작게 쪼

그라든 모습이었다. 어쩌면 피노키오가 조금 더 커진 것인지도 모른다.

아직도 가슴이 아프고 여전히 머릿속은 혼란스러웠다. 하지만 적어도 그는 이제 자신이 어디로 가야 할지는 알고 있었다.

나무 인형이 발걸음을 옮겼다.

'또각 또각, 뚜벅 뚜벅.'

지하 복도에 구둣발 소리가 울려 퍼졌다. 그것은 세상 밖으로 향하고 있었다.

"박사님, 손님이 오셨습니다."

교도관의 말에 하얀 가운을 입은 노신사가 고개를 들었다. 높은 코와 살짝 파란빛이 감도는 눈빛까지, 그의 외모는 어딘가 동양인과 서양인이 섞여 있는 모습이었다.

시계를 보니 아직 이른 오전이었다.

"아, 그래요?"

"지금 면회실로 가시면 됩니다."

"고맙습니다."

노신사가 활짝 웃으며 감사했다.

"요즘은 기분이 좀 어떠세요?"

"훨씬 좋습니다. 말씀하신 대로 다 용서한다는 기분으로 집착을 버리니까, 일도 가정도 다 좋아졌습니다. 특히⋯."

턱선을 멋있게 뒤덮은 하얀 수염을 쓸어내리며 노신사가 미소를 짓자, 교도관이 머뭇거리다가 다시 입을 열었다.

"아이들이 좀 덜 무서워하는 것 같아요. 저도 권위적인 모습을 버리고 애들, 집사람하고도 가까워지려고 노력했더니, 요즘은 좀 효과를 보는 것 같네요. 다 박사님 덕분입니다. 정말, 감사합니다."

교도관이 90도로 허리를 숙이자 노신사가 벌떡 일어나서 그의 팔을 잡아 일으켜 세웠다.

"아이고, 아닙니다. 다 우리 교도관님이 열심히 하신 덕분이죠. 저는 우물이 있는 곳을 알려드린 것뿐이고, 애써서 물을 길어 올린 건 다 본인 노력입니다."

"하지만, 저는 진심으로 감사드립니다. 제가 힘들 때, 일부러 시간 내서 상담도 해주시고⋯. 박사님 아니었으면 저희 가정, 벌써 파탄 났을 겁니다."

"이것도 인연이지요. 관계 중에 가장 좋은 관계는 서로에게 도움을 줄 수 있는 관계 아닙니까? 이렇게라도 제가 도와드릴 수 있으니, 저는 기쁩니다. 자, 자, 일어나세요."

노신사의 만류로 다시 몸을 일으킨 남자는 쭈뼛거리다가 다시 입을 열었다.

"저기, 뭐 하나만 여쭤봐도 될까요?"

"그러시죠."

노신사가 웃으며 고개를 끄덕였다.

"다들 궁금해서 그러는데, 박사님처럼 훌륭한 분이 왜 그런 죄를 지으셨는지…."

순간, 노신사의 표정이 굳어졌다. 고개를 숙이는 그의 눈에 작은 불꽃이 일었지만, 교도관은 보지 못했다.

"저는 못 믿겠습니다. 열 명이 넘는 사람들을 죽였다니요."

다시 고개를 든 노신사의 얼굴에는 슬픈 표정이 가득했다.

"저는 그 사람들의 안락사를 도왔습니다."

"아!"

"다 제 잘못이지요. 제가 공부하던 스위스에서는 안락사가 합법입니다. 그래서 저는 그것이 인간의 당연한 권리라고 믿어왔었죠. 그래서 정신적, 육체적으로 심한 고통을 받는 환자들의 자살을 돕는 약을 줬지요. 한국에서는 이것이 불법이었는데, 저는 그저 환자들을 돕고 싶었어요. 제 불찰입니다."

"아, 그랬군요. 역시!"

교도관이 가슴이 아프다는 듯 눈을 감았다.

"그럼, 언론에서 떠들던 건…."

"스위스 정부가 공식적으로 제 변론을 포기하고부터 검찰은 온갖 죄목을 다 뒤집어씌우더군요."

"그래도 적극적으로 항변을 하시는 게 좋지 않았을까요?"

"그럼 환자들의 사생활을 전부 폭로해야 했어요. 의사로서 환자를 보호하는 게 제 의무입니다."

노신사가 씁쓸한 표정으로 입을 다물었다.

"아, 그래서 변호사도 없이 재판을 받으셨구나! 그래도 삼십 년 형은 너무…."

교도관이 고개를 주억거렸다. 사람이 좋아서 모난 구석이 없는 친구였다.

"그럼, 그때 언론에 나왔던 것들도…."

"한국 기자들은 사실 보도보다 소설 쓰기를 더 좋아하더군요. 그 사람들 말에 의하면 저는 한니발 렉터보다 더한 살인마였어요."

"그때는… 대단했죠."

"한국법률은 언론에 너무 관대해요."

"그건 그렇습니다. 그러니까 사람들이 언론을 기레기라고 부르는 거 아닙니까? 여기 교도소에서도 뭐 작은 일 하나만 터지면 온갖 나쁜 말은 그냥 다 하면서 지네들 비리 터지면 말도 없이 그냥…."

슬슬 말이 길어질 것 같은 느낌에 노신사가 시계를 쳐다보았다.

"이런, 손님이 왔다고 했죠? 이만 정리할까요?"

"아이고, 제가 너무 시간을 끌었네요. 죄송합니다. 박사님."

"아니요. 우리 교도관님은 제가 손님 만난 뒤에 다시 상담 해드리겠습니다."

"아, 그래도 될까요? 안 그래도 제가 장모님하고 사이가 안 좋아서 여쭤보려고 했었는데…."

"물론이죠. 그럼, 잠깐만…."

"네. 오레온 박사님. 저는 문밖에서 기다리겠습니다."

"네. 바로 나가겠습니다."

교도관이 나가자 오레온 박사는 의자에서 일어나서 하얀 가운을 벗었다. 그 안에 짙은 파란색의 수의가 나왔다. 가슴팍에 붙은 하얀 천에 85848이라는 번호가 선명했다. 교도소 측은 중형을 선고받은 수감자임에도 불구하고 그의 탁월한 정신분석 및 심리상담사로서의 능력을 인정해서 따로 상담실까지 마련해주었다. 이곳에서 많은 교도관과 수감자들이 그의 도움을 받았다. 실제로 교도소 내의 폭력 행위 발생비율과 이곳에서 형기를 마치고 나간 수감자의 재범 발생비율이 현저하게 내려가서 이곳이 모범 사례로 선정된 덕분에, 교도소장은 오레온에게 물심양면 지원을 아끼지 않았다. 특히, 최면술을 활용한 심리치료요법은 죄수들뿐 아니라, 대다수의 교도관과 교도소장, 그의 가족들까지 큰 효과를 봤을 정도로 인기가 좋았다. ADHD(주의력결핍 과잉행동장애)를 걱정하던 소장의 아들이 최면 치료 후 집중력이 높아지며 성적이 크게 향상되었을 때, 소장은 많은 예산을 들여 '오레온 박사님'을 위한 감사파티까지 열었을 정도였다. 교도소 안에서 사람들의 그에 대한 신뢰도는 '절대적'이었다.

그는 상담실 구석의 싱크대로 가서 수도꼭지를 열고 가볍게 얼굴을 씻었다. 60대 전후로 보이는 차가운 파란 눈의 잘생긴 남자가 거울을 사이에 두고 마주 보고 있었다. 그는 싱긋 웃으며 빗으로 머리를 넘겨 빗고 밖으로 나갔다. 문밖에 서 있던 교도관이 정중하게 그를 안내했다.

그가 안내받은 곳은 일반면회실이 아니라 변호사가 의뢰인과 접견하는 곳이었다.

푹신한 소파에 냉장고, 전자레인지, 탕비실까지 갖추어진 곳으로 접견실 중 가장 시설이 좋은 곳이었다. 언론에서 재벌

들이 변호인과 만나 시간을 보내는 '집사변호사' '황제접견'
이 이루어지는 곳이 바로 이런 곳이었다. 이런 호화접견실을
내어주는 것만 봐도, 이 교도소 내에서 오레온의 위치를 짐작
할 수 있었다.

"여기서 편하게 말씀 나누세요. 삼십 분 뒤에 변호사 접견
이 있으니까 그 전에 모시러 오겠습니다."

교도관의 말에 오레온은 웃으며 고개 숙여 인사했다.

"감사합니다."

"그런데 안에 계신 분은 제자신가요? 아, 그냥 서류 기록
때문에요."

"아니요. 미국에 있을 때 같은 종교행사에서 만난 분입
니다."

"무슨 종교행사인지…?"

"아, 한국인 목사님이 인도하시는 성령부흥 모임이었지요."

차트에 뭔가를 적어넣으며 교도관이 고개를 끄덕였다.

"그렇군요. 됐습니다. 그럼 말씀 나누세요."

"네. 감사합니다."

오레온이 접견실로 들어가자 소파에 앉아 있던 남자가 벌
떡 일어나며 두 팔을 들어 반겼다. 양복을 세련되게 입은 마
흔 전후의 남자였다.

"박사님! 오랜만에 뵙습니다."

"오랜만이네."

박사도 마주 보며 웃었다. 두 사람은 얼싸안고 서로의 등을 두들겼다.

"샘!"

남자는 싱긋 웃으며 오레온의 맞은편에 앉았다.

"저 사람들이 박사님을 아주 잘 대해주는군요. 무서워하지도 않나요?"

"내가 한 일들은 국정원에 의해서 보도통제가 됐네. 어쨌든 나는 그 사람들을 위해서 일했으니까."

"아, 그렇죠. 만약 그 사건이 그대로 보도가 됐으면 한국뿐 아니라 전 세계가 발칵 뒤집혔겠죠."

"나는 가르침을 이행한 것뿐이야. 내 손끝을 통해서 신의 목소리를 전달했지."

오레온이 연극배우처럼 과장된 몸짓을 하자, 샘이 낄낄거리며 웃었다.

"저를 뭐라고 소개하셨습니까?"

"사실대로 말했네. 같은 종교단체 회원이라고 했지."

"아, 정확하군요."

샘이 싱긋 웃었다.

"그 사막에서의 하룻밤… 제 인생을 영원히 바꿔준 경험이었죠."

"우리 모두 그랬지. 자신의 진짜 가능성을 발견했어."

"사방에 튀는 피를 보면서 영혼의 떨림을 느꼈죠. 그리고 깨달음(enlightenment)을 얻었어요."

"진정한 해방."

두 사람은 동시에 눈을 감고 그 당시를 회상하고 있었다.

"저는 아직도 그때의 피 맛을 느낄 수 있어요."

샘이 혀를 내밀어 입술을 날름 핥았다.

"나도 그렇네. 내 손에서 느껴지던 가녀린 소녀의 목…, 그리고 목이 부러질 때의 그 감촉…. 천사가 되어서, 내 손으로 직접 그들의 영혼을 천국으로 보내던 그 순간! 그 환희! 할렐루담야!"

"할렐루담야!"

두 사람이 다시 현실로 돌아와 서로를 마주 보았다. 서로의 눈 속에서 아직도 남은 깊은 여운을 느낄 수 있었다.

"벌써 8년이나 지났네요. 그 영성 집회, 진실의 밤에 깨달음을 얻은 성도들이 지금 전 세계에서 활약하고 있어요. 물론, 박사님도 그중 하나죠."

"나는 실패했네. 보다시피, 지금 학교에 있잖나?"

오레온 박사가 두 팔을 들어 보였다.

"하지만 꾸준히 큰일을 준비하시는 것, 알고 있습니다."

"우리 모두는 큰 그림의 한 조각이고 운명의 시계를 움직이는 톱니바퀴야. 이 모든 게 바로 K목사님(Reverend K)의 가르침 덕분이지. 아, 그분은 어떠신가?"

"한국에 오기 직전에 뵈었습니다. 여전히 성령으로 충만하시죠."

"아, 다시 그분을 뵙고 싶네. 기회가 된다면, 내가 한 일을 그분께 직접 말씀드리고 인정받고 싶어."

그 말을 들은 샘이 활짝 웃었다.

"벌써 말씀하셨습니다. 목사님은 모든 사람 앞에서 박사님의 업적을 칭송하셨습니다. 그리고 이걸 보내셨죠."

샘이 작은 케이스 하나를 내밀었다.

"이건?"

"열어보시죠."

오레온이 케이스를 받아들고 뚜껑을 열었다. 그 안에는 금빛과 빨간색이 섞인 작은 십자가가 있었다.

"오오! 할렐루담야!"

"K목사님께서 박사님을 장로로 추대하셨어요!"

"아! 성령 공주의 십자가가! 이런 영광이!"

오레온은 두 손으로 십자가를 받아들고 입을 맞추었다.

"이건 성령 공주가 천박한 살인자에 불과하던 목사님의 손에 쥐어 준, '천국의 열쇠'와 완전히 같은 레플리카야!"

"역시 잘 아시네요. K목사님의 손바닥에 기적의 성흔을 남겼던 바로 그 십자가와 100퍼센트 같습니다. 불타는 십자가를 건네주고도 성령 공주의 손에는 상처 하나 없었다고 했죠."

오레온의 두 눈에서 기쁨의 눈물이 흘러나왔다.

"자네는 모를 거야. 이것이 나한테 어떤 의미인지. 나는 더 많은 일을 할 수 있었어. 더 큰 업적을 세울 수 있었네. 하지만 그들, 경찰에게 너무 빨리 잡혔어. 그 두 명의 형사들, 썩어빠진 이 나라에서는 상상하지도 못할 유능한 사람들이었지."

"그때는 저도 놀랐습니다. 쇼크였죠!"

"하지만 신께서는 또 다른 운명을 준비하셨지. 바로 그 경찰 중 한 명을 이 감옥에서 다시 만난 거야."

"할렐루담야!"

"할렐루담야! 나는 신께서 그를 내게 보냈다는 사실을 깨달았네. 그를 통해 그분의 원대한 계획을 보았어! 그래서 망가져가는 그를 처음부터 다시 만들어냈지. 원대한 계획의 재목으로 말이야."

"목사님은 다 알고 계십니다. 그리고 지난 과오는 이미 과거일 뿐이고, 박사님의 진짜 쓰임이 곧 다가올 거라고 말씀하셨죠."

"오오! 이렇게 감사할 데가! 그분께 전해주게. 나는 그날을 위해서 만반의 준비를 하고 있어. '용'이 날아오르는 그날, 이 나라는 대환란에 빠져 아무도 그 모습을 못 볼 거야."

"훌륭합니다."

샘이 웃으며 정중하게 손을 내밀었다.

"May I(제가 해드릴까요)…?"

"Please!(부탁하네)"

샘에게 십자가를 건네준 오레온이 바닥에 무릎을 꿇었다. 샘이 그의 목에 빨간 금색 십자가를 걸어주었다. 눈을 감은 채 기도를 드리며 노인은 두 손으로 십자가를 들고 이마에 가져다 댔다. 진정한 신심이 느껴지는 순간이었다. 샘도 같이 무릎을 꿇었다.

"기도하시죠."

"하늘에 계신 아버지…"

오레온이 기쁨에 취한 표정으로 기도를 했다.

"심판의 날에 임하시어, 피의 복수를 행하시고…"

일반적인 기도와는 다른 섬뜩한 문구가 계속 이어졌다.

"정의의 칼로 악마를 멸하시며, 천국의 문으로 선인을 이끄시고…."

"정화의 끝은 사람의 피이니, 피의 강에서 죄를 사하고…."

한동안 이어지던 무서운 기도는 이렇게 끝이 났다.

"주님의 뜻이 곧 목사님의 뜻입니다. 할렐루담야(Hallelu-jdam(y)ah)!"

"심판의 날을 준비하겠습니다. 할렐루담야!"

'할렐루담야'는 신(Yah)을 찬양하라(Halleluj)라는 뜻인 할렐루야에 피(Blood)라는 뜻의 히브리어 담(Dam)을 합친 그들만의 암호였다. 그 뜻은 '피의 신을 찬양하라!'였다.

기도를 마친 두 사람은 서로의 팔을 잡고 포옹을 하며 등을 다독거렸다. 얼굴에 기쁜 표정이 가득했다.

오레온은 빨간 금색 십자가가 매달린 가슴을 자랑스럽게 내밀며 샘에게 소파를 권했다. 그 과장된 모습에 샘이 박수를 치며 웃었다.

"뭐 좀 마시겠나?"

"아뇨. 전 괜찮습니다."

"난 좀 마셔야겠네. 이렇게 기쁜 날은 몇 년 동안 없었어!"

오레온은 벽장으로 가서『건전한 교도행정』이라는 두꺼운

책을 꺼내 들었다. 책을 펼치자, 25년 된 나폴레옹 꼬냑이 나왔다. 교도관들이 알려준 것으로, 교도소의 VIP만 이용하는 비밀이었다. 오레온은 술잔에 술을 따라서 한 번에 털어 넣고는 '푸하!' 하고 감탄사를 내뱉었다.

"아, 이제 좀 살겠군."

그 모습을 보며 미소짓던 샘이 문득 생각난 듯, 한마디를 툭 던졌다.

"아, 얼마 전에 목사님의 손녀를 만났어요."

"뭐? 컥!"

뜻밖의 말에 오레온이 인상을 찌푸렸다. 술이 목에 걸린 것 같았다.

"그게… 무슨 말이지?"

"말 그대로입니다. 목사님의 손녀, 그 '성령(聖靈) 공주'를 직접 만났습니다. K목사님을 성령으로 인도하셨다는 그 전설의 소녀를 친견(親見)했죠! 정말 아름다운 분이더군요!"

오레온의 표정이 심각하게 변했다.

"만나서… 무슨 이야기를 했나?"

"인사만 했죠. 기관에서 그녀를 감시하더군요. 시간이 없었어요."

자신이 들은 말을 믿기 어렵다는 표정이었다.

"우리는 그분을 만날 자격이 없어! 뒤에서 도와드리는 것만 허용된다고! 잘 알잖나? 그일, 목사님도 아시나?"

"목사님은 모르십니다."

샘이 태연한 얼굴로 대답했다.

"자네 혼자서 결정했다고? 왜?"

"목사님의 능력은 모두가 다 알고 있습니다. 하지만 그분은 언제나 겸손하게 그것이 본인의 능력이 아니라 그렇게 예정된 일이었을 뿐이라고 하셨죠."

"그래서?"

"그래서 그분의 손녀, 성령 공주를 직접 만나본 겁니다. 그리고 제가 앞으로 그녀에게 '할 일'도 과연 예정된 일인지 보려고요."

샘이 '할 일'을 말할 때 양손의 검지와 중지를 머리 옆으로 들어 올려서 까딱거렸다. 영미권 사람들이 대화 중, 단어에 중의적인 의미가 있을 때 하는 행동이었다.

"미쳤군! 자네는 선을 넘었어! 단순한 호기심으로 목사님의 능력을 시험하려는 거라면 당장 그만두게. 나는 직접, 목사님의 능력을 봤어. 신이 그분의 손을 통해 하신 일들을 보고 나는 깨달았네. 그분은 진정한 신의 대리인이야! 그런 분조차도 성령 공주를 두려워한다고 하셨어!"

오레온이 초조하게 방 안을 서성거렸다.

갑자기 닥친 일에 그는 적잖이 당황했다.

"저도 그렇게 믿습니다. 그래서 더 시험해보고 싶어졌죠."

"어리석다!"

오레온이 소리쳤다. 조금 전까지의 온화한 표정은 온데간데없었다.

"지나친 호기심은 독이야!"

"그건 잘 압니다. 하지만 저보다 더 독을 잘 다루는 사람은 없죠. 독에 관해선…."

샘이 오레온을 노려보며 말했다.

"내가 바로 신이니까!"

두 사람의 팽팽한 신경전으로 방 안의 압력이 폭발하기 직전까지 올라갔다. 그때, '똑똑' 하고 밖에서 문 두드리는 소리가 들렸다. 교도관이었다.

"박사님, 시간이 다 됐습니다."

"아, 알겠습니다. 기도만 하고 마치겠습니다."

대답하는 오레온의 표정이 다시 온화하게 바뀌었다. 하지만 그 눈은 샘을 무섭게 노려보고 있었다.

"이제 시간이 다 된 것 같네요."

어깨를 으쓱하며 샘이 말했다.

"자네는 우수한 사람이야. 아직 할 일이 많다고! 제발 여기서 더는 선을 넘지 말게!"

"충고 기억해두죠."

자리에서 일어난 샘이 거울 앞에서 머리를 매만졌다.

"이것도 기억하게. 호기심 많은 고양이는 불지옥에 떨어진다네!"

"아, 불지옥! 영감을 주는 말이네요. 그럼, 다시 뵙죠!"

샘이 웃으며 문을 나섰다. 그러고는 문 앞에 서 있던 교도관에게 인사를 건넸다.

"성령이 함께하시기 바랍니다."

"아, 예!"

교도관도 얼떨결에 인사를 받았다. 그 바람에 그는 문 뒤에 서 있는, 험하게 일그러진 오레온의 표정을 보지 못했다.

오랫동안 운전을 했다. 한 번도 쉬지 않았고 필요하지도 않았다. 멀리서 그 '산'이 보이기 시작했다. 알 수 없는 두려움에 손이 떨렸지만, 신영규는 치의 속도를 늦추지 않고 엑셀레이터를 밟았다.

긴 세월 동안 한 번도 올 생각을 하지 않았던 곳이었다. 꿈에서도 보기 싫었던 곳이다. 모든 악몽과 나쁜 기억의 근원. 하지만 이제 신영규는 자신이 해야 할 일을 잘 알고 있었다. 더는 피하지 않을 것이다.

등산로도 없는 험한 산의 입구에 차를 세웠다.

'이곳은 군사보호 지역으로 민간인의 출입을 엄격히 통제합니다.'

그 옛날에는 '일반인 출입금지, 접근 시 발포'였다. 지금은 그때보다 표현이 많이 완화되어 있었다.

신영규는 우거진 나뭇가지를 헤치고 어두운 숲 사이로 성큼성큼 걸어서 올라가기 시작했다.

신기하게도 몇 갈래나 갈라진 산길이 기억에 남아 있었다. 침입자를 막기 위해 일부러 수백 개의 갓길을 내두었던 곳. 어린 시절, 올바른 길을 기억하기 위해 노래로 숫자들을 외우곤 했었다.

'삼이삼일 일일이, 사이사, 삼이이…'

'떳다떳다 비행기'의 곡에 맞춰 외운 숫자대로 갈림길을 찾아 올라가면, 그곳에 갈 수 있었다.

강원도의 깊은 산속에 위치한 이씨 가문의 집. 한옥 형태의 고층 건물로 되어 있으며, 몇 단계의 보안장치로 침입이 아예 불가능한 요새. 한때 오백 명의 사람들이 한꺼번에 머물던 거대한 산속의 도시.

'烏嶽齋(오악재: 까마귀 산의 집)'

그 이름처럼 수많은 까마귀가 사방에서 울고 있었다. 신영규는 불에 타서 폐허가 된 건물을 쳐다보았다.

그곳에 어린 시절의 신영규가 있었다. 외로운 눈빛으로 창밖을 내다보던 어린 시절의 자신과 눈이 마주쳤다.

머릿속에서 다시 '둥' 하고 종이 울리는 느낌이었다. 수많은 목소리가 한꺼번에 귀를 스쳤다. 비명과 절규가 사방에서 터졌다. 휘청거리면서도 신영규는 간신히 중심을 잡았다.

길 옆에 나무로 만든 낡은 벤치가 있었다. 신영규는 그곳에 앉아서 아픈 머리를 두 손으로 잡았다. 숲속 어딘가에서 까마귀 한 마리가 날아와서 그의 앞에 내려앉았다. 붉은 눈의 까마귀.

"누구냐, 넌?"

그토록 오랜 세월 자신을 괴롭히던 원흉!

'나는 언제나 너와 같이 있을 것이다!'

살면서 한 번도 자세히 본 적이 없던 그것을 신영규는 용기를 내어 마주 보았다. 자세히 보니, 발목에 뭔가가 매달려 있었다. 형형색색의, 고급스러워 보이는 그것은, 한복에 매다는 고급 장신구였다.

'까악!'

까마귀가 울며 날갯짓을 했다. 붉은 두 눈은 똑바로 신영규를 노려보고 있었다.

이번에는 그도 시선을 피하지 않았다. 이글거리는 까마귀의 두 눈 속을 똑바로 쳐다보았다.

오악재는 실로 이상한 곳이었다. 산속 깊은 곳에 위치한 요새 같은 거대한 건물에 오백 명이 넘는 사람들이 살고 있었다. 그들의 상징은 고대 한민족의 상징이라고 알려진 '삼족오'였다. 하지만 그들의 문장은 조금 달랐는데, 까마귀의 세 번째 다리가 머리 위에 있었고 몸에 큰 눈이 그려져 있었다. 그들은 '삼족오 그룹'이라고 하는 법인회사와 연계되어 있었다. '삼족오'라는 이름을 전면에 내세우지는 않지만 수많은 기업과 회사를 지배하는 지주회사로 군림하고 있었다. 이들의 이름은 국세청에서도 불법이나 탈법이 없는지 특별히 주목하고 있었다. 자신들의 이름으로 사업을 하는 것은 아니지만 무수한 기업에 영향력을 끼치고 있는 기업이었기 때문이다.

언론은 그들을 '어둠의 기업'이라고 불렀지만, 사람들은 그들을 다른 이름으로 불렀다.

바로 '그림자 정부(政府)'였다.

'오악재'는 그 '삼족오 그룹'의 인재 양성소였다.

전국 아니, 전 세계에서 인재를 모아 이곳에 머물며 공부를 시켜주었다. 이것은 일종의 학교이자 대학으로 학교에서 가르치지 않는 모든 것을 가르치는 곳이었다.

원한다면 전액 장학금으로 대학도 보내주었다. 성적이 우수하지만 불우한 가정의 수재들 수백 명이 이곳에서 공부했다. 하지만 학생들은 이곳의 존재를 결코 입 밖으로 꺼내면 안 된다는 규칙을 따라야 했다.

가문의 수장이자 이사장인 이휘가 이곳을 총괄하는 사람이었다. 사람들은 그를 '황제'라고 불렀고, 그가 조선 황실의 마지막 후손이라고 굳게 믿고 있었다.

누군가가 그에게 질문한 적이 있었다.

"이곳이 조선 황실의 대를 잇는 곳이라 들었습니다. 증명된 바가 있습니까?"

"모두가 그렇게 믿고 있는데 무엇을 증명한단 말인가? 교회가 신의 존재를 증명했기 때문에 사람들이 모인 것이 아니다. 신이 있다고 믿는 사람들이 모인 곳이 바로 교회니라. 우리도 그와 같다."

그에게는 세 명의 부인이 있었고 그들에게서 나온 자식들은 모두 황자(皇子), 공주라고 불렸다. 멸망한 이씨 황조의 후예들로 자부하는 만큼, 그들이 쓰는 언어나 말투, 행동 모두가 옛 조선 황실의 격식을 그대로 따르고 있었다. 평소에는 서양식의 복식을 입었지만 특별한 날에는 궁중 전통 복식을 입었다.

이휘에게는 세 명의 부인이 있었다. 그중 첫 번째 부인인 지혜 황후는 자객의 습격에서 이휘를 구하다가 요절했고, 현재 두 명의 부인과 살고 있었다.

세 명의 부인들에게서 모두 다섯 명의 아이가 태어났는데 모두 딸뿐이었다.

"황송하옵니다. 폐하!"

마지막으로 딸을 순산한 세 번째 부인 이다 황후의 손을 잡으며 이휘는 말했다.

"걱정 마시오. 황실엔 남녀의 구분이 없소. 게다가, 나는 공주가 더 좋소."

공주밖에 없는 이곳에 한 명의 황자가 들어왔다. 그의 이름은 '영'이었다.

그의 어머니 신아연은 한때, 오악재에서 공부하던 식객 중 하나였다. 그녀는 이곳을 떠나기 직전에 이휘의 성은을 입어 황가의 씨앗을 잉태했고 건강한 아들을 낳았다. 처음에는 아들을 이곳에 보낼 생각이 없었던 그녀지만, 시간이 흐를수록 아버지를 닮아가는 아들의 이목구비를 볼 때마다 헤어질 시기가 다가온다는 사실을 알게 되었다.

아이가 일곱 살이 되던 해에 어머니는 아들을 오악재로 데리고 갔다. 그곳의 상궁들과 상선들은 모두 난리가 났다. 그들은 즉시 황자 영에 대한 유전자 검사를 실시했다. 이휘와 이영의 유전자는 99퍼센트 일치했다.

"경사 중의 경사입니다. 공주님뿐이던 황실에 드디어 황자님이 오셨습니다. 감축드립니다."

상선영감의 축하를 받은 오악재의 수장인 이휘(李輝)는 표정에 별로 변화가 없이 담담하게 말했다.

"상선은 황자 영에게 전담 상선을 배정하고 교육 일정을 짜도록 하라. 하루속히 이곳의 법도를 익히도록 도우라!"

"삼가, 분부 받자옵나이다."

모두가 바쁜 와중에 신아연은 아들을 한쪽으로 데리고 갔다.

"아들, 아니 황자님!"

신아연은 아들에게 깊이 허리를 숙였다.

"어머니!"

영이 어머니에게 다가가려 했지만, 그녀는 뒤로 물러났다.

"당신은 이 나라의 황손이십니다. 부디, 현명한 군주가 되시옵소서."

말을 마친 신아연은 서둘러서 몸을 돌려 달아났다. 아들에게 눈물을 보이기 싫어서였다.

어머니를 따라가려는 영을 상선영감이 붙잡았다. 나이답지 않게 강하고 묵직한 손힘이었다.

"어머니!"

나인들이 입구의 문을 닫아버려 떠나는 어머니의 모습을 볼 수 없었다. 영은 실망했지만, 울지 않았다. 대신 그는 상선에게 이렇게 말했다.

"손을 놓으세요."

어린아이답지 않게 낮고 묵직한 음성이었다.

상선영감은 자기도 모르게 손을 놓고 허리를 구부렸다.

멀리서 그 모습을 보던 이휘가 비로소 웃으며 고개를 끄덕였다.

"저 아이는, 내 아들이 맞구나!"

이휘는 딸들을 모두 불러모았다. 갓 태어난 이선(仙)을 제외한 네 명의 공주들이었다.

첫째인 이정(政)(12), 둘째 이설(設)(10), 셋째 이진(眞)(6), 넷째 이령(嶺)(5)까지 네 명의 공주들과 영은 차례로 인사를 했다. 영의 나이는 일곱 살로 셋째 이진보다 한 살이 많았다.

장녀 이정은 착하고 마음이 여린 편이었고, 이진은 명랑한 말괄량이였다. 자매 중 가장 눈에 띄는 것은 바로 둘째 이설이었다. 이목구비가 뚜렷한 미인이기도 했지만, 항상 1등을 놓치지 않는 수재에, 운동까지 잘하는 다재다능한 사람이었다. 이영보다 세 살이 많아서 더욱 의젓하게 보이기도 했다.

"황실엔 남녀 구분이 없다. 그러니 남자라고 특별대우를 받을 생각은 하지 마라. 다른 형제들의 인정을 받으려면 열심히 해야 하느니라!"

이영이 쭈뼛거리며 서 있자, 이휘가 그를 나무랐다.

"어른이 말씀하시면 머리를 숙이면서 대답해라!"

"네! 아버님!"

이휘의 말에 이영은 얼른 머리를 숙였다.

"황실에서는 어른을 마마라고 부른다! '아바마마'라고 불러라!"

"네, 아바마마!"

다음은 상선의 안내로 황제의 부인들을 만나기 위해 내원을 방문했다.

그들은 첫 번째 부인 지혜 황후의 방으로 갔다. 그녀는 정과 설의 어머니로 젊은 나이에 요절했다. 자객이 이휘에게 총을 겨누었을 때, 황후는 곧바로 그 앞으로 뛰어들었다. 덕분에 이휘는 가슴에 총탄을 맞았지만 살아남았고, 지혜 황후는 현장에서 숨을 거두었다. 살아생전 그녀의 방을 그대로 남겨둔 이휘는 매일 이 방을 찾아와 죽은 황후를 그리워한다고 했다.

둘째 부인인 정희 황후는 진과 령의 어머니로, 대단한 미인이지만 몸이 약해서 평소에 궁내의 병상에서 지냈다. 그녀는 원래 간호사로 병원에서 이휘를 간호하다가 애정이 싹터서 결혼에 이르렀다. 황후는 병실로 자신을 방문한 영을 친절하게 맞이했다.

"앞으로 나를 어머니라고 부르세요."

"예, 어머님."

영은 머리를 숙이며 대답했다. 그러다가 상선의 눈치를 보고 바로 정정했다.

"어마마마!"

세 번째 부인 이다 황후를 만난 영은 깜짝 놀랐다. 그녀가 금발의 외국인이었기 때문이었다. 두 사람은 이휘가 독일 유학시절 만났던 사이였다.

아직 출산한 지 얼마 안 되어 몸조리를 하고 있던 그녀도 영을 반갑게 맞이했다.

"내 이름 이다(Ida)는 동쪽을 뜻하는 독일말입니다. 그런데 나도 동방으로 시집을 왔어요."

이다 황후는 영에게 갓난아기인 선을 보여주었다. 커다란 눈에 하얀 피부를 가진 예쁜 아기였다.

"앞으로 우리 선에게 좋은 오빠가 되어주세요."

"네, 어마마마."

황실 가족 알현(謁見)을 마친 영에게 이휘가 말했다.

"네가 궐 밖에서 자라, 아직 황실의 법도를 모르니 먼저 그것부터 익히도록 해라."

"네."

"상선은 그것을 가져오라!"

"네, 폐하!"

상선이 두 손으로 이영에게 올린 것은 금반지였다. 폭이 1 센티미터는 되고, 앞부분에 용이 양각되어 있는 큰 반지였다.

"그것은 조선 황실의 반지다. 황자와 공주는 항상 끼고 다녀야 한다."

"네."

이영은 반지를 들어 손가락에 끼었다. 반지가 손가락보다 컸지만, 상관하지 않았다. 그는 자신이 금방 자랄 것을 알고 있었다.

첫날부터 황실 수업은 혹독했다.

"군왕은 언제나 사람들의 시선 속에 있다. 지금부터 너는 24시간 사람들 사이에 있을 것이다."

이휘의 말대로 비서 격인 상선과 호위 격인 별감들이 어디를 가거나 항상 영을 따라다녔다. 심지어 화장실에 들어갈 때도 상선이 따라왔다. 처음에는 어색했지만, 곧 영은 이것에 적응했다.

뒤이어, 새로운 훈련이 시작되었다.

"군왕은 두려움이 없어야 한다. 두려움을 잊는 가장 좋은 방법은 그것에 익숙해지는 것이다."

그것이 무슨 말인지 이해하지 못했던 영은 그날 밤 자던 중, 이상한 소리에 소스라치게 놀라서 깼다. 까마귀 가면을 쓴 네 명의 사람들이 그의 침대 사방에 서 있었던 것이다. 그들이 숨을 쉴 때마다 들리는 '쉬익 쉬익' 하는 소리가 무서웠고, 그들이 쓰고 있던 까마귀 가면의 땀에 찌든 가죽 냄새도 역겨웠다. 그날 밤, 영은 한숨도 자지 못하고 뜬눈으로 지새웠다. 무서워서 견딜 수가 없었다. 하지만 영은 영민한 아이였다. 그는 주변을 면밀하게 살펴보고 무언가를 눈치챘다. 상선이 온종일 피곤한 기색이었고, 당직이 아닌 별감들이 오후에 출근한 것을 발견했던 것이다. 그들의 몸에서 약하게 가죽 냄새가 나는 것도 알았다. 이런 일들로 미루어보아, 어젯밤 까마귀 가면은 바로 이들이었음을 직감했다.

"상선, 내 잠이 모자라 오후에는 낮잠을 좀 잘 것이니, 상선과 별감도 쉬도록 하시오."

"하지만 전하…."

"간밤에는 고생이 많았소."

상선영감은 이 어린 황자의 통찰력에 깜짝 놀랐다.

보고를 받은 이휘도 놀랐다.

"나이답지 않게 뛰어나구나. 이것이 좋은 일인지 나쁜 일인지 모르겠다."

"군황의 후대가 이리 영민하신데 어찌 좋은 일이 아닙니까?"

"지나치게 뛰어난 것이 문제다. 이런 인재가 자신이 원하던 바를 이루면 더할 나위가 없지만, 이루지 못하면 어찌 행동할지 종잡을 수 없다. 잘못되면 큰 변고를 맞을까 두렵구나."

"심려 마시옵소서. 제가 목숨을 걸고 황자님을 보필하겠습니다."

"내, 상선만 믿겠네."

이휘는 고개를 끄덕였지만 굳은 표정은 좀처럼 풀리지 않았다.

매일 오전 9시에 있는 주강(아침공부) 시간에는 자식들을 모아놓고 이휘가 직접 공부를 점검했다. 그는 엄격하고 무서운 선생님이기도 했다.

어느 날, 공주 진이 울고 있었다.

"진아, 무슨 일이냐?"

"정 언니가… 야단을 쳤습니다."

"그래? 정아, 무슨 연유(緣由)로 야단을 쳤느냐?"

"예, 아바마마. 진이가 일본 애니메이션을 너무 좋아해서 제가 야단을 좀 쳤습니다."

"그러는 언니는 미국 가수 노래만 들으면서…."

"미국은 우리의 우방 아니냐?"

"일본도 우방입니다!"

"그만하라!"

두 자매가 다투자, 이휘가 호통을 쳤다.

"내 정에게 묻노니, 일본 문화를 즐기는 것이 무슨 잘못이냐?"

"일본은… 우리 조선 황실을 무너뜨리고 조선을 멸망시킨 불구대천(不俱戴天)의 원수입니다. 그런 자들의 문화를 좋아해서는 안 되기에 야단을 친 것입니다."

"그러하냐? 그럼 묻자! 조선 황실과 당시 일본제국 중 누가 더 나쁘냐?"

"예? 당연히 침략자인 일본이…"

"그렇지 않다. 진짜 죄인은 힘이 없어서 당한 우리 조선 황실이다."

"예?"

"모름지기 군주란, 그 백성을 보호하는 것이 첫 번째 사명이다. 힘이 없어 그 백성을 지키지 못하는 군주는 그 사명을 다하지 못한 것이다."

"예."

"왕위는 물려받는 것이 아니라, 빼앗는 것이다. 힘없는 자가 왕이 되면 더 힘센 자에게 빼앗기기 마련이다."

"명심하겠습니다."

"약자는 죽는다. 약자는 죄인이다."

"가슴 깊이 새기겠습니다."

자식들이 대답했다.

"일본의 문화를 즐기는 것은 나쁜 것이 아니다."

"예? 하오나…."

"그 문화에 빠져 맹목적으로 그 나라를 숭상하는 것은 옳지 않으나, 우리에게 없는 좋은 문화를 즐기는 것은 오히려 좋은 일이다. 나중에 그 문화를 기반으로 우리의 것을 더하면 더 좋은 문화를 만들 수 있는 법이다. 그리하면 훗날, 전 세계인이 우리나라 가수에 열광하고 우리 영화를 좋아할 날 또한 올 것이다."

"아바마마. 말씀은 알겠사오나, 미국인들이 우리나라 가수에 열광할 거라고는, 믿기 어렵습니다."

"쉽지는 않을 것이다. 하지만 바른길로 성실히 임하면 반드시 하늘의 도움을 구하게 되느니라."

"예. 아바마마."

이렇듯 이휘는 엄하지만 자상한 아버지였다. 고루하거나 정체되지 않은 사람, 깨어 있는 사고방식을 가진 사람이었다.

한번은 령 공주가 조선 시대의 '남존여비사상'에 대해서 질문한 적이 있었다.

"과거 성현께서 남자는 하늘, 여자는 땅이라 한 것은 상호 보완하는 존재라는 뜻이지, 남존여비(男尊女卑)를 말하는 것이 아니다. 하늘이 없는 땅은 그저 흙더미에 불과하고 땅 없는 하늘은 허공에 불과하다. 땅도 하늘도 서로가 있기에 의미가 생기는 것이다. 교육을 잘 받아 훌륭한 인물이 된 여성들도 역사에 많으니, 너희들도 절대 공부를 게을리해서는 안된다."

"예, 아바마마!"

이휘가 가장 중시하는 것은 교육으로, 평소에는 자상했지만, 자식들이 게으름피우는 것을 절대 용서하지 않았다. 그래서 수업시간만큼은 모든 자식이 이휘를 두려워했다.

하지만 이영은 쉽게 기가 죽는 아이가 아니었다. 그는 다른 형제들이 모두 겁이 나서 말을 못 하는 와중에도 혼자 손을 들고 질문을 했다. 이휘는 이 아이의 담대함이 속으로는 좋았다.

"어떻게 하면 말에 힘이 실립니까?"

"왜 그것을 묻느냐?"

"상궁, 나인들이 제가 말할 때마다 항상 웃습니다."

영의 말을 들은 이휘는 자기도 모르게 빙그레 웃었다. 일곱 살짜리 아이의 고민이 너무나 귀여워서였다.

"그들은 네가 귀여워서 그런 것이다. 개의(介意)치 말아라."

"저는 싫습니다. 군왕은 말과 행동에 무게가 있어 어떤 사람에게도 쉬이 보이지 말아야 한다고 하셨습니다."

"그래, 그랬지."

"어떻게 하면 제 말에 무게가 실릴까요?"

이휘는 잠시 생각에 잠겼다. 어린아이의 어른스러운 고민에 조금 놀라기도 했다.

"가벼운 사람과 무거운 사람의 차이는 바로 언행의 일치에 있다. 가벼운 사람은 자기가 한 말을 지키지 않기에 아무도 그의 말을 믿지 않게 되는 것이고, 무거운 사람은 쉬이 말을 하지 않으며 뱉은 말은 반드시 지키기 때문에 그의 말을 믿게 되는 것이다. 네가 한 말을 반드시 지키면 사람들은 너를 가벼이 여기지 않을 것이다."

"명심하겠습니다. 소자, 이 시간 부로 반드시 자신이 한 말을 지킬 것입니다."

그날부터 이영의 행동은 완전히 달라졌다. 어린아이답지 않게 잘 웃지도 않고 말도 쉽게 하지 않았다. 그리고 자신이 한 말은 반드시 지켜냈다.

"황자님. 오늘 수업내용은 좀 많습니다. 내일까지 다 외우실 수 있겠습니까?"

지리를 가르치는 서연관(書筵官, 왕의 선생)이 전 세계의 나라 이름과 수도를 외우는 숙제를 내주었다. 영은 태연한 얼굴로 "내일까지 다 외우겠습니다"라고 대답했다. 아무리 머리가 좋아도 이것을 하룻밤 만에 다 마친다는 것은 말도 안 되는 일이었다. 더구나 다음 날 수업은 아침 일찍부터 예정되어 있었다. 서연관은 영의 말을 그저 어린아이의 치기 정도로 생각하고 다음 날 다시 복습하겠다며 수업을 마쳤다. 하지만 영은 그대로 자기 방으로 가서 책상에 앉아 암기를 시작했다.

열두 시 시계 종이 치고, 까마귀 탈을 쓴 네 명이 방으로 들어왔다. 그들은 계속 공부 중인 영을 보고 어리둥절했다.

"그냥 볼일들 보시오. 나는 공부를 해야 하니."

그리고 영은 암기를 계속했고, 네 명의 까마귀탈은 서로 얼굴만 쳐다보며 멀뚱히 서 있었다.

영의 공부는 새벽 네 시가 넘어서야 끝났고, 그때까지 자리를 지키던 그들은 그대로 방을 빠져나갔다.

"고생 많았소."

영은 떠나는 그들에게 사례하고 나서 책을 덮었다.

수업시간인 오전 다섯 시에 평소대로 강의실로 들어간 서연관은 영을 보고 깜짝 놀랐다. 어린아이가 피곤한 얼굴로 먼저 그를 기다리고 있었기 때문이었다.

"숙제는… 하셨습니까?"

"다 했습니다."

"잠도 안 주무시고, 그걸… 다 외우셨습니까?"

"네, 다 외웠습니다."

"제가 오늘 복습을 할 거라고 말씀드렸는데도요?"

"제가 그렇게 하겠다고 말했기 때문입니다."

그러고 나서 영은 태연하게 모든 나라와 수도를 차례로 말하기 시작했다.

영은 그 뒤로도 자신이 한 말을 지키지 않은 적이 없었다. 영의 여동생인 공주 령이 영에게 같이 소풍을 가자고 했을 때에도 그는 바로 약속을 하지 않고 상선영감에게 일정을 물어

남는 시간을 확인한 뒤에 대답했다. 사람들은 점점 더 영을 신뢰하게 되었고 얼마 뒤에는 아무도 그의 말을 가볍게 여기는 사람이 없게 되었다.

열두 살이 된 이영은 소년기에 접어들었다. 하루가 다르게 키가 자랐고, 목소리도 굵어졌으며, 제법 어른스러운 티가 났다. 어린아이가 너무 근엄한 게 아닐까 하고 걱정했지만, 언제부터인가 그는 항상 얼굴에 미소를 짓고 있었다. 그에 대한 사람들의 관심은 점점 더 커져갔다.

하지만 그런 영의 성장을 지켜보는 이휘의 근심 역시 커져만 갔다.

"표정이 어두우십니다. 무슨 심려가 있으십니까?"

상선의 물음에 이휘가 무겁게 입을 열었다.

"저 아이는 타고난 군주로구나. 사람들이 좋아하기 때문에 일부러 미소를 짓는다. 하지만 나는 저 아이가 혼자 있을 때 한 번도 웃는 것을 본 적이 없다."

"매사 노력하시는 점이 훌륭하십니다."

"저 아이의 마음속에는 불이 활활 타고 있구나. 언젠가 그 불꽃이 세상을 태워버릴까 심히 걱정된다."

이영이 곧 태자에 책봉될 것이라는 소문이 파다하게 퍼졌다. 아직 열세 살밖에 안 된 황자가 태자로 책봉된다는 사실은 의외였다. 아직 배울 것이 많이 있었기 때문이었다. 그리고 더욱 중요한 것은 황실의 시험을 통과해야 한다는 것이었다. 하지만 정작 영은 조금도 동요하지 않았다.

이제 이영의 말에는 군주의 말처럼 위엄이 실렸고 목소리에는 군사를 움직일 만큼 무게가 있었다. 아무도 감히 그의 말에 거역하지 못했고 그의 말에 웃지도 않았다.

그가 산책할 때면 항상 호위무사인 별감이 따라다녔다. 상선은 궁 안에 대기하게 했는데, 이는 관절이 안 좋은 노인에 대한 배려였다.

어느 날 산책 도중, 이영은 길옆에 우뚝 솟은 소나무 위를 타고 오르는 큰 뱀을 발견했다. 별감이 영을 보호하며 삼단봉을 꺼내 들었다.

"물러서라, 오 별감!"

하지만 영은 오히려 소나무 앞으로 다가갔다.

뱀은 나뭇가지를 타고 위로 위로 올라가고 있었다. 그 위에는 까마귀의 둥지가 있었다.

"저 뱀이 까마귀를 해칠 것 같습니다."

별감이 삼단봉을 들고 달려들려는 것을 이영이 막았다.

"그냥 둬라. 이것이 자연의 이치다."

"하지만, 저하."

"저 뱀도 분명 새끼가 있을 것이다."

어린 황자의 명령에 별감은 그저 뱀이 둥지를 터는 것을 지켜만 보아야 했다. 마침내 둥지에 이른 뱀은 머리를 위아래로 흔들며 주변을 살피기 시작했다. 이상한 눈치를 챈 어미 새가 날카롭게 울어댔지만, 둥지에 있는 알들 때문에 떠나지 못했다. 뱀이 갑자기 덤벼들어 어미 새를 물었다. 놀란 새가 날카로운 비명을 질렀다. 아비 새가 달려들어 뱀의 머리를 쪼고 날카로운 발톱으로 목을 움켜쥐었다. 하지만 큰 뱀의 비늘을 뚫지 못했다. 어미 새의 목숨을 끊은 뱀은 곧장 아비 새에게 달려들어 머리를 통째로 물어 삼켰다. 끔찍한 포식 행위였지만 이것이 바로 자연의 섭리였다. 이렇게 다른 생명을 잡아먹어야 저 뱀도 살고 다시 산란도 할 수 있는 것이다.

아비 새를 잡아먹은 뱀은 어미 새를 물고 나무 아래로 내려갔다. 이제 둥지 위에는 부모 없는 까마귀의 알들만이 남았다. 아마도 며칠 지나지 않아 다 썩어버릴 것이 분명했다.

"별감은 수고스럽겠지만 저 알들을 내려다오."

"예?"

"부모가 모두 죽었으니 나라도 저놈들을 살려주고 싶구나."

"아, 예."

별감은 삼단봉을 집어넣고 나무 위로 기어 올라가서 까마귀의 알들을 조심스럽게 주머니에 넣었다.

거처로 돌아온 이영은 나인들에게 명령해서 까마귀의 알들이 부화할 수 있도록 부화기를 만들었다. 이영은 별감이 구해온 네 개의 알을 부화기에 넣고 매일 지켜보았다. 그리고 정확히 6일째 되던 날, 까마귀 형제 세 마리가 알을 깨고 태어났다. 알 하나는 부화하지 못했다. 이영은 이들에게 먹이를 주며 정성스럽게 키웠다. 그중 두 번째 까마귀가 유독, 그를 잘 따랐다. 다른 두 마리는 먹이를 주는 이영을 경계하며 '까악까악' 울어대며 피하기만 했다.

이영이 별감을 불렀다.

"오 별감. 네, 그대에게 부탁이 있다."

"네. 저하. 분부하십시오."

"저 까마귀 두 마리를 죽여라!"

"예?"

"나는 나를 따르는 놈만 살려줄 것이다."

"그냥… 풀어주면 안 됩니까?"

"나는 저들에게 한 번 기회를 주었다. 두 번은 없다!"

잠시 어안이 벙벙하던 별감은 어린 황자의 명대로 두꺼운 천주머니를 가져와 새끼 두 마리를 넣고는 바닥에 내려놓고 그대로 손바닥으로 눌렀다. 무섭게 쩍쩍 울어대며 발버둥 치던 새들이 잠시 후 조용해졌다.

"죽였습니다."

"수고했다. 이제 내다 버려라."

이영은 표정에 변화도 없이 자신을 따르는 까마귀에게 먹이를 주며 말했다.

"내 지금부터 너를 한(韓)이라고 부를 것이다."

놈은 형제들의 죽음보다 자신이 먹는 먹이가 많아졌다는 사실만 기뻐하며 깍깍 울어댔다.

"나는 언제나 너와 같이 있을 것이다!"

시간이 지나며 이영은 조금씩 더 어른에 가까워졌다. 키는 아버지 이휘와 견줄 정도로 커졌다. 만나는 사람마다 이영의 기품있는 행동거지에 감탄을 금치 못했다. 단 하루도 꾀를 부리거나 일탈을 하지 않았다. 새벽 세 시에 일어나서 밤 열두 시에 잠들 때까지 모든 일과를 성실하게 해냈다. 그러면서도 언제나 미소를 잃지 않고 모든 사람을 대했다. 그런 이영에게 신기한 것이 하나 더 있었다. 그를 스물네 시간 따라다니는 까마귀 '한(韓)'이었다. 이제 완전한 성체가 된 까마귀는 주인 이영의 주위를 떠나지 않고 언제나 함께여서 마치 그의 분신처럼 보였다.

삼족오를 상징으로 여기는 가문에서 까마귀를 수족으로 부리는 황자가 있다!

그 사실만으로도 사람들의 주의를 끌기에 충분했다.

황실 가족들도 까마귀 한이를 좋아했다. 모두 기회가 될 때마다 한이를 보러와서 먹이를 주곤 했다.

"제가 먹이 줄 거예요!"

"아니다. 내 차례야! 너는 어제 줬잖니!"

특히 여동생들은 서로 한이에게 먹이를 주겠다며 다투곤 했다.

"싸우지 말고 서로 나눠서 조금씩 주어라."

영은 웃는 얼굴로 동생들에게 알려주었다. 그는 자상하고 상냥한 오라비였다.

시간이 지나면서, 이영의 존재감은 나날이 커져만 갔다.

하루에 두 번씩 별감을 거느리고 정해진 시간에 산책하러 밖으로 나가는 이영의 모습을 보려는 사람들이, 남녀노소를 불문하고 창가 쪽으로 구름처럼 몰려들었다. 어린 나이에 이런 자신의 인기에 부담을 가지거나 우쭐해질 만도 한데, 이영은 한 치의 변화도 없었다. 그는 사람들을 향해 머리를 숙여 인사하고 자신의 산책을 즐겼다.

하지만 그 모습을 보는 이휘의 근심은 더욱 심해졌다. 과거, 자객의 습격으로 첫째 부인인 지혜 황후를 잃을 때, 가슴에 총탄을 맞은 이휘는 그 이후로 폐 기능이 약해져서 고생하고 있었다. 나날이 커가는 이영의 모습을 보며, 그는 끓어오르는 격정을 이기지 못하고 '쿨럭쿨럭' 기침을 했다.

상선영감은 서둘러 탕약을 가져와 이휘에게 올렸다. 약을 마시고도 한동안 쿨럭대던 이휘가 조금씩 진정하며 기침이 잦아들었다.

"아직도 황자님이 걱정되시옵니까?"

"황자를 걱정하는 것이 아니라 황실을 걱정하는 것이다."

"만인의 추앙을 받는 총명한 황손이십니다. 심려 마시옵소서."

"상선. 제왕의 수업을 뭐라고 생각하는가?"

"성군이 되기 위해 어릴 때부터 성정(性淨)을 갈고닦는 것입니다."

"그 말이 옳다. 그러기 위해서는 자신의 부족함을 깨닫고 그것을 채우려고 노력하는 과정이 필요하다. 하지만 저 아이는 그것이 보이지 않는구나."

"그것은 좋은 것이 아닌지요?"

"그렇지 않다. 부족함을 모르면 발전도 없는 법. 저 아이는 모든 것이 가득 차 있어 부족함이 보이지 않는구나."

"전하의 심려를 알겠사옵니다."

"인간이 성장하는 과정은 자신의 부족함을 깨닫고 그것을 넘으려고 노력하면서 얻어지는 것이다. 하지만 저 아이는 자신의 부족함을 보이려 하지 않는다. 저러면 노력해도 발전이 없다."

"영 황자님은 아직 어리십니다. 좀 더 지켜보시지요."

상선의 위로에도 이휘는 걱정을 거두지 못했다.

"내가 그때까지 숨을 부지할지 모르겠구나."

"폐하!"

황제는 미간을 찡그리며 깊은 한숨을 쉬었다.

"저대로라면 영이는 황실의 시험을 통과하지 못할 것이다!"

한동안 진정되었던 기침이 다시 '쿨럭쿨럭' 일어나며 어깨가 들썩였다.

"다시 약을 올릴까요."

상선의 물음에 이휘는 가만히 고개를 저었다.

"되었네."

그의 눈은 까마귀를 어깨에 올린 채 산책을 즐기는 이영의 뒷모습을 착잡하게 좇고 있었다.

이영이 열네 살을 막 넘긴 때였다. 오악재 전체에 태자책봉 시험에 관한 소문이 퍼져나갔다.

만나는 사람마다 누가 황태자가 될지 추측하기 바빴다.

"역시, 이설 공주가 가장 믿음직하다니까! 안정 속에 번영! 몰라?"

"이영 황자 같은 천재가 황제가 되어 삼족오 그룹을 이끌어야 해! 변화와 개혁만이 우리하고 이 나라가 살길이야!"

사람들의 대화가 논쟁이 되고 때로는 거친 몸싸움으로 번지기까지 했다. 이휘 역시 시종들을 통해 이 내용을 다 듣고 있었다. 하지만 그는 묵묵히 집무실에서 차를 마시며 서류를 읽을 뿐이었다.

신년(1월1일)이 지난 첫 번째 일요일이었다. 궁에서 특별 초빙한 프랑스인 요리사 앙리가 저녁 만찬으로 프랑스 요리 풀

코스를 준비했다. 황제와 두 부인, 그리고 모든 자녀가 참석한 황실 만찬이었다.

한식 말고는 입에 안 맞는다는 첫째 정 공주를 제외하고 다른 형제들은 모두 신이 나서 식사를 즐기고 있었다. 그날 자리 배치는 이상하게 이설과 이영이 테이블의 끝과 끝에 마주 앉아 있었다. 오악재 내부의 소문을 잘 알고 있던 그들은 서로를 의식하지 않는 척했지만 의식하지 않을 수 없었다. 모든 코스가 끝나고 마지막 코스인 디저트 순서가 되었을 때 주방장 앙리가 직접 트레이를 밀고 나왔다.

"황제 폐하와 가족 여러분!"

그는 프랑스인답게 정중하게 허리를 굽히며 인사했다.

"오늘은 우리 프랑스의 주현절이라는 명절입니다. 프랑스에서는 이날, 갈레트 데 루아(GALETTE DES ROIS)라는 파이를 구워서 가족끼리 나눠 먹는 풍습이 있습니다."

앙리가 트레이 위에 놓인 접시의 뚜껑을 열자, 맛있어 보이는 커다란 파이가 김을 모락모락 내뿜고 있었다. 고소한 버터와 아몬드크림 향기가 코를 자극했다.

"와! 맛있겠다!"

"빨리 주세요!"

"잠깐만요 공주님들, 먼저, 제 설명을 들어주세요."

앙리가 주머니에서 뭔가를 꺼냈다.

"프랑스에서 갈레트 데 루아를 먹을 때, 한 가지 풍습이 있어요. 이 파이를 구울 때, 안에 이런 것을 넣는답니다."

그의 손에 있던 것은 작은 도자기 인형이었다.

"파이를 사람 수보다 하나 더 많게 잘라서 이 인형이 나오는 사람은 하루 동안 왕이 되는 겁니다."

그는 주머니에서 작은 왕관을 꺼냈다.

"와, 재미있겠다!"

"신난다, 빨리해요!"

까불고 좋아하는 어린아이들과 달리, 이정은 설과 영, 두 동생의 기분을 눈치챘다. 왕관을 본 순간 두 사람의 표정이 굳어버린 것이다. 먹지 않겠다는 어른과 아기를 빼고, 다섯 명의 공주와 황자를 위해 여섯 조각으로 파이가 나누어졌다.

"자, 각자 한 조각씩 고르시죠!"

앙리의 말에 모든 형제가 다섯 조각의 파이를 골랐다.

"남은 파이는 어떻게 하죠?"

급하게 파이를 한 입 먹은 정이 물었다. 예의범절이 몸에 밴 정이 입에 음식을 넣고 말하는 것은 드문 일이었다.

"아, 원래는 가난한 사람에게 줍니다."

"그래요? 그럼, 우리는 남은 파이를 한이에게 주자!"

정의 말에 모두가 찬성했다. 정이 직접, 남은 파이를 까마귀 한이 앉아 있는 창가에 가져다주자, 한이 퍼드득 날갯짓을 하며 쪼아 먹기 시작했다.

공주들과 황자는 파이 안의 인형을 찾기 시작했다. 진이 투덜거렸다.

"여긴 없어!"

령도 칭얼거렸다.

"나도! 왕 하고 싶었는데. 힝!"

"흠, 나도 없구나."

정이 파이를 뒤적거리며 말했다. 이제 설과 영만 남았다. 두 사람 사이에 묘한 신경전이 벌어졌다. 아니, 두 사람은 담담해 보였지만 보는 사람 모두가 긴장하고 있었다. 모두의 시선 속에서 두 사람도 파이 안을 뒤지기 시작했다.

"저는… 없습니다."

이영이 말했다.

"여기에도 없네요."

이설도 말했다. 모두의 시선이 까마귀 한의 접시로 향했다. 한이 뭔가를 입에 물고 접시에 떨어뜨려서 '쨍그렁' 하고 울렸다.

"어? 한이가 찾았어!"

"그러게, 한이가 왕이네?"

이정의 말에 모두가 웃으며 박수를 쳤다. 앙리가 익살스러운 표정으로 까마귀 옆에 왕관을 가져다주었다. 사람들은 즐겁게 웃으며 박수를 쳤다. 하지만 그 와중에도 서로를 보는 이설과 이영의 표정은 좀처럼 풀리지 않았다.

만찬이 끝나고 방으로 돌아가던 중에 이영이 이정에게 슬며시 다가가서 말했다.

"감사합니다. 누님."

"응? 뭐가?"

"일부러 누님이 찾은 인형을 한이의 파이에 넣으셨잖아요. 덕분에 만찬 분위기가 이상해지지 않았어요. 감사합니다."

"봤구나?"

"아뇨. 소리로 알았습니다."

"소리?"

"네. 누님이 첫입을 먹고 나서 혀를 감은 채 말씀하셨죠? 씹을 수 없는 뭔가가 입에 있다고 판단했습니다. 그리고 직접 한이에게 파이를 들고 가시는 걸 보고 그때 넣으셨다고 판단했습니다."

"어쩜, 너희들 대단하다. 정말!"

"네? 너희들이오?"

"그래, 조금 전에 설이도 나한테 같은 말을 했는데…. 너희들, 진짜 날카롭구나?"

이정이 고개를 절레절레 흔들며 말했다.

"하늘은 어찌 주유(周瑜)를 내리고서 또다시 공명(孔明)을 내리셨나이까!"

천재 주유가 죽기 전 라이벌인 공명의 존재를 한탄하며 했던 말이었다. 삼국지의 팬인 이정이 두 사람의 관계를 빗대서 한 말이었다.

이영은 이설이 만만한 상대가 아님을 다시 한번 실감했다. 이설 또한 같은 눈빛이었다.

주강 시간에 모인 황자와 공주들은 이휘의 질문에 답을 하고 있었다.

최근, 이휘의 질문이 유독 더 깊고 어려워져서 어린아이들은 잔뜩 울상을 짓고 있었다. 오늘도 야단맞을 것이 두려운 까닭이었다.

"묻자! 너희들의 침소(寢所)에 까마귀 가면을 쓴 자들이 들었다. 그것이 무슨 의미인지 아느냐?"

"무릇 지존이 될 자는 공포에서 자유로워져야 하기 때문입니다."

이설 공주가 말했다. 제2 공주로 형제들 중, 가장 총명하고 강단이 있었다. 그녀는 오히려 주강 시간을 즐기는 듯 보였다.

"공포 중 가장 큰 것이 무엇이냐?"

"그건…"

"사람들의 눈입니다."

이설이 미처 대답하기 전에 이영이 대답했다. 이휘의 눈이 꿈틀하고 움직였다.

"사람의 눈? 그것이 어찌 공포란 말이냐?"

"군왕은 모름지기 사람들 사이에 존재합니다. 언제나 그들의 시선을 받을 수밖에 없고 그것이 숙명입니다. 어디서나 언제나 사람들의 시선 속에 있다는 것은 인간이 느낄 수 있는 가장 큰 불편함이요, 고통입니다. 자기가 하고 싶은 것은 할 수 없고 사람들이 원하는 대로만 해야 하니, 언제나 벌거벗은 느낌일 것입니다. 고로 그것이 바로 가장 큰 공포가 아니겠습니까?"

할 말을 잊은 듯, 한동안 입을 닫고 있던 이휘가 다시 질문했다.

"그럼 묻자, 어째서 가면을 쓴 자들이 너희들의 침소를 지키게 했겠느냐?"

"가면을 쓴 자들이 침소를 지키는 것은 그들을 통해 사람

들의 시선 속에 사는 것에 익숙해지라는 배려라고 사료(思料)
됩니다."

영의 즉답에 이휘는 속으로 탄식했다. 이 아이는 문제를 꿰
뚫어 보고 순서대로 정답을 말하고 있었다. 하지만 이휘는 겉
으로 담담한 표정을 애써 유지했다.

"다음 질문이다. 그자들이 어째서 까마귀 가면을 쓰고 있
는지 아느냐?"

"우리 황실의 상징이 삼족오이기 때문이 아닙니까?"

이령 공주가 대답했다. 아직 열두 살이지만 똑똑하고 명랑
한 아이였다.

"그것도 있지만 다는 아니다. 까마귀 가면은 더 깊은 무엇
을 상징하고 있다. 그것이 무엇인지 알겠느냐?"

"그 가면은 과거 18세기 유럽의 흑사병과 관계있습니다."

이설 공주가 대답했다. 그녀는 반에서도 1등을 놓치지 않
는 수재였다.

"당시 저 가면을 쓴 사람들은 의사들로서 흑사병에 걸린
병자를 치료했습니다. 하지만 시간이 지나면서 저 가면은 오
히려 흑사병의 상징이 되었습니다. 저는 그 역사를 알고 나서
두려움을 극복할 수 있었습니다. 공포의 근원을 파고들면 두
려움을 이길 수 있다는 뜻이 아닌지요?"

언제나처럼 이설은 당당하게 자신의 생각을 펴나갔다. 틀려도 상관이 없다. 실수에서 다시 배워 다음에는 맞겠다는 기개가 엿보였다.

"설이의 말이 옳다."

이휘가 고개를 끄덕였다.

"외람되지만, 제 생각은 다릅니다."

갑자기 이영이 끼어들었다.

"다르다? 그럼 말해보거라."

이휘의 허락을 받고 이영이 담담하게 답을 말하기 시작했다.

"침소에 든 자들이 까마귀 가면을 쓰고 있는 이유는, 공포의 근본을 캐라는 말이 아니라 인간의 본성을 알라는 뜻이라고 생각됩니다."

또다시 이휘의 눈썹이 꿈틀하고 움직였다. 주위의 선생들도 마찬가지로 놀라서 서로를 쳐다보았다.

"까마귀 가면은 의사가 전염병을 피하기 위해 썼기에 나중에는 병의 상징이 되었습니다. 사람들이 까마귀 가면을 보면 그곳에 병이 있다고 여겨 피하게 되었기 때문입니다. 이것은 결국 군주와 백성의 관계와 같습니다. 그 의사들은 자신의 목숨을 걸고 병자를 치료하는 숭고한 일을 한 사람들이지만 백성들은 그를 두려워하고 피했습니다. 이는 선의가 언제나 좋은 결과를 낳는 것은 아니며 악의가 언제나 나쁜 결과를 낳는 것도 아니라는 사실을 말해줍니다. 인간의 본성이 이와 같으니 다스리는 자는 언제나 결과를 예단(豫斷:미리 판단함)하지 말고 사람들의 눈을 두려워하라는 뜻이 아니겠습니까?"

"흐음!"

태평함을 가장하던 이휘도 참지 못하고 큰 숨을 내뱉었다.

"묻자! 그렇다면 군주는 사람과의 관계를 어찌 유지해야 하느냐?"

"까마귀 가면을 쓴 자들이 항상 저희 침소에 있는 것과 같은 이치이옵니다. 불근불원(不近不遠)! 너무 멀지도 가깝지도 않게 머물며 항상 웃으며 대하고 또 한편으로 경계하는 것이 최선이라고 생각합니다."

"흐음!"

웃으며 경계한다. 이영의 평소 생활 태도가 어디서 비롯되었는지 알 것 같았다.

저 어린 나이에 여기까지 꿰뚫어 보았으리라고는 생각지도 못했다.

선생들도 놀라기는 매한가지였다.

이 질문은 선문답처럼 어떤 정확한 답을 내기 어려운 것이었다. 과거 천편일률적인 중국 고전 학습에서 벗어나, 뇌를 일깨우는 깨우침을 주기 위해 고안된 교수법이었다.

경험과 고찰로 서로의 생각을 나누며 발전시켜나가는 질문이었다. 처음에는 두려움을 극복하는 것에서 시작해서 차츰 군왕의 도리까지 이어지도록, 학생들이 오랜 시간 토론을 하면서 답에 도달하도록 고안된 문제였다. 문제 자체가 왕의 사고를 일깨우는 장치였던 것이다.

그런데 이영은 단숨에 마지막 단계의 답을 내고 말았다. 이 것은 좋은 일인가 나쁜 일인가?

"영의 대답이 옳다. 하지만 답을 얻었다고 끝이 아니다. 계속 사유(思惟)하고 고민하라. 오늘은 여기까지 하자. 다들 수고했다."

이휘는 아들 영의 얼굴을 흘끗 보았다. 기뻐하거나 자랑스러워하는 표정은 조금도 없었다. 그는 그것이 두려웠다. 얼마나 자기 통제에 뛰어난 아이인가?

처소로 돌아온 이휘는 몸을 떨며 어깨 위로 담요를 뒤집어 썼다. 요즘 들어 오한이 더욱 심해졌다. 밭은기침을 하던 그는 상선영감이 뜨거운 차를 가져다주자, 바로 '후루룩' 마시기 시작했다.

"감축드리옵니다."

"무엇을 말이냐?"

"오늘 강독에서 영 황자님이 아주 뛰어나셨다고 들었습니다."

"그것이 어째서 축하할 일인가? 나는 머리가 터질 지경이네!" "심려 마시옵소서. 영 황자님은 나중에 세종대왕 이도 님을 뛰어넘을 성군이 되실 것입니다."

"바로 그래서 내 심려가 이리 크오!"

이휘가 언성을 높였다.

"저 어린 녀석이 자기보다 세 살이 많은 누이보다도 깨우침이 빨랐다. 이설도 또래 중 가장 영특한 아이인데 그 아이를 뛰어넘었어! 아직도 많은 것을 배워야 하는데, 영보다 뛰어난 아이가 없으니 저 아이는 발전을 하지 못할 것이다. 성장을 하려면 자신을 싼 껍데기를 부수어야 하는데, 저 아이의 껍질을 부술 사람이 없다는 말이네. 이대로라면 영이는 계란 속의 병아리가 되고 말 거야!"

상선은 고개를 숙이며 말했다.

"송구하옵니다. 제 생각이 짧았습니다."

"아니다. 나가보아라."

이휘는 창밖을 보며 손을 내저었다. 창밖에는 공주와 황자들이 각자의 처소로 돌아가고 있었다. 이영은 누나들과 동생들에게 모두 미소를 지으며 인사하고 마지막에 자리를 떴다. 늦지도 빠르지도 않은 품위 있는 걸음걸이였다. 저렇게 걷기 위해서 저 아이가 얼마나 오랫동안 연습했는지 잘 알고 있었다.

"저 무서운 집념이 잘못되면 무슨 일이 일어날고?"

늦은 밤, 이영은 침소에서 잠을 자고 있었다. 그런데 그날따라 까마귀 가면을 쓴 사람이 그를 흔들어 깨웠다.

"저하, 황제 폐하께서 불러계시옵니다."

이영은 황제가 부른다는 말에 얼른 몸을 일으켰다.

"의관을 갖추시지요."

그의 앞에 상자가 놓여 있었다. 안에는 조복과 면류관이 들어 있었다. 그런데 면류관의 앞뒤에 늘어진 류(旒)의 수가 여덟 가닥이었다. 아홉 가닥은 왕의 것이고 여덟 가닥이면 태자의 것이었다.

이영은 놀란 마음을 억누르고 상선의 도움을 받아 서둘러 옷을 입고 면류관을 썼다. 떨리는 손을 억제하기 힘들었다.

"저를 따라오시지요."

까마귀 가면을 쓴 사람은 이휘의 시종 중 하나가 분명했다.

그는 앞장서서 구불구불한 복잡한 복도를 지나 깊숙한 건물 안쪽으로 들어가고 있었다. 그곳은 선제들의 위패를 모신 종묘가 있는 곳이었다. 지하로 들어선 순간부터 음습하고 차가운 공기에 몸이 움츠러들었다.

지하 가장 깊은 곳, 그곳에 종묘가 있었다.

이곳 지하에 대한 무서운 소문이 있었다. 가끔씩 사람들이 납치되어 이곳으로 온다는 것이었다. 그들은 사업가, 대학교수, 조직폭력배 등 여러 분야의 사람들이었다. 사람들이 잡혀온 다음에는 며칠간 비명이 끊이지 않는다고 했다. 오악재에 오래 머문, 신임받는 자들만 드나들 수 있다는 이곳은, 외부인이 한번 들어오면 살아서 나갈 수 없다고 했다. 그래서인지, 이 지하의 공기는 한층 더 섬뜩했다.

안으로 들어서자 용상에 앉은 이휘와 상선영감, 호위무사 대장인 별감장이 있었다. 모두가 전통 복식을 갖춰 입고 있었다. 별감장의 갓 위에 꽂힌 공작새의 깃털이 인상 깊었다. 그런데 그 안에는 뜻밖의 인물이 서 있었다. 바로 이설 공주였다. 거기다가 더 놀라운 것은 그녀 역시 이영과 똑같은 예복에 태자의 면류관을 쓰고 있는 것이었다.

이영은 궁금증을 떨쳐버릴 수가 없었다. 조금 전까지 자신에게 주어진 태자의 면류관을 보고 자신이 태자가 되었다고 믿었다. 그런데 어째서 이설도 같은 면류관을 쓰고 있는 것일까?

눈치를 보니 이설도 같은 의문을 가지고 있는 것 같았다.

"어서 오너라."

단정한 전통 예복 차림의 이휘가 두 사람을 맞이했다. 그의 손에는 까마귀의 발톱이 움켜쥐고 있는 빨간 눈알이 달인 왕홀(王笏, scepter) 심안(深眼:깊은 눈)이 들려 있었다. 바로 삼족오 최고 권위의 상징이었다.

"시작하라!"

황제가 상선에게 고개를 끄덕했다.

'댕!' 하고 작은 종이 울렸다.

"태자 후보들은 선조의 영전에 절을 하시오!"

상선의 구령에 따라 이영과 이설은 위패에 절을 했다. '태자 후보'라는 말에 이 상황이 짐작되었다.

"두 후보는 어전 앞에 무릎을 꿇으시오."

상선의 구령에 이영과 이설은 용상 앞에 무릎을 꿇고 앉았다.

"어째서 너희들을 이곳에 불렀는지 궁금할 것이다!"

마치 두 사람의 마음을 읽었다는 듯, 이휘가 입을 열었다.

"나는 마지막 태자 후보로 너희 두 사람을 지목했다. 너희들은 모두 이전에 없던 인재들이고 나중에 우리 황실을 발전시킬 재목임을 믿어 의심치 않는다."

그때서야 이해할 수 있었다. 이휘는 두 사람을 경합시켜 한 명을 뽑으려는 속셈이었다.

"이설 공주! 어째서 공주인 이설이 여기에 있는지 궁금할 것이다. 이설은 공주이지만 황실의 대를 이을 재목이다. 황실은 남녀의 차별을 두지 않는다. 세계에는 여왕이나 여성 정치인이 선정을 베푸는 일도 많으며, 우리 역사에도 훌륭한 여왕의 기록이 많다. 이설 역시 그런 재목이니 태자의 위를 받을 인재로 천거하노라!"

"소녀, 폐하의 명을 받들어 종묘사직과 황실을 위해 최선을 다하겠나이다."

이설이 엎드려 절하며 말했다.

"이영 황자! 그대는 어린 나이에도 출중한 학문과 빼어난 인품으로 인물의 됨됨이가 매우 뛰어나다. 그대가 황제의 위를 이으면 우리 황실과 삼족오의 위상이 실로 전 세계에 미칠 것임을 믿어 의심치 않는다. 이에 태자의 위를 받을 인재로 천거하노라!"

"삼가, 종묘사직과 황실의 부흥을 위해 최선을 경주하겠나이다." 이영이 깊이 절하며 말했다.

"의식을 시작하라!"

이휘의 명령에 상선이 크게 외쳤다.

"태자용화로(太子龍火爐)를 대령하시오!"

호위무사의 대장인 별감장이 장갑을 낀 손으로 용이 그려진 큰 청동화로를 들고 왔다. 이런 크고 무거운 화로를 쉽게 들고 오는 그의 용력(勇力)이 무시무시했다. 바닥에 내려놓는 순간 '쿵' 하는 진동이 느껴졌다.

화로 안에는 숯이 지글지글 소리를 내며 빨갛게 타고 있었다. 화로의 정면에는 작은 용 두 마리가 양각(陽刻)되어 있었다. 조선 황실에서 황제와 태자는 같은 옷을 입어도 옷에 수놓아진 용의 손가락 수가 달랐다. 황제는 네 개, 태자는 세 개였는데 이 화로에 그려진 용의 손가락 수도 세 개였다.

영문을 모르는 두 사람이 언뜻 서로 마주 보았지만, 서로의 표정에서 알 수 있는 것은 아무것도 없었다.

"이 화로의 앞에는 태자의 용이 각인되어 있다. 준비가 되면, 양 손바닥을 그 각인에 대어라!"

저 뜨거운 화로에 손을 댄다는 것은 한마디로 낙인을 찍는다는 것이었다. 손을 대는 순간, 엄청난 고통과 함께 평생 용의 낙인이 남아 있게 된다.

이영이 망설이는 사이, 이설이 화로 앞으로 다가가서 무릎을 꿇었다. 그러고는 오른손을 들어 화로 앞으로 밀어갔다. 손이 떨렸다. 멈칫거리는 오른손을 이설은 왼손으로 부여잡고 화로 정면의 두 마리 용중 오른쪽에 손바닥을 붙였다.

'치익' 하는 소리와 연기, 고약한 냄새가 실내에 퍼졌다. 하지만 이설은 이를 악물고 소리를 내지 않았다.

"이설 공주의 기개가 남자보다 낫구나!"

아버지의 칭찬에 이영은 초조해졌다. 머리 옆으로 땀이 흘러내렸다.

'어쩌면 이것도 태자 시험의 일부인가?' 하는 의구심이 퍼뜩 스쳤다.

이설이 먼저 나섰으니 유리해질 것이 뻔했다.

오른손에 용의 낙인을 찍은 이설은 이어서 왼쪽의 용에 왼손바닥을 붙였다. 역시, 치익 하는 소리와 타는 냄새가 났지만, 이설은 이를 악물고 버텼다. 용의 낙인을 찍은 이설이 손바닥을 보여주었다. 피와 뭉개진 살로 그려진 조선 황실을 상징하는 용 두 마리가 선명하게 드러났다.

이휘가 고개를 끄덕였다.

"상선은 이설의 손바닥을 치료하라."

상선영감이 약상자를 가져와 이설의 양 손바닥을 치료해주었다.

별감장은 청동화로의 용 부분을 알코올 천으로 닦아냈다. 소독액과 천의 타는 냄새가 또 한 번 코를 자극했다.

"이제 영의 차례다!"

추상(秋霜) 같은 아버지의 명에 이영도 머뭇머뭇 화로 앞으로 다가갔다. 하지만 두려움에 온몸의 떨림이 멈추지 않았다. 어찌어찌 화로 앞에 무릎을 꿇었지만, 선뜻 손이 나가지 않았다. 조금 전 이설이 손을 댔을 때 났던 소리와 냄새가 떠올라서 더 무서워졌다.

"두려우냐?"

아버지의 말에 퍼뜩 정신이 들었다.

'이것은 태자 시험이다! 여기서 멈추면 안 된다!'

이영은 용기를 내서 양손을 앞으로 뻗었다. 한 손씩 뻗었던 이설과 달리, 그는 양 손바닥을 동시에 용의 각인에 올려놓았다.

'치익' 하는 소리와 살 타는 냄새, 타는 듯한 고통이 손바닥을 통해 온몸으로 전해졌다. 온몸으로 땀을 흘리며 이를 악문 채 고통을 참고 또 견뎌냈다.

언제 끝났는지도 모르게 상선이 그의 손을 치료하고 있었다. 그의 손바닥에는 아주 선명한 용의 낙인이 찍혀 있었다.

"둘 다 아주 잘했다."

이휘가 만족스러운 얼굴로 말했다.

"두려움을 이긴다는 것이 말처럼 쉬운 일은 아니다. 너희들 둘 다, 몸소 체험했으리라 믿는다."

이영은 그 말이 꼭 자신에게 하는 말처럼 생각되었다.

공부시간에는 그렇게 잘난 듯이 두려움의 극복에 대해서 떠들어놓고 실제로는 겁이 나서 얼어버렸다. 이것 때문에 황제가 이설을 태자로 책봉할 것 같아서 몹시 불안했다.

"너희들의 손에 찍힌 용문장은 그냥 단순한 상징이 아니다. 이곳, 오악재와 전국에 있는 우리 삼족오 그룹의 모든 장소를 통과할 수 있는 최고 보안등급의 열쇠이기도 하다. 막중한 권리에는 막중한 책임이 따름을 명심하라!"

"삼가 명심하겠습니다."

두 후보가 동시에 절하며 답했다. 이 문양에 이런 뜻이 있다는 사실은 처음 알았다.

"너희들은 오늘 있었던 일을 아무에게도 이야기해서는 안 된다. 내일 마지막 시험을 치르고 통과하는 사람이 태자에 책봉될 것이다. 앞으로 어떤 경우에도 포기하지 말고 사람들을 만나 대화하고 설득해야 한다! 그것이 바로 정치(政治)니라!"

"삼가 명심하겠습니다."

두 사람이 동시에 엎드려 절하며 말했다.

"이제 돌아가서 쉬어라. 시험시간은 내일 따로 통지할 것이다."

지상으로 올라올 때까지 이영과 이설은 아무 말도 하지 않았다.

각자의 처소로 가는 갈림길에서 이설이 입을 열었다.

"영아."

뭔가 할 말이 있는 듯했지만, 듣고 싶지 않았다. 이영은 그녀의 말을 끊듯, 머리를 숙여 인사했다.

"그럼 쉬십시오. 누님!"

이설도 더는 말을 하지 않고 머리를 숙였다.

"그래, 쉬어라. 영아."

침소로 돌아와서도 이영은 자신이 겁을 먹고 머뭇거렸던 사실을 용납할 수가 없었다. 너무 치욕스러워 화가 치밀어 올랐다. 이설은 여자인데도 조금도 망설이지 않고 두려움에 맞섰다. 그에 비해 자신은 얼마나 초라했는가? 그때의 자기 자신이 미워서 견디기 힘들었다.

결국 이영은 뜬눈으로 밤을 지새웠다. 이대로 가면 태자 위를 이설에게 빼앗기게 된다. 무슨 수가 없을까? 상선이 두 번이나 그를 부르러 왔지만, 그는 식사도 마다하고 생각에 잠겼다. 그의 애완 까마귀도 덩달아서 걱정되는지 방 안에서 '까악까악' 울어댔다.

그때, 이영의 전화가 울렸다. 바로 '레이븐클럽'의 친구였다.

학인들 중, 특히 뛰어난 각 반 반장들과 우등생들만 모인 클럽으로 이영을 중심으로 하는 클럽이었다. 이휘는 황자나 공주가 궐내에서 세력을 만드는 것을 싫어했지만, 무슨 이유에선지 이 클럽만은 인정했다.

"황자님, 중요한 이야기가 있습니다. 오늘 뵐 수 있을까요?"

전화를 한 것은 이 클럽의 회장인 미국인 마이클 콜트였다. 친구들은 그를 마이크라고 불렀다. 학인들 중에는 외국에서 모인 인재들도 있어서 마이클의 의견으로 '레이븐(Raven: 큰 까마귀)'이라는 이름으로 클럽 명을 정하게 되었다. 클럽 안에서 그들은 이영을 까마귀의 왕인 레이븐 킹(Raven King)이라고 불렀다. 일종의 애칭이었다.

"오늘? 좋아. 만나자!"

마침, 어젯밤의 일 때문에 걱정하던 차였다. 이영은 일과가 끝난 여섯 시에 항상 모이던 창고에서 만나기로 약속을 정했다. 그런데 약속을 정하자마자 상선이 와서 그에게 귀띔했다.

"태자위 승계 시험이 저녁 여덟 시에 시작됩니다."

여섯 시에 약속을 했는데 여덟 시에 시험이면 시간이 너무 촉박했다. 하지만 친구들의 지지가 필요한 시점이라 그들을 꼭 만나야 했다. 여섯 시에 클럽 동료들을 만나 사정을 설명하고 일곱 시에 처소로 돌아와서 시험장에 갈 준비를 하면 얼추 시간은 맞을 것이다.

이영은 준비를 하고 약속장소로 갔다.

"저하, 외출하십니까?"

상선의 물음에 이영은 고개를 끄덕였다.

"답답해서 바람을 좀 쐬려고 한다. 혼자 다녀올 것이니, 상선과 별감은 쉬도록 하라."

"하오나 전하."

"내가 쉬라고 하지 않았는가?"

태자 책봉 시험으로 날카로워진 이영이 자기도 모르게 언성을 높였다가, 다시 목소리를 낮추었다.

"금방 돌아오겠소."

이영은 혼자서 숲길을 지나 약속 장소로 향했다.

그들이 항상 모이는 창고는 안 쓰는 비품들을 모아서 보관하는 곳으로 오악재에서 가장 떨어진 외곽에 있었다. 관리자도 따로 없어서 평소에는 사람의 왕래가 거의 없는 곳이었다.

'레이븐 클럽'의 모임은 매주 한 번씩 이곳에서 비밀리에 열렸다. 언제나 냉정하게 모든 것을 계산하는 이영이었지만 친구들을 만나면 마음이 편해져서 본래의 자기 모습대로 행동할 수 있었다. 친구들은 그런 이영을 있는 그대로 받아주었다. 이렇게 어려운 시기에 그들이 더 절실하게 보고 싶었다. 모임에는 항상 까마귀 가면을 쓰고 만났다. 비록 가면을 쓰지만, 이 친구들 앞에서만큼은 가식이 필요 없었다. 이영은 그들을 진정한 벗이라고 믿고 있었다. 그들을 만나서 위로를 받고 앞일도 상의하고 싶었다.

창고에 도착한 이영은 가면을 쓰고 안으로 들어갔다.

안에는 까마귀 가면을 쓴 친구들이 기다리고 있었다. 나이도 다르고 피부색도 다른 다양한 친구들, 그래서 더 마음을 터놓을 수 있는 벗들. 마음의 고향. 하지만 이날은 뭔가 분위기가 다름을 이영은 직감했다.

모든 친구가 아무 말 없이 그를 노려보고만 있었다. 그들 가운데 까마귀 가면을 쓰고 검은 망토를 입은 한 사람이 서 있었다. 이상하게도 모든 친구가 그의 눈치를 보는 것 같았다.

"뭐야? 왜 그러느냐, 다들?"

다음 순간, 입구에 있던 친구 세 명이 이영의 팔을 붙잡았다.

"이거 봐! 나다! 이영!"

이영이 가면을 벗으며 말했지만, 친구들은 그의 몸을 누른 채 풀지 않았다.

이영이 친구들에 의해 강제로 눌려 바닥에 엎드렸다. 처음에는 장난인 줄 알았다. 한국의 황실 법도를 잘 모르는 외국에서 온 학인 중에는 가끔씩 짓궂은 장난을 치는 친구들도 있었다. 평소에는 오히려 그들의 이런 점이 좋았다.

"오늘따라 농이 지나치구나!"

이영이 소리쳤지만, 친구들은 손을 풀지 않았다.

검은 망토가 손을 들자, 친구들이 차례로 가면을 벗었다. 클럽 멤버인 남녀 모두 익히 아는 얼굴들이었다. 오악재의 학인들 중 가장 우수한 사람들.

"무슨 짓이냐? 나다! 황자 이영이다!"

하지만 아무리 부르짖어도 그를 잡은 친구들은 손을 풀지 않았다. 그를 잡은 사람 중에 마이크도 있었다. 그의 눈은 검은 망토의 명령만 기다리고 있었다.

"너는 누구냐? 내가 누군지 알면서도 이리한단 말이냐?"

검은 망토가 천천히 가면을 벗었다. 뜻밖에도 그것은 이설이었다.

"나다. 영아!"

"누님!"

영문을 알 수가 없었다.

"이게 무슨 짓입니까? 당장 풀어주시오!"

"그건 안 된다. 영아!"

"그게 무슨 말이오?"

"너는 오늘 있을 태자 책봉 시험에 참석할 수 없다."

"뭣이? 그게 대체 무슨 망발이오?"

"잊지 말아라. 영아! 군주에게는 친구가 없다. 가장 높은 곳에 있는 자는 가장 외로운 법이다."

"무슨 말도 안 되는 말이오! 이들은 내 친구요! 내 동지란 말이오!"

이영이 악을 썼다.

"이들을 너에게 보낸 게 바로 나다. 이들은 내 사람들이야!"

"무슨?!"

이설의 말에 이영은 말문이 막혔다. '둥' 하고 머릿속에서 종이 울리는 느낌이었다. 그는 다시 친구들의 표정을 살펴보았다. 이설의 명령만을 기다리는 충실한 신하들…. 이영은 그제야 비로소 깨달았다. 지금까지 그들이 칭송하던 까마귀의 왕은 이영이 아니었다.

그것은 바로 이설이었다!

"약자는 죽는다. 약자는 죄인이다. 고로 이영, 너는 죄인이다!"

지금까지 그는 이복누이의 손바닥 위에서 놀아났던 것이다. 처음부터 이설은 엄격하지만 자상한 누이의 가면을 쓰고 이영을 농락해온 것이다. 그리고 결정적 순간에 그의 등에 비수를 찌르려 하고 있었다.

"그만! 그만두시오!"

이영은 울고 있었다. 분하고 또 분해서 그의 두 눈에는 피눈물이 흐르고 있었다.

까마귀의 왕이 그의 머리맡에 멈춰 섰다. 그 손에는 검은색과 금색이 뒤섞인 봉이 들려 있었다. 맨 끝에 까마귀의 손이 빨간 눈동자를 움켜쥐고 있는 흉측한 봉. 까마귀 왕의 왕홀(王笏, scepter)이었다.

"지금부터 죄인에게 '낙인'을 찍는다!"

까마귀 왕이 무겁게 말했다.

"안 돼! 그만해! 그만!"

사방을 둘러싼 까마귀 탈을 쓴 사람들이 주문을 외기 시작했다.

"삼족오의 삼족(세 번째 다리)은 머리에 있다! 세상은 삼족오의 심판을 받는다!"

주문은 점점 커지고 빨라졌다. 거기에 따라서 왕홀의 끝에 달린 붉은 눈이 점점 더 빨갛게 빛을 발했다.

"삼족오의 삼족은 머리에 있다! 세상은 삼족오의 심판을 받는다!"

세상에 대한 원한을 잊지 않으려고 만든 삼족오 가문의 주문!

그 주문이 최고조에 올랐을 때 왕이 왕홀을 높이 치켜들었다. 봉 끝의 눈알이 빨갛게 빛났다.

"그-마-안!"

어린 신영규의 외침이 허무할 만큼 까마귀의 왕이 왕홀을 힘껏 내리쳤다. 그 끝에 있는 붉은 눈알이 그의 왼쪽 머리로 내리꽂혔다. 그는 그대로 정신을 잃었다.

어두운 창고에서 눈을 떴을 때, 주위에는 아무도 없었다.

아픈 머리를 부여잡고 억지로 몸을 일으키자 눈앞에 칠흑처럼 검은 까마귀 한 마리가 보였다. 날개를 퍼덕거리고 있었다. 그의 애완 까마귀 '한'이었다.

이미 해는 자취도 없었다. 시간을 보니 밤 10시가 넘었다.

이영은 몸을 일으켰다. 그의 까마귀가 기쁜 듯 날갯짓을 하며 주변을 맴돌았다.

이영은 그길로 대전(大殿)으로 향했다. 머리에 피를 흘리고 있었지만 개의치 않았다.

건물 중앙, 황제의 어좌(御座)가 있는 곳으로 행사가 있을 때 모든 사람이 모이는 넓은 방이었다.

"이설 태자님, 만세!"

"만세!"

오악재는 축제 분위기였다.

태자 책봉 시험이 끝나고 이설의 태자위 승계가 공식 선포된 것이 분명했다. 거대한 잔치상이 차려져 있고, 사방에 술잔이 돌았다. 남녀 숙수들과 상궁, 나인들이 하루종일 만든 산해진미들이 도처에 쌓여 있었다. 조선 황실의 대를 잇는 궁중 비법으로 만든 맛있는 음식 냄새가 코를 찔렀다.

흥겨운 풍악이 울리고 모두가 축배를 들며 이설을 외치고 있었다. 그들 중에는 그의 친구였던 자들도 있었다. 그들은 이영을 보고도 외면하고 즐겁게 웃고 있었다.

모두가 행복한 가운데 오직 한 사람만 외로웠다.

대전에 들어서니, 용상에 앉아서 축배를 들고 있는 이휘의 모습이 보였다.

그의 앞에는 태자의 예복을 입은 이설이 앉아 있었다.

"이런 경사스러운 날, 어찌 축배가 없겠는가? 모두 잔을 들라! 건배!"

오악재의 모든 사람이 주안상을 앞에 놓고 건배를 외쳤다.

"불가하오!"

이영이 이휘를 향해 소리쳤다. 일순간 소음이 사라지고 모든 시선이 이영에게 향했다.

"무슨 짓이냐?"

이휘가 그를 꾸짖었다.

"이설은 편법을 써서 그 자리에 올랐소! 정당한 황태자가 아니오!"

이영도 지지 않고 목소리를 높였다.

"그게 무슨 망발이냐? 편법이라니?"

"이설은 사람들을 써서 저를 겁박하고 기절시켰습니다. 제가 시험에 올 수 없도록 농간을 부렸단 말입니다!"

이휘가 이설에게 물었다.

"이설 황태자!"

"예, 폐하!"

"저 말이 사실이냐?"

잠시 망설이던 이설이 머리를 숙였다.

"사실이옵니다."

"이영 황자의 말대로 그를 겁박하고 폭력을 썼느냐?"

"그랬습니다."

"그래?"

이휘가 이번에는 이영에게 물었다.

"이영 황자!"

"예!"

"너는 제시간에 시험장에 왔느냐?"

"예? 저는 올 수 없었습니다. 말씀드린 대로 이설 공주가…."

"나는 분명히 무슨 일이 있어도 시험장에 오라고 말했다."

"그렇습니다. 하오나, 이설 공주가 사람을 시켜 저를…."

"묻자! 어째서 중요한 시험을 앞두고 위험한 곳으로 갔느냐?"

"예?"

"너는 시험이 있음을 알고도 외출했다. 그것도 별감을 물리치고 말이다. 그렇지 않느냐?"

"그렇습니다… 하오나!"

"그럼, 모든 책임은 너에게 있느니라!"

이영은 말문이 막혔다.

"황실의 법도는 지엄하다. 목숨을 걸고 지켜야 하는 것이다. 그것을 어겼는데도 살아 있는 것을 다행으로 여기라!"

억울한 마음에 황제인 아버지를 올려다보던 그의 눈에 이휘가 쥐고 있는 왕홀이 보였다. 조금 전, 이설이 자신의 머리를 내리쳤던 바로 그것이었다! 황제는 어떤 경우에도 왕홀을 놓는 경우가 없다. 오직, 황제의 명령을 전할 때만 그것을 빌려준다. 그렇다면….

이영은 입을 다물었다.

'더 이상의 항변은 무의미하다!'

문득 옆을 보니 이설이 웃고 있었다. 평소에 진중하기 이를 데 없는 여장부가 비겁한 방법으로 태자가 되고 승리를 기뻐하며 그를 비웃고 있었다. 머리카락이 곤두섰다.

"만약, 승복하지 못하겠다면, 황실 회의에 정식으로 이의를 제기할 것이지, 여기서 무슨 망발이냐?"

이휘의 엄한 꾸짖음에 이영은 고개를 숙였다. 너무나도 억울했지만, 방법이 없었다.

애써 울음을 참는 그의 귀에 사람들의 웃음소리가 들려왔다. 자신의 순진함과 어리석음을 비웃고 있었다. 이영은 이곳에 자신의 편이 아무도 없음을 깨달았다. 그는 고개를 숙이고 천천히 애를 써서 표정을 바꾸었다.

"돌아가서, 반성하라! 내일 다시 이야기할 것이다!"

다시 고개를 드는 이영의 표정이 바뀌어 있었다. 무표정하게, 보일 듯 말 듯한 미소를 짓고 있었다. 오랫동안 연습했던 바로 그 미소였다.

"예, 소자. 이만 물러가겠습니다."

이휘는 미소를 지은 채 천천히 주변을 돌아보며 사람들의 얼굴을 하나하나 쳐다보았다. 마치 그곳에 모인 모든 사람의 얼굴을 자세히 기억하려는 것 같았다. 그러고는 허리를 숙이고 천천히 뒤로 걸어서 대전 밖으로 나갔다.

이영은 아무 말도 하지 않고 그대로 자기 처소로 돌아갔다.

"저하, 상처를 치료하겠습니다."

방 안에 있던 상선이 말했지만, 이영은 미소를 지은 채 고개를 저었다.

"별거 아니니 신경 쓰지 마시오."

"하오나…."

"내, 머리가 어지러워 오늘은 바로 침소에 들려 하오. 그러니, 상선도 그만 쉬시오."

"예, 저하!"

"오늘은 불침번이 필요 없으니, 가면 쓴 자들도 쉬게 하시오!"

"예, 저하!"

상선은 태자시험에서 떨어진 이영의 마음을 헤아리고 조용히 물러났다.

모두가 축제의 흥겨움에 취해서 늦게까지 술을 마시고 기분 좋게 잠이든 새벽, 이영은 혼자 조용히 일어났다. 언제나 서 있던 까마귀 가면들도 방에 없었다.

배신감과 좌절감에 단 한숨도 자지 못한 그는 마음을 굳히고 곧바로 움직이기 시작했다.

총명한 이영은 예전에 했던 수업내용을 기억해냈다. 오악재가 테러리스트나 외부세력의 공격을 받을 때, 혹은 점령당했을 때 등을 상정한 『긴급 시 행동요령』이라는 책자가 있었다. 그 안에는 이곳의 모든 주요 건물 배치와 비밀 탈출로 등이 상세하게 기록되어 있었다. 1급 기밀 내용으로 오직 황실 가족과 직계관리만 열람이 가능한 것이었다.

그는 몰래 방 안의 금고에서 그 책자를 꺼내서 내용을 훑어보았다. 자신이 구상하는 일을 성공시키려면 가장 깊숙한 중심부에서부터 시작되어야 했다.

이 오악재는 설계 당시부터 엄중한 방화와 소방 설비가 적용되어 있었다. 요새 같은 건물을 짓기 원했던 이휘는 직접 설계에 참여하여 외부를 단열재와 충격흡수재로 코팅하고 모든 층과 방마다 방화설비를 갖추었다. 이 건물의 특이한 점은, 건물 전체에 물이 흐르는 굵은 파이프라인을 인체의 혈관처럼 촘촘하게 배치해서 냉방을 하여 유사시에는 그것을 방화수로 사용할 수 있도록 고안했다는 것이었다. 그 때문에 다른 건물보다 몇 배나 비용이 많이 들었다. 삼십 센티미터의 두꺼운 콘크리트가 외벽을 감싸고 있었고 건물 기초 공사에는 일반 철근보다 세 배 두꺼운 철근이 사용되었다. 2차대전 중 나치 독일군의 요새 못지않은 강도를 가진 건물로, 군부대의 포격에도 견디도록 설계되어 있었다. 하지만 이 건물에도 치명적인 약점이 있었다. 순환하는 물이 없을 경우, 내부에서의 화재에는 취약하다는 것이었다. 그 약점을 겨우 열네 살의 소년이 간파해낸 것이다.

이휘는 모두가 잠든 새벽, 혼자서 작은 배낭을 메고 처소 밖으로 나갔다. 그 뒤를 애완 까마귀가 따라붙었다. 이영은 먼저, 상선과 당직 사령들이 잠든 것을 확인하고 차량기지의 주차장으로 가서 휘발유 한 통을 배낭에 챙겨 넣었다.

그리고 유유히 발길을 돌려 지하의 통제실로 향했다.

몇몇 사람들이 그를 보았지만, 이영은 신경 쓰지 않았다. 까마귀를 어깨에 올린 채 걸어가는 이영의 모습은 그저 잠이

오지 않아 산책을 나가는 황자의 모습으로만 보였다. 그는 태자시험에서 패했다. 잠이 안 오는 것은 당연했다.

이곳을 지나려면 각자의 보안등급에 맞는 손바닥 지문이 필요하다. 그중에서 모든 보안등급을 통과할 수 있는 열쇠가 있는데, 바로 왕과 태자만 가진 손바닥의 '용문장'이었다. 그것을 잘 알고 있던 이영은 손의 붕대를 풀고 아직 상처가 아물지 않은 용문장을 통제실로 향하는 지하 통로의 입구 스캐너에 가져다 댔다. 한참 동안 반응이 없어서 긴장했지만, 마침내 '딩동' 하는 신호음과 함께 문이 열렸다.

"보안등급, 태자. 출입을 허가합니다."

인공지능의 목소리를 들으며 안으로 들어간 이영은 긴 복도를 걸으며 준비를 시작했다. 건물 내부에서 가장 깊은 곳에 위치한 통제실(Control Room)은 인공지능으로 관리되어 기본적으로 사람이 없어도 작동하도록 되어 있었다. 사람을 완전히 신뢰하지 않는 이휘가 만든 시스템이었다. 하루에 두 번씩 기술팀이 들어가지만 상주하지는 않음을 알고 있던 이영은 이곳을 복수의 시작점으로 잡았다. 외부에 침입자가 있으면 긴 복도에 몇 겹의 보안장치가 작동되겠지만 최상위 보안등급을 가진 이영은 지루할 정도로 아무 문제 없이 통과했다. 복도에는 오페라가 울려 퍼지고 있었다. 모차르트의 '레퀴엠'

라단조 '진노의 날'이었다.

Dies irae, dies illa,	분노의 날, 바로 그날
solvet saeclum in favilla,	시빌라와 함께 하는
	다윗의 증언으로
teste David cum Sibylla.	세상이 불꽃으로 녹아내리도다.
Quantus tremor est futurus,	심판관이 오시는 날
quando judex est venturus,	크나 큰 공포가 오는 날
cuncta stricte discussurus!	모든 것을 엄히 다스리시도다.

이영은 자신이 심판자가 되어 자신을 멸시한 자들에게 불꽃의 심판을 내리려는 이 순간, 스피커에서 레퀴엠이 나오는 것이 일종의 계시라고 느꼈다. 그의 발걸음은 더 가벼워졌다.

통제실로 들어간 이영은 먼저 계기판에서 건물 내부를 흐르는 물을 밖으로 빼냈다. 사람 몸처럼 물이 흐르는 순환시스템이 살아 있으면 자신의 계획을 실현시킬 방도가 없기 때문이었다. 모든 사람이 새로운 황태자의 탄생을 축하하며 행복하게 잠자고 있던 그 순간, 유일하게 불행한 한 사람만 깨어서 자신의 복수를 준비하고 있었다. 초조한 마음을 음악으로 달래며 기다린 끝에, 물이 완전히 빠진 것을 확인한 이영은 메고 간 배낭에서 휘발유 통을 꺼내 통제실 전체에 골고루 뿌렸다. 이제 불만 붙이면 심판의 불길이 시작될 것이다. 하지만 문제가 있었다. 화제가 시작되면 보안시스템이 자동으로 작동돼서 통제실이 차단된다. 그럼 이영 자신도 안에 갇히게 된다. 복수를 이루기 전까지 죽을 생각이 없던 그는 묘안을 생각해 두었다.

통제실을 나와 복도로 걸어 나간 이영은 까마귀를 불렀다. 그의 어깨에 내려앉은 까마귀에게 간식을 주자 녀석은 기쁜 듯이 '까악 까악' 울며 먹이를 먹었다.

이영은 까마귀의 다리에 자신의 태자 예복에 걸려 있던 노리개를 걸어주었다. 그리고 그 노리개 끝에 작은 불을 붙였다. 까마귀 한은 불을 보고 무서워서 펄쩍 뛰었지만, 주인을 믿었기에 도망치지 않았다. 녀석은 이것도 놀이의 일종이라고 믿었다.

"이게 마지막 간식이다. 한(韓)아!"

자신의 손에 끼었던 황실을 상징하는 금반지를 빼서 간식이 든 비닐봉지에 추처럼 넣어 통제실 안으로 힘껏 던져넣자, 까마귀는 평소 이영과 하던 놀이대로 먹이를 쫓아서 안으로 날아갔다. 녀석이 힘차게 날개를 치자 다리에 매단 노리개에 붙었던 불이 '확' 하고 타올랐다. 까마귀가 통제실 안으로 날아 들어가자마자 '펑' 하고 폭발이 일며 불길이 치솟았다. 이영은 그 열기를 느끼며 차가운 미소를 머금은 채 레퀴엠이 울려 퍼지는 복도를 걸어 나왔다.

통제실의 위층은 호위무사와 경비 무사들인 별감들의 거처와 사격장, 무기고였다.

화재가 시작되자 환풍구를 따라 번진 불길에 내부의 온도가 올라가면서 무기고 안의 무기들이 영향을 받기 시작했다. 군대가 와도 상대할 수 있는 화력을 원했던 이휘인 만큼, 무기고에는 각종 총과 탄약뿐만 아니라 수류탄, 포탄까지 준비되어 있었다. 오악재의 학인들은 모두 무기에도 익숙해지도록 교육을 받아야 했다.

평소, 이휘는 오악재의 인원들에게 언제나 준비하고 있으라는 훈시를 했다. 그런데 이제 그 준비된 것들이 오악재를 무너뜨리려 하고 있었다.

거대한 폭발이 일어나면서 건물 전체에 화재 경보가 울렸다. 평소 같으면 내부를 순환하는 물이 터져 나오며 불길을 제압했겠지만, 지금은 아무런 역할도 하지 못했다. 오히려 텅 빈 두꺼운 파이프라인을 타고 뜨거운 증기와 불이 퍼져나가며 더 큰 불길을 만들어냈다.

불길은 폭발과 함께 순식간에 건물 내부로 퍼져나갔다.

"모두 일어나라! 불이다! 불이 났다!"

당직 사령과 순찰조가 화재를 알렸다. 하지만 술에 취한 사람들은 쉽게 일어나지 못했다.

"폐하! 변고입니다. 빨리 기침하소서!"

이휘 역시 상선영감의 부르짖음에 놀라서 일어났다.

"뭐냐? 무슨 일이냐?"

"불이, 큰, 불이 났습니다."

"사람들을 대피시켜라! 아이들! 가족들을 피난시켜라!"

이휘도 서둘러 밖으로 피신하며 아이들을 챙겼다.

"영이! 영이는 어디 있느냐?"

뜻밖에도 그가 가장 먼저 찾은 자식은 이영이었다.

"태자마마는 이미 밖에 계십니다. 담당 상선이 연락했습니다."

"오, 그래. 다행이다. 어서, 어서 나가자!"

불길은 조금도 잦아들지 않고 거세게 퍼지며 곳곳에 폭발을 일으켰다. 요새와 같던 오악재가, 학인들의 낙원이, 한순간에 잿더미로 변하고 있었다.

이휘의 지휘로 각자의 처소에 있던 공주들은 거의 모두 빠져나올 수 있었다. 하지만 안쪽 별채에서 자고 있던 이휘의 둘째 부인 정희 황후와 이다 황후, 그들과 같이 자던 어린 두 공주, 명과 선은 끝내 빠져나오지 못했다.

너무나도 순식간에 일어난 화재라서 빠져나온 사람은 고작 백여 명에 불과했다.

"이것이… 전부인가?"

이휘가 넋이 나간 표정으로 별감장에게 물었다.

"그러하옵니다."

"다른 사람들은?"

"불길이 너무 빨리 번져서 구하지 못했나이다."

오백 명이 넘는 오악재의 인원 중, 겨우 백 명 남짓만 화를 피했다.

"이런… 이런 변고가 있나?"

하지만 이휘는 강한 사람이었다.

"어서 부상자를 안전한 곳으로 옮겨라. 무리해서 불길을 잡으려 하지 말고 사람부터 구하라!"

그는 자신이 군주라는 사실을 자각하고 곧바로 현장을 지휘하기 시작했다.

"살아남은 자 중에 화재의 원인을 아는 자가 있느냐?"

"아뢰옵기 황송하오나…."

별감장이 머뭇거리며 입을 열었다.

"불은 가장 안쪽, 통제실에서 시작된 듯합니다."

"통제실? 그곳 출입이 가능한 사람은 전문기술자 외에는 나와 태자뿐인데?"

"그것이…"

차마 입을 열지 못하다가 어렵게 말을 꺼냈다.

"당직 사령이 화재 직전에 통제실로 가는 이영 황자마마를 보았다고 합니다."

"무어라? 이영 황자?"

이휘는 그 말을 믿을 수가 없었다. 이영이 어째서 자신의 가족들을, 자신의 왕국을 스스로 불태우려 했는가?

"아!"

그러다가 비로소 태자 책봉 시험에 참석 못 해서 항의하러 왔던 이영의 눈빛을 떠올렸다. 그리고 그 미소를 떠올렸다. 아이는 스스로 느낀 불합리함을 대화로 해결하기보다 복수를 선택했던 것이다.

"화재 직전에 건물 내부의 물이 한꺼번에 빠지는 것을 상궁들이 보았다고 하옵니다."

상선영감이 말했다.

"방화를 위해서 치밀하게 준비한 모양입니다."

"이게 무슨 일인가?"

이휘는 하늘을 보며 탄식했다.

"군대도 하기 어려운 일을 열네 살짜리 아이가 했다는 말이냐?"

살아남은 사람들의 시선이 이영 황자에게 향했다. 이휘가 참담한 표정으로 이영에게 다가갔다. 아이는 자신은 할 일을 했다는 당당한 얼굴로 아버지를 노려보고 있었다.

"정녕, 네가 한 짓이냐?"

"그렇습니다."

"왜… 그랬느냐?"

"제가 태자가 되지 못해서입니다. 이런 불합리한 곳은 사라지는 것이 옳습니다."

"크흑!"

그 순간, 이휘가 울음을 씹어 삼켰다.

"그것 또한 시험이었다!"

"예?"

"오악재의 모든 황제는 반드시 거쳐야 하는 시험이었다! 나도 그 시험을 거쳐서 황제가 되었어!"

"네? 이것이 시험이었다니요?"

"실패를 모르는 자는 군주가 될 수 없다. 네가 황제가 되기 위해서 반드시 겪어야 하는 마지막 시험이 바로 이것이었어. 태자 책봉 시험에 실패한 황자가 다시 사람들의 마음을 얻어

황위를 얻는 것, 그것이 황실의 전통이었다!"

'댕'

이영의 머릿속에서 종이 울렸다.

"나는 처음부터 너에게 황위를 물려줄 셈이었다. 네가 바로 황태자였어!"

"하지만, 황태자는 이설 공주가…."

"이설은 시험을 위해서 일부러 너를 속이고 태자위를 빼앗은 연극을 한 것이었다. 너는 불을 지를 것이 아니라 황실 가족들 앞에서, 사람들 앞에서 너의 정당한 권리를 주장했어야 옳다."

"아! 내가 무슨 짓을…."

그제야 자신의 잘못을 깨달은 이영은 머리를 끌어안고 절규했다.

"내가 말하지 않았느냐? 어떤 경우에도 포기하지 말고 사람들을 만나 대화하고 설득해야 한다고! 그것이 바로 정치라 하지 않았더냐!"

머릿속이 하얘진 이영은 그 자리에 털썩 무릎을 꿇었다.

"내가 걱정하던 것이 바로 이것이었다. 너무 뛰어난 사람은 뜻이 막혔을 때 쉽게 다른 사람을 해친다. 그런 자는 절대 군주가 되어서는 안 된다!"

"으아악!"

두 손으로 머리카락을 쥐어뜯으며 이영이 바닥에 머리를 찧었다.

"우리를 구원할 줄 알았던 황자가 우리를 파멸로 이끌었구나. 이 업장을 어쩌할꼬?"

이휘가 하늘을 우러러보며 통한의 눈물을 흘렸다.

"이것은 네 실패가 아니다. 나의 실패다. 완벽한 군주를 만들려는 욕심에 내가 너를 망쳤구나!"

이휘가 '콜록콜록'하며 기침을 했다. 입을 가린 손바닥에 피가 흥건했다.

"폐하!"

급히 달려온 상선을 그는 손으로 물리쳤다.

"으아악!"

바닥에 계속 머리를 찧어대던 이영이 갑자기 벌떡 일어나서 벽을 향해 달려가기 시작했다.

"영아!"

스스로 목숨을 끊으려는 심산이었다. 이영이 기둥에 머리를 부딪치는 순간, 별감 한 명이 몸을 날려 그의 어깨를 붙잡았다. '쿵' 하고 머리에 충격을 받았지만, 치명상은 막을 수 있었다. 이영은 머리에 피를 흘리며 그대로 바닥에 쓰러졌다.

"아아, 이게 무슨…."

그 모습을 본 이휘의 상태는 더 심해졌다. 울컥하고 핏덩어리를 몇 번이나 토해내더니 끝내 땅에 쓰러지고 말았다.

"폐하!"

상선과 별감장이 달려왔다.

"나는 되었다. 의녀… 김 상궁을 불러라."

김 상궁은 의녀 중 가장 최면술에 뛰어난 사람이었다. 황제의 부름에 피신해 있던 김 상궁이 달려왔다.

"폐하! 불러계시옵니까?"

"내 긴히 부탁이 있다. 태자의 기억을 지워다오. 이 아이가 자진할 것이 두렵구나. 영원히 이곳을 기억하지 못하도록 하라."

"예, 폐하."

의녀 김 상궁은 곧바로 이영에게 다가갔다.

그녀는 화상 입은 오른손으로 실에 끼운 엽전을 꺼내서 좌우로 흔들며 반쯤 눈을 뜨고 있던 이영에게 최면술을 걸었다.

"저하, 이것이 보이십니까?"

"보인다."

"저하는 지금 꿈을 꾸고 있습니다. 모두가 긴 꿈이지요. 아무 일도 없었으니 아무 걱정 하지 마세요. 이것은 그저 꿈에 불과합니다."

"꿈?"

"이곳은 그저 꿈에서 본 곳입니다. 푹 자고 일어나면 아무
것도 기억이 안 나실 겁니다. 편하게 쉬세요."

이영은 스르르 반쯤 눈을 감았다.

이휘는 옆에 있던 이설을 불렀다.

"이설 공…태자. 내 너에게 무거운 짐을 지워야겠구나."

"아바마마!"

"이제 오악재는 끝났다. 앞으로 모든 것이 잘되리라는 생각
만 하고 있었는데, 나 스스로 화근을 키웠구나. 쿨럭!"

말을 하던 중 밭은기침을 한 이휘는 이설의 손을 잡았다.

"오악재의 재산은 모두 나눠서 모자람이 없도록 죽은 사람
의 유족들과 살아남은 자들에게 나누어주라. 그리고 특히, 네
동생인 이영이 부족함 없도록 해주어라."

"네, 아바마마."

이설이 눈물을 흘리며 답했다. 평소에는 그토록 강한 장부
의 모습이었지만, 그녀 역시 아직 어린 소녀였다. 갑작스런 아
버지의 유언을 받아들이기 어려웠다.

기침을 하는 이휘의 입에서 울컥울컥 피가 흘러나왔다.

"아바마마! 옥체를… 쉬셔야 합니다!"

"아니다. 나는 이제… 여기까지다."

자신의 최후를 짐작한 이휘는 피를 토하면서도 당부하는 말을 멈추지 않았다.

"이제 우리… 조선 황실의 마지막 혈통은 너다. 네 손으로… 모든 것을… 다시 시작해야 한다. 할 수… 있겠느냐?"

이휘의 목소리에 점점 힘이 빠지고 있었다. 간간이 폐 속에서 쇳소리가 섞여나왔다. 그 모습을 본 상선영감도 굵은 눈물을 흘리고 있었다.

"예, 아바마마. 할 수 있습니다!"

이설이 입술을 깨물며 말했다.

"상선! 나를 좀 일으켜다오!"

상선은 두말없이 이휘의 옆으로 가서 그를 일으켜 앉도록 잡아주었다. 힘겹게 앉은 이휘는 마지막 힘을 짜내어 소리쳤다.

"모두 들어라! 이 자리에서 명한다! 나 대한제국의 황제 이휘는 이 시간부로 황태자 이설에게 황제의 위를 내린다!"

모두가 이휘의 선언에 엎드려 절했다. 간신히 몸을 버티며 이휘는 이설에게 마지막 당부를 했다. 그의 고개가 점점 아래로 숙여졌다.

"다시… 황실을 세우려거든, 나처럼… 사람을 피하지 말고… 사람들 속에… 세우도록 하라."

"예, 명심하겠습니다."

"도움을… 받으려 하지 말고, 도움을… 주려고… 노력하라. 그래야… 살 길이 열린다."

"예!"

"용서받을 준비가 된 자는 관대하게 대하고 용서받을 준비가 안 된 자는 반드시 죽여라!"

"예. 폐하!"

"상선. 별감!"

전 황제의 힘없는 눈이, 평생 동안 자신을 도운 두 친구에게로 향했다.

"네!"

"넷!"

"내 두 사람에게는… 평생 도움만… 받았구나."

"아니옵니다. 어찌 그런 말씀을 하시옵니까?"

"일생의 광영이었습니다. 폐하!"

"내 허물을… 용서해주오. 다음… 생에는 내가… 그대들을 위해… 살겠네."

말을 마친 이휘의 손이 아래로 떨어졌다. 그는 앉은 채로 숨을 거두었다.

"폐하!"

"폐하!"

상선이 이휘의 앞에 엎드려서 눈물을 흘렸다.

별감장은 허리춤에서 이휘에게 하사받은 칼을 꺼내서 그의 앞에 내려놓고 큰절을 했다.

사방에서 많은 사람들이 비통하게 울며 승하한 황제에게 큰절을 올렸다. 모두가 슬픔에 잠겨 있었다.

갑자기 이설이 별감장의 칼을 집어 들었다. 앙다문 입으로 칼집에서 칼을 빼니, 파랗게 날이 선 날카로운 도가 모습을 드러냈다. 그녀는 두 눈을 부릅뜬 채 그 칼을 들고 이영에게 다가갔다.

"폐하!"

상선이 그녀를 따라왔다.

"폐하!"

별감장도 그녀를 따라왔다. 하지만 이설은 칼을 들고 이영에게로 계속 걸어갔다. 황실의 부활과 새로운 미래를 준비하던 오악재를 한순간에 잿더미로 만든 원흉, 모든 꿈을 앗아간 악마가 눈앞에 있었다. 가늘게 실눈을 뜨고 누워 있던 이영 앞에 선 이설이, 칼을 머리 위로 높이 치켜들었다. 그녀의 눈에서 불길이 일고 있었다.

"폐하!"

"안 됩니다! 선황의 유언을 잊으셨습니까?"

상선의 절규에 한참을 망설이던 이설이 칼을 내려놓았다. 그녀는 착잡한 표정으로 한참 동안 동생을 쳐다보다가 눈을 질끈 감고 다시 칼집에 칼을 꽂았다. 그리고 돌아서서 별감장을 향해 걸어갔다.

그녀는 그 칼을 한 손으로 별감장에게 내밀었다.

"그대의 힘이 필요하다. 다시 황실을 위해 일하겠느냐?"

호위무사는 무릎을 꿇고 두 손으로 칼을 받아 머리 위로 올렸다.

"소신, 목숨을 걸고 폐하를 위해 견마지로를 다하겠습니다."

"상선영감!"

"소인은 아무데도 가지 않을 것입니다. 폐하가 계신 곳이 제집입니다."

"그리하라."

이설은 살아남은 사람들을 한곳으로 모이게 했다.

"모두 들어라! 이제 오악재는 끝났다. 날이 밝는 대로 모두 각자 살던 곳으로 돌아가라. 선제의 유언대로 오악재의 유산을 모든 사람들에게 공평하게 분배할 것이다! 하지만 한 가지 명심할 것이 있다. 어떤 경우에도 이곳에서 있었던 일을 발설

하면 안 된다! 만약 그런 자가 있다면 그와 그 가족까지 모두 죽음으로 다스릴 것이다!"

이설이 서슬 퍼런 눈빛으로 명령했다. 그녀의 쩌렁쩌렁한 목소리가 모두에게 울려 퍼졌다.

"예, 폐하!"

모든 사람들이 이설에게 절하며 대답했다.

그 모습을 마지막으로 이영은 잠이 들었다. 모든 것을 잊어버릴, 기나긴 잠이었다.

이렇게 오악재의 역사는 하루 밤 사이에 끝나버렸다.

살아남은 사람들은 시신을 수습하고 뒤처리를 마친 후에 산을 내려갔다.

─◦⋆⋅ ❦ ⋅⋆◦─

이영은 중소도시의 작은 요양원에서 정신을 차렸다.

어린 시절 오악재에 들어갔다가 온갖 무서운 기억만을 남기고 그곳을 떠나 요양원으로 들어온 것으로 기억하고 있었다. 간호사와 의사들도 이영이 이전에 다른 병원에 있다가 이곳으로 왔다고만 말해주었다.

이영의 꿈에 가장 자주 등장하는 것은 무서운 아버지였다.

끝없이 강요하고, 비판하고 꾸중하는 아버지. 약한 것이 죄라며 사람들을 괴롭히는 아버지의 모습이 매일 밤 꿈에 나타나서 그를 괴롭혔다.

"아마도, 아버지에 대한 안 좋은 기억이 있는 것 같네요."

그의 꿈 이야기를 들은 의사 선생님이 말했다.

"하지만 아버지에 대한 기억이 거의 없는걸요."

"어쩌면 아버지에 대한 기억을 뭔가가 막고 있는 걸지도 모르죠."

"기억을 막아요?"

"기억하기 싫은 일이나 죄책감 같은 것이 있으면 방어기제가 작동해서 기억을 막기도 해요. 그렇지만 내가 말하기는 좀 그렇네요. 나는 내과 전공의라서…."

"네…."

"지금 회복 잘되고 있으니까. 잘 쉬고, 잘 먹어요. 금방 퇴원할 수 있을 거예요."

며칠 뒤에 요양원으로 소년의 외할머니라는 여인이 찾아와서 그를 퇴원시켰다. 어머니에 대한 기억도 희미하고 외할머니에 대한 기억은 더더욱 없었지만, 그는 이 인자한 노파와 같이 살게 되어서 좋았다.

"우리 영규, 잘 있었니?"

외할머니는 딸의 성씨인 신 씨로 그를 호적에 올렸고, 이후부터 그는 신영규라는 이름을 얻게 되었다.

소년은 서서히 안정을 찾아갔다. 학교도 다니고 취미생활도 하면서, 자신이 과거에 누구였고 무슨 일을 저질렀는지 기억하지 못하는 상태로 그 또래의 행복을 찾아갔다. 소년은 산책을 좋아했지만, 이상하게도 까마귀는 싫어했다.

가끔씩 자신의 손바닥에 있는 용문장을 보면 뭔가가 생각날 듯도 했지만 가물가물한 기억 뒤에 불길이 보이고 사람들의 비명이 들리며 미친 듯이 머리가 아파져서 기억하기를 멈췄다. 그는 대신에 용문장이 보이지 않도록 평소에도 장갑을 끼고 다녔다.

시간이 지나고 학년이 높아졌지만, 그는 언제나 혼자였다. 뭔가가 그를 친구들과 함께하지 못하게 막는 것 같았다. 누군가가 다가오면 피하고 벽을 쌓았다. 성적도 우수하고 잘생긴 영규에게 다가오려는 사람들이 많았지만, 그는 언제나 무리를 피하는 고독한 늑대였다.

평화롭고 평범한 일상이었지만 문득문득 무서운 기억들이 떠올랐다. 무서운 아버지에 대한 기억의 편린(片鱗)들 외에도 그는 불과 연기만 보면 공포에 질려 숨을 못 쉬는 상태가 되었다. 외할머니는 그를 병원에 데려가고 심리상담도 받게 했지만, 별소용이 없었다.

어느 날 신영규를 찾아온 사람이 있었다. 교양 있어 보이는 중년 여인이었다. 그녀의 왼손등에는 화상을 입은 큰 흉터가 있었다.

"이거, 기억하십니까?"

여인은 신영규를 보자마자 주머니에서 뭔가를 꺼냈다. 실에 묶은 엽전이었다.

신영규는 즉시 최면에 걸렸다. 외할머니는 걱정스러운 얼굴로 지켜보고 있었다.

"저하의 공포심을 없앨 수는 없습니다. 시간이 지나면 조금씩 기억이 나겠지요. 저하가 어른이 되어 자신이 한 일을 감당할 수 있게 되면 모든 기억이 돌아올 것입니다. 그날이 올 때까지, 저하의 가장 무서운 기억을 하나로 실체화시켜놓을 것입니다. 저하의 친구였던, 저하에 의해 죽임당한 까마귀입니다. 앞으로도 저하의 인생은 쉽지 않을 것입니다. 낮에는 까마귀가, 밤에는 오악재에서 있었던 기억들이 악몽이 되어 저하를 괴롭힐 것입니다. 나이를 먹을수록 점점 더 심해지겠지요. 하루라도 편할 날이 없을 겁니다. 죽고 싶을 정도로 괴로운 날의 연속일 겁니다. 이건 오직, 선대 황제폐하의 유지대로 저하를 파멸로부터 보호하기 위해서입니다. 먼 훗날, 두려움을 정면으로 마주 볼 용기가 생길 때, 모든 것이 기억날 것입니다."

여인이 떠난 뒤에 신영규는 눈을 떴다. 갑자기 그의 눈앞에 검은 까마귀가 보였다. 무섭지만 어딘가 익숙했다.

"새가… 까마귀가 있어요."

"뭐?"

"저기! 안 보여요?"

외할머니는 영문을 모르겠다는 표정으로 두리번거렸다.

"저 앞에 까마귀가 있어요! 바로 앞에! 안 보여요?"

이상하게도 신영규는 그 까마귀를 똑바로 쳐다볼 수 없었다. 마치 그 까마귀 너머에 엄청나게 무서운 뭔가가 있는 것 같았다.

'나는 언제나 너와 같이 있을 것이다!'

속삭이는 까마귀의 두 눈이 붉게 타오르고 있었다.

신영규는 고개를 숙인 채 두 손으로 머리를 쥐어뜯었다.

충격으로 숨을 쉴 수가 없었다. 자신의 잘못으로 죽어간 수많은 사람들. 자신만을 따르던 까마귀가 불타 죽는 그 순간. 사람들의 고함과 비명. 피를 토하던 아버지 이휘의 탄식. 모든 것이 생생하게 기억났다.

그동안 그가 아버지라고 생각했던 악당의 모습, 그것이 사실은 그의 죄의식이 만들어낸 가짜의 조합이었다는 사실이 더욱 소름 끼쳤다.

순간의 잘못된 판단으로 그 많은 사람을 해쳤고, 결과적으로 어린 여동생들과 아버지, 그의 부인들까지 죽게 만들었다. 오악재에서 살아남은 사람들에게, 특히 이설에게 자신은 원수나 다름이 없었다.

과거가 기억나면서 평생을 괴롭혔던 두려움은 사라졌다. 하지만 그 대신에 가슴 한복판에 거대한 구멍이 뚫려버렸다. 손바닥을 들어 용의 문장을 들여다보았다. 그가 했던 파괴와 살육의 열쇠가, 그 증거가 선명하게 그곳에 남아 있었다.

"한아! 나는 앞으로 어떻게 살아가야 하느냐?"

넋을 놓고 있던 남자가 조금 전까지 까마귀가 앉아 있던 곳을 보며 중얼거렸다.

텅 빈 공터에 불어닥친 차가운 바람만이 빛바랜 풀잎들을 어지러이 휘돌리고 있었다.

한때 황태자였던 남자, 이영은 그렇게 황량한 폐허 속에서 비석처럼 굳어버렸다.

———⊹✧⊹———

도서관에도 시계는 없었다. 다른 사람에게 물어볼 수도 없어서 이철호 회장은 자리에서 책을 읽으며 기다려야 했다. 서양사람들의 만찬은 보통 저녁 여덟 시나 아홉 시의 늦은 시각에 진행된다. 그렇기 때문에 언제까지 기다려야 하는지도 대중이 없어서 주린 배를 움켜쥐고 하염없이 책을 보며 기다리기만 했다. 다행히 그리 오래 지나지 않아서 자끄가 모습을 드러냈다.

"미스터 리, 오래 기다리셨죠?"

"아니오. 괜찮습니다."

"자, 같이 가시죠. 관제실로 안내하겠습니다."

"관제실? 라파엘과 같이 식사하는 것 아니었나요?"

"그곳이 바로 라파엘의 방입니다."

"그래요? 알겠습니다."

이철호 회장이 읽고 있던 남성 잡지를 내려놓는데 공교롭게도 여성의 누드 사진이 펼쳐져 있었다. 자끄가 넌지시 고개를 돌렸다.

"어, 이제 핑계거리도 없네요."

멋쩍은 웃음에 자끄도 따라 웃었다.

"남자는 다 똑같죠. 이해합니다."

책을 테이블에 올리던 이 회장이 갑자기 생각난 듯 물었다.

"여기서는 시간을 어떻게 알죠? 햇빛도 없는 것 같은데?"

"조명입니다."

"조명?"

이철호 회장이 천장을 올려다 보았다.

"조명색이 달라지거든요. 오전 여섯 시부터는 파란색이 강해집니다. 오후부터는 하얀색이 강해지고요. 오후 여섯 시 이후로는 노란색이 되죠. 그리고 일출과 일몰에는 빨간색이 됩니다."

"아, 그렇군요."

"여기 사람들은 조명을 보고 대략의 시간을 파악하고 식사나 수면을 취합니다. 각자의 리듬에 맞춰서 생활하죠."

정말 신기한 일이었다. 현대사회에서 시간을 모르고 살아가는 것이 가능할 거라는 생각은 해본 적이 없었다. 그래서 그런지 몰라도 여기 사람들은 모두 느릿느릿하고 여유가 넘치며 밝았다. 항상 서로에게 반갑게 인사하고 각자의 삶에 몰두

하며 인상을 찌푸리지 않았다.

자끄가 빙긋 웃으며 말했다.

"자, 가실까요?"

자리에서 일어난 이철호 회장이 벽을 붙잡으며 걸음을 옮겼다. 그때 자끄가 그에게 뭔가를 내밀었다.

"라파엘이 선물을 보냈어요."

"이건?"

그가 내민 것은 나무와 합성수지 등으로 만들어진 가벼운 지팡이였다. 한국에서 그가 쓰던 지팡이와는 다르지만, 상당히 고급스럽게 보였다. 한 가지 아쉬운 것은 무게중심이 잘 안 맞았다.

"아, 한 가지 더!"

자끄가 주머니에서 뭔가를 꺼내 지팡이의 끝에 돌려서 끼웠다. 황금빛의 해골이었다.

한국에 있는 그의 지팡이에는 수정해골이 있었다. 그것은 한국추리소설가협회의 상징인 수정해골을 똑같이 복제한 것이었다. 그런데 여기에 있는 것은 황금해골이었다. 묵직한 작은 해골이 손잡이에 연결되자 마침내 무게중심이 정확히 맞았다. 손으로 지팡이의 해골 부분을 움켜쥐고 걸으면 몸의 일부분인 것처럼 자연스럽게 움직였다.

"이거 아주 좋군요."

"보기 좋네요. 진짜 금입니다."

"진짜 금이라고요?"

손잡이의 무게만도 족히 1킬로그램 이상은 되어 보였다. 시가로 따지면 엄청난 가격일 것이다. 이 회장은 그 말을 믿기 어려웠다.

"아, 혹시 그 황금해골 지팡이로 저를 때려눕히고 탈출하시려는 건 아니겠죠?"

"설마요. 아직 요리도 못 먹었는데? 다 먹고 나면 모를까…"

자끄가 빙긋 웃었다. 기분 좋은 친구였다.

"그럼 적어도 만찬이 끝날 때까지는 안전하네요. 자, 가실까요? 최고의 셰프가 준비한 맛있는 요리가 기다립니다."

"가시죠."

자끄가 먼저 앞장서고 이철호 회장이 그 뒤를 따랐다. 이전처럼 자끄가 기다려줄 필요도 없이 이철호 회장은 특유의 경쾌한 리듬감으로 그를 따라붙었다. 지팡이를 드니 정상인과 다를 바 없는 속도였다.

도서관이 있는 메인 복도를 따라 반대편으로 가로질러가니 엘리베이터가 있었다.

족히 수십 미터는 걸었기에 이곳의 크기가 얼마나 방대한지 짐작할 만했다. 서울시청 신청사 정도 규모의, 혹은 그보다 더 큰 건물이 지하 속에 있는 것 같았다.

엘리베이터 앞에서 자끄가 스캐너에 손을 대니 바로 문이 열렸다. 두 사람이 올라타자 엘리베이터는 소리도 없이 움직였다. 위로 올라가는지, 아래로 내려가는지 도무지 감이 오지 않았다. 조용한 클래식 음악이 스피커에서 흘러나왔다. 얼마 되지도 않아 엘리베이터가 멈추고 문이 열렸다.

자끄가 앞장서서 걸어 나갔다. 이상하게도 이층의 복도에는 어떤 색의 불빛도 없었다. 그 말은 이곳이 등급 외의 공간이라는 뜻이었다. 이곳을 자유롭게 걷는 자끄도 생각보다 등급이 높은 것 같았다. 이 회장을 돌아본 자끄가 가볍게 미소를 지었고 그도 미소로 답했다.

다시 긴 복도를 지나서 십자로에서 우회전한 다음 끝까지 이동했다. 그 끝에 거대한 검은색 문이 있었다.

"다 왔습니다."

자끄가 문을 가볍게 노크하자 문이 열렸고, 문 뒤에는 거대한 흑인이 서 있었다.

그는 표정없는 얼굴로 두 사람을 물끄러미 내려다보았다. 2미터가 넘는 거인 앞에 서 있자니 자신이 더욱더 왜소하게 느껴졌다.

"됐어, 막심! 내 손님이야."

거인이 옆으로 물러나며 라파엘이 다가왔다. 그는 웃는 얼굴로 양팔을 벌리며 이철호 회장을 맞이했다.

"어서 오십시오."

"초대해주셔서 감사합니다."

이철호 회장이 인사하며 지팡이를 들어 보였다.

"그리고 선물, 감사합니다."

"마음에 드셨다니 다행입니다. 자, 들어가시죠."

라파엘이 안내하는 대로 문 안으로 들어서자 꽤 넓은 공간이 있었다. 커튼이 쳐진 거대한 통유리 앞에 큰 원목 책상이 놓여 있는 것으로 봐서 이곳은 평소에 그가 집무실로 쓰는 곳 같았다. 방 중앙에는 고풍스러운 테이블과 의자 네 개가 세팅되어 있었다. 하얀 셔츠와 검은 미니스커트 차림의 젊은 금발 여성 웨이트리스가 좌석으로 안내하고 의자를 뒤로 당겨주었다.

"감사합니다."

이철호 회장이 한국어로 인사하자, 여성도 '천만에요.' 하고 대답해서 깜짝 놀랐다.

"Nadine(나딘)은 한국문화를 아주 좋아합니다. 한국어 실력도 상당하죠."

자끄의 설명에 이 회장은 고개를 끄덕였다.

"놀랍네요. 여기서 한국문화를 아는 사람을 만날 줄은 몰랐습니다."

"한국문화는 지금 전 세계 젊은이들이 좋아하는 문화죠. 점점 주류가 되고 있어요."

"제가 프랑스에 머물던 20년 전만 해도 한국을 아는 사람은 거의 없었죠. 북한을 빼면…."

"시대가 변하고 있습니다. 앞으로 아시아는 세계의 중심이 될 거예요. 그 시작이 한국이죠."

"살아서 이런 변화를 보는 것도 아주 재미있네요."

라파엘과 자끄, 이철호 회장이 자리에 앉자, 웨이트리스 나딘이 각자의 잔에 와인을 따라주었다.

"로마네-콩티(Romanee-Conti) 1981년산입니다."

나딘의 설명에 이철호 회장은 깜짝놀랐다. 로마네-콩티는 세계에서 가장 비싼 와인으로 유명하다. 연간 6000병 정도 생산되고 한 병에 보통 수백만 원을 호가한다. 2018년 10월 13일에 있었던 뉴욕 소더비 경매장에서는 로마네-콩티 1945년산 한 병이 55만8000달러(약 6억2000만원)에 팔렸다. 1981년산 가격도 얼마나 할지 짐작하기도 어려웠다.

"이런 귀한 와인을? 괜찮으신가요?"

이철호 회장의 질문에 라파엘이 빙긋 웃었다.

"저희도 특별한 손님이 있을 때만 마시는 술입니다. 부담없이 즐겨주세요."

감동할 만한 대답이었다.

"환대해주셔서 감사합니다. 그럼…."

떨리는 손으로 투명한 루비색 와인을 눈으로 감상하며 조심스럽게 한 모금 마셨다. 평소 술을 좋아하고 와인도 많이 마시는 그였지만, 이 술은 특별했다.

와인은 입안을 굴러다니며 이름모를 꽃향기를 내뿜더니, 딸기같은 과일 향과 나무 향, 그리고 마지막으로 담담한 흙냄새로 바뀌었다. 모든 향들이 각자의 이야기를 가진 것처럼 혀와 코를 자극하다가도 어느새 하나가 되어 부드럽게 목구멍을 타고 내려갔다. 이 와인 자체가 1981년의 프랑스를 표현하는 것 같았다. 각자가 서로의 개성을 뽐내며 충돌하다가도 어느새 하나로 뭉쳐 전체를 완성해간다. 신기하게도 그 나라의 술은 그 나라의 민족성을 대변한다. 이것은 프랑스라는 나라를 상징하는 액체 보석이었다!

식사가 시작되자 웨이트레스 나딘은 오르되브르와 샐러드 등을 테이블로 날랐다. 그녀는 젊은 나이에도 불구하고 조금도 서두르는 기색이 없이 차근차근 자신의 일을 해나갔다.

이 회장은 아직도 와인이 주는 여운에서 벗어나지 못하고 있었다. 와인 자체에 수많은 이야기가 응축된 느낌이었다. 끊임없이 자신에게 말을 걸어오고 있었다. 그의 표정을 보고 다른 사람들은 이해한다는 표정으로 미소를 지으며 일부러 말을 걸지 않았다.

어느새 메인인 소고기 안심스테이크가 나왔다. 로마네-콩티는 메인 요리와 기막히게 잘 어울렸다. 미디엄레어로 구워진 스테이크와 송로버섯소스만으로도 기막힌 맛이었는데, 거기에 로마네-콩티를 한 모금 마시니 소고기의 감칠맛과 버섯의 향이 와인과 어우러져서 왈츠를 추는 것처럼 맛이 조화를 이뤘다. 말 그대로 맛이 폭발했다.

"이건… 말로 표현을 못하겠군요."

이 회장이 눈을 감은 채 말했다.

"울고 싶을 정도로 맛있습니다!"

"칭찬, 감사합니다. 저희 셰프 얀(Yann)도 아주 좋아할 겁니다."

"셰프는 어디 있나요?"

"지금 옆 주방에서 요리를 하고 있습니다."

"셰프에게 감사한다고 전해주세요."

"그렇게 하지요. 그녀도 기뻐할 겁니다."

"셰프가 여자분이었군요. 실력이 대단하십니다."

"그녀는… 미스터 리, 당신을 잘 알고 있습니다. 옛날부터 팬이라고 하더군요."

"이거 영광이군요. 셰프를 만나볼 수 있을까요?"

"아…."

이철호 회장을 제외한 세 사람의 시선이 서로 마주쳤다.

"언젠가… 기회가 있을 겁니다."

라파엘이 완곡하게 거절을 표했다.

"기쁘게 기다리겠습니다."

그렇게 대화가 봉합(縫合)되고 다시 만찬이 이어졌다.

"다리를 어떻게 다치셨는지 여쭤봐도 될까요?"

"군대 있을 때 사고를 당했죠. 그 덕분에 의가사 제대했습니다."

"그래요?"

"민주화시위를 주도한 혐의로 감옥이나 군대 둘 중에 하나를 택해야 했는데, 군대를 택했죠."

"슬픈 이야기군요."

"한국의 아픈 역사입니다."

"전 세계 어디나 독재자는 있죠. 독재자와 그 추종자들에게 영원한 지옥의 불이 타오르길!"

라파엘이 잔을 들어 올리며 선창했다.

"그리고 그들이 죽인 사람들 수만큼 많은 결혼이 성사되기를…."

이철호 회장이 말하자 사람들이 폭소했다.

"그건 너무 심하군요. 저도 이혼을 두 번 했어요. 처음에는 좋았지만, 점점 지옥이 되어갔죠."

"이런 말이 있죠. 천국과 지옥을 모두 경험하려면 결혼을 하라!"

"아, 결혼 지옥! 차라리 지옥 불이 더 났죠."

"동의합니다!"

"감사합니다. 두 분 덕분에 저는 결혼하고 싶은 마음이 완전히 사라졌네요."

"자네는 여친부터 구하고 결혼 이야기를 하게!"

자끄의 농담으로 모두가 웃음을 터뜨렸다. 모두가 오래된 친구처럼 웃으며 먹고 마셨다.

식사는 순조롭게 진행되어서 마지막 코스인 디저트까지 나왔다. 모든 음식이 맛있었고 큰 만족을 주었다. 대화 주제는 즐거웠고 문화적 교양이 넘치는 즐거운 분위기가 이어졌다.

"오늘 식사초대를 하기 잘했군요. 미스터 리와의 대화는 아주 즐거웠습니다."

"저도 그렇습니다. 오랜만에 문화적으로 배가 불러지는 느낌이네요."

"역시 작가의 표현은 다르군요. 완전히 동감합니다."

그들은 다시 잔을 들어 건배했다. 훌륭한 와인은 마지막까지 그 맛과 향을 잃지 않았다. 마치 피날레까지 힘을 잃지 않는 오페라 가수 같았다.

"한 가지 여쭤봐도 될까요?"

웃음이 잦아들 즈음, 이철호 회장이 입을 열었다.

"말씀하시죠."

"당신들 입장에서 저는 불청객일텐데 왜 저한테 이런 대우를 하시나요?"

"불청객요? 그럴 리가요."

라파엘이 고개를 저었다.

"당신은 귀중한 손님입니다."

"네?"

이철호 회장은 고개를 갸우뚱했다.

"저는 이곳을 찾기 위해 정보원들을 고용했고 비밀리에 여기까지 온 겁니다. 그런데 손님이라뇨?"

라파엘과 자끄가 잠시 서로를 쳐다보았다.

"설명해드리죠."

라파엘이 수저를 내려놓고 입을 닦았다.

"미안하지만 당신이 우리를 찾았다는 말은 틀렸습니다. 당신이 이곳을 찾은 것이 아니라, 우리가 당신에게 이곳을 찾게 한 겁니다."

"뭐라고요?"

믿기 힘든 말이었다. 실제로 이 회장은 전 세계의 정보원들에게 '고독의 문'에 대한 정보를 얻기 위해서 상당히 많은 돈을 썼다.

"우리가 마음만 먹으면 당신에게서 영원히 숨을 수도 있었겠죠. 하지만 우리의 목적은 숨는 것이 아니라 당신을 친구로 만드는 겁니다."

이철호 회장은 그의 말을 더욱더 이해하기 어려웠다. 처음, 프랑수아에게 레메게톤과 비밀조직의 음모에 관한 이야기를 듣고 바로 조사를 시작했고, 위치를 알았다는 보고에 직접 달려왔다. 하지만 경비원에게 발견되었고 총탄세례와 몽둥이 찜질을 당했다. 그런데 자신이 초대를 받았다니 앞뒤가 안 맞왔다.

"친구를 만드는 것치곤 과격하시군요."

"그 점은 사과드리죠. 경비원이 당신의 위성 전화를 발견하고 흥분했던 것 같습니다. 당신이 가지고 온 장비는 일반적으로 음성만 송출하는 위성 전화가 아니라 영상까지 송출이 가능한 기기라서 큰 위협이라고 느꼈던 것 같아요."

"참고로 그 경비원은 일주일 동안 후식을 금지당했죠."

자끄가 거들었다.

"이해해주시기 바랍니다. 어쨌든 여기는 비밀장소니까요."

라파엘이 가볍게 머리를 숙였다.

"그런데 그 비밀의 장소에 저를 초대했다고요? 어떻게 저를 아셨나요?"

"우리는 당신 생각보다 더 많은 것을 알고 있습니다. 당신이 프랑수아의 친구이고 우리의 계획에 대해서 들었다는 것도 압니다."

"프랑수아가 당신들하고 한편이라는 건가요?"

"아니요. 프랑수아는 자신의 의지로 일하고 있습니다. 굳이 말하자면 그의 아버지 장처럼 우리의 의지와는 상반되는 입장이죠. 처음에는 한국에 가서 실패할 거라고 예상했는데 기발한 방법으로 성공했더군요. 그 아버지에 그 아들이라는 말처럼요."

"정보력이 대단하시네요. 프랑수아가 아니면 어떻게 나나 친구들 정보를 얻었습니까?"

"한국에도 우리의 친구가 많이 있습니다. 고위층에도 있죠. 우리의 다음 행동이 한국과 관련되어 있는 만큼, 정보수집을 철저히 하고 있죠."

"다음 목표가 한국이라고요? 도대체 뭘 노리는 겁니까?"

"그건 지금 말씀드릴 수가 없군요."

"저희 협회 소설가들이 국제조직의 음모 때문에 한국 정부에 자문을 하고 왔다고 했어요. 그것과 관련 있나요? 용이 날아오르는 것?"

"역시, 많은 것을 알고 계시네요. 대단히 죄송하지만, 그것 때문에 우리는 당신을 여기에 잡아둘 수밖에 없습니다."

"뭐라고요? 언제까지요? 이건 납치 감금입니다. 범죄라고요!"

"압니다. 하지만 우리는 일반적인 사회모임이 아닙니다. 이곳은 인류의 가장 중요한 근간을 지키는 곳입니다. 우리 인간을 인간답게 하는 것, 이 세상에 하나뿐인 인류의 가치와 보물을 지키는 것, 그것이 우리의 사명입니다."

라파엘은 어떤 확신에 차서 말을 이어나갔다. 그의 눈빛에는 한 줌의 거짓이나 후회도 없었다.

"여기는 대체 뭘하는 곳입니까?"

이철호 회장은 이들의 진심을 확인하고 다른 방법이 없음을 직감했다.

"직접 보시죠."

라파엘이 커튼이 쳐진 창문 앞으로 이철호 회장을 이끌었다. 나딘이 의자를 빼주고 지팡이를 건네주었다. 이런 젊은이도 라파엘같은 광신자라는 사실을 믿기 힘들었다. 도대체 무엇이 이들을 이렇게 만들었을까?

이철호 회장이 창문 앞으로 다가갔다. 라파엘이 고개를 끄덕이자 자끄가 리모컨 스위치를 눌렀다. 거대한 통유리로 된 창문을 덮었던 커튼이 좌우로 갈라지며 열렸다. 창문 밖은 거대한 어둠이었다. 엄청난 크기의 공간이 앞에 있다는 사실을 느낌으로 알 수 있었다. 자끄가 책상 옆에 있는 콘솔로 가서 스위치를 올렸다. 그러자 창문 너머에 하나둘 불이 켜지기 시작했다. 이철호 회장은 그곳이 생각보다 훨씬 더 거대한 곳임을 알 수 있었다. 조명이 켜지며 드러난 장소는 이전에 한 번도 보지 못한 거대한 크기의 창고였다. 마치, 거대한 산봉우리 하나를 통째로 창고로 만든 느낌이었다. 엄청나게 커다란 차량이 통과할 수 있을 정도로 넓은 길들을 중심으로 좁은 길들이 바둑판처럼, 수십 개가 연결되어 있었다. 그 길 끝에는 수십 개의 거대한 컨테이너가 들어서 있었다. 각각의 컨테이너에는 '이집트' '차이나' '재팬' 등의 이름이 붙어 있었다.

건물들에 차례로 불이 켜지며 안쪽까지 훤히 밝아졌다. 그리고 아득한 끝쪽에 조명이 밝혀지면서 뭔가 거대한 것이 모습을 드러냈다.

"저, 저건!" 그것은 거대한 불상이었다. 아프가니스탄 바미안주의 힌두쿠시 산맥의 절벽에 새겨진 거대한 석불, 바미안 불상이었다! 높이 56미터와 38미터에 이르는 그 두 개의 불상이 완벽한 모습으로 그의 눈앞에 서 있었다.

"저게 어떻게!"

"우리가 구했습니다."

바미안 불상은 탈레반에 의해 파괴되었다. 2001년 3월에 탈레반 최고 지도자 모하마드 오마르가 우상숭배 금지 율법에 따라, 아프간 내 모든 불상을 파괴해야 한다는 명령을 내렸고, 이에 따라 탈레반에 의한 불상 파괴 작업이 아프가니스탄 곳곳에서 벌어졌다. 이 바미안 석불 역시 며칠 동안에 걸친 폭파 작업으로 완전히 산산조각나고 말았고 석불의 파편들은 파키스탄으로 실려가 골동품상들에게 팔려나갔다.

"어떻게 복원한 겁니까?"

"복원이 아니라 원래 있던 것을 그대로 이곳으로 옮겨온 겁니다."

"불가능해요. 탈레반이 바미안 석불을 파괴하는 과정이 전 세계에 중계됐잖아요?"

"그전에 우리가 여기로 옮겨왔죠. 인류가 저지를 뻔한 가장 큰 만행을 우리가 막은 겁니다."

"말도 안 돼!"

자기도 모르게 이 회장은 창문 가까이에 바짝 붙어서 불상을 쳐다보고 있었다. 멀리서도 그 자애롭고 신비한 미소를 그대로 느낄 수 있었다. 그는 젊은 시절, 세계를 여행하며 직접 바미안 불상을 본 적이 있었다. 그때 느꼈던 감동이 그대로 다시 밀려왔다. 아니, 이미 세상에서 사라진 줄 알았던 위대한 유산을 다시 만났다는 사실에 감동은 몇 배나 더 커져서 되돌아왔다.

"우리의 가장 큰 성과입니다. 우리는 탈레반이 언젠가 불상을 파괴할 것을 알고 그들과 협상했습니다. 그 결과, 그들이 원하는 것을 주고 불상을 옮겨왔죠. 물론, 현지에는 완벽한 가짜를 놔뒀고요. 그들에게 불상은 그저 성가신 존재에 불과했으니까요."

"믿을 수가 없군요."

"믿게 되실 겁니다. 가짜를 만드는 데에도 천문학적인 비용이 들었습니다. 우리는 파키스탄의 채석장에서 바미얀 석상과 완전히 같은 석재를 찾아서 동일한 모조품을 만들었죠. 그리고 교체 작업을 감추기 위해서 한 달간 아프가니스탄에 가상의 내전을 일으켜 언론들의 주의를 돌렸습니다. 그리고 우리가 작업하는 모습을 감추기 위해서 전 세계 정부의 협조를 구해 한 달 동안 그 지역의 위성촬영을 중지했죠."

"전 세계의 협조라고요? 그건 불가능합니다!"

"그 결과가 바로 당신 눈앞에 있습니다. 우리도 이것이 가능할 거라는 생각을 못 했습니다. 성공 가능성이 단 1프로도 없었죠. 하지만 해냈습니다."

"저 아래에 있는 컨테이너와 상자들… 모두가 저런… 전 세계의 보물인가요?"

충격과 감동으로 이철호 회장은 말을 제대로 이을 수가 없었다. 가슴속이 격한 감정으로 가득 찼다.

"그렇습니다. 우리는 전 세계의 보물들, 인류의 유산을 이곳에 모아서 관리합니다. 모두가 파괴되거나 사라질 뻔했던 것들이죠."

"어제는 도둑맞았던 베트남의 국보, 300년 된 침향불상이 들어왔죠."

자끄가 베트남이라고 써진 컨테이너를 가리키며 말했다.

"당신들은… 대체 누굽니까?"

창문 너머의 놀라운 광경에서 눈을 떼지 못한 채 이 회장이 물었다.

라파엘이 오른손을 자신의 심장에 대며 말했다.

"우리는 바로 '레메게톤', 문명의 수호자들입니다!"

"자, 신데렐라 포장마차 재오픈을 축하합니다!"

소주희가 와인 잔을 들어 올리며 선창했다.

"축하합니다!"

그곳에 모인 사람들 모두가 목청껏 축하 인사를 했다.

평소에 자주 모이는 김건, 소주희, 김정호, 복승아뿐만 아니라, 지금까지 이곳에 왔었던 많은 사람이 모여서 축하 인사를 건넸다. 참석 인원이 스무 명에 가까웠다. 아리아, 아세아 자매와, 한국추리소설가협회 회원들, 화려하게 차려입은 주동신까지 있었다. 그의 옆에 있는 덩치 큰 알비노 친구와 눈이 마주치자, 소주희는 김건의 등 뒤로 숨었다.

"메르시! 여러분 정말 감사합니다. 앞으로도 더 열심히 하겠습니다!"

프랑수아의 인사말에 모두가 환호하며 박수를 보냈다.

지난번 신영규의 기습 이후 며칠간 휴식기를 가진 프랑수아는, 차를 수리하고 새로운 식기 등을 준비해서 다시 오픈했다. 하지만 부서진 테이블 두 개는 새로 사지 못해서 당분간은 테이블 없이 영업을 하기로 했다.

　"테이블이 없어서 죄송해요. 그것도 빨리 준비하겠습니다."

　"괜찮아요! 파이팅!"

　"화이팅!"

　모두가 서서 술잔을 들고 있었지만, 짜증내는 사람은 없었다.

　"자, 여기서 이제 깜짝 타임을 한 번 가져볼까요?"

　"깜짝 타임? 그게 뭐죠? 한국말 어렵네요."

　"자, 프랑수아, 잠깐 뒤로 돌아서 눈을 좀 감아볼래요?"

　소주희의 말에 프랑수아가 그대로 따라 했다.

　"눈 감아? 알았어요. 이렇게요?"

　그 사이에 사람들이 뭔가를 분주하게 준비하기 시작했다.

　"뭐죠? 언제까지 이렇게 있어요?"

　그때 갑자기 소주희가 프랑수아 뒤에서 백허그를 했다. 그리고 그의 몸을 돌려세웠다.

　"눈 떠요!"

"주희 씨. 어?"

눈을 뜬 프랑수아는 그대로 얼어 붙어버렸다.

그의 눈앞에는 네 개의 하얀색 테이블과 각각 4개의 하얀 의자가 보기 좋게 펼쳐져 있었다. 플라스틱과 알루미늄으로 만들어져서 튼튼해 보였다.

"이건… 뭐죠?"

"우리 마음이에요!"

소주희가 백허그를 한 채 프랑수아에게 말했다.

"어흠!"

헛기침을 하며 소주희에게서 프랑수아를 떼어놓은 김건이 설명을 시작했다.

"이건 우리가 모두 돈을 모아서 산 거예요. 시중에 나와 있는 제품 중에 가장 튼튼하고 예쁜 제품으로 골랐어요. 접고 펼치는 데 3초면 되죠. 혼자서도 할 수 있고, 접으면 부피가 작아져서 푸드트럭 안에 수용할 수 있죠. 청소도 쉬워서…"

"거, 일 절만 하라! 보면 알디 않니?"

"그…그렇지? 보면 알겠지?"

김정호가 핀잔을 주자, 머쓱해진 김건이 입을 다물었다.

"다들 너무 감사해요. 뭐라고 해야 할지 모르겠어요."

코끝이 찡해진 프랑수아가 말을 못하고 입술을 실룩거

렸다.

"하지만, 안 울 거예요. 자, 모두 자리에 앉으세요. 제가 준비한 요리를 테이블로 가져다드릴게요!"

"오케이!"

"브라보!"

사람들이 자리를 찾아 앉고 몇몇은 프랑수아를 도와 분주하게 음식 접시를 테이블로 옮기고 있을 때, 새로운 사람들이 도착했다. 뜻밖에도 소설가 유치한이었다.

"아, 소설가님! 반가워요!"

"주희 씨! 잘 계셨죠?"

"요즘 너무 유명하시더라고요. 참, 책 잘 봤어요. 제 얘기도 잘 써 주시고…."

"제 인생 터닝포인트가 그때거든요. 주희 씨 만났을 때! 하하하"

"아이, 몰라요! 호호호."

유치한과 소주희가 손을 잡고 반가워하는 모습을 보자 김건의 표정이 살짝 찡그려졌다. 그 모습을 본 김정호가 넌지시 말했다.

"임자, 처자 간수 잘 하라우! 주희 씨, 인기가 너무 많아서리 큰 문제가 되갔어!"

"내 여친도 아닌데 뭘 간수해!"

"그래도 긴장해요. 같은 여자가 봐도 주희 씨, 매력 있어요."

복승아도 한마디 거들었다.

"여자가 봐도 매력 있으면, 남자가 고백하디?"

"뭐래니?"

김정호가 깐죽거리자, 복승아가 샐쭉했다.

"그러고 보니, 요즘 복 형사님 욕 하시는 거 별로 못 들었어요?"

"그렇죠? 저 노력 많이 해요. 역시 김건 씨만 알아주시네. 호호호"

김건의 칭찬에 복승아가 몸을 꼬며 말했다. 그 모습에 이번에는 김정호가 빈정이 상했다.

"노력은 무슨… 이 에미나이, 평소에는 이렇지만 일할 때는 장난없어! 거럼!"

"뭐예요? 에미나이? 이런 친일매국사생아!"

"야! 에미나이는 북에서 그냥 여자아이라는 뜻이야! 그리고, 친일매국…그 욕은 또 어드러케 아니?"

"북한 말 공부했지! 선배 욕하려고!"

"뭬이야?"

모두가 티격태격 즐거운 한때를 보내고 있었다. 그저 멀리서 보기만 해도 정겨운 풍경이었다.

도시 한복판, 자정이 되기 전 한 시간만 오픈하는 신비한 프랑스 요리 식당차. 이, 도시 한가운데에 있는 시간제 오아시스는 사람들에게 잔잔한 감동과 기쁨을 주는 곳이 되었다. 누구나 찾아와서 따뜻한 한 그릇의 행복을 나눌 수 있는 곳. 사람들은 이곳을 신데렐라 포장마차라고 불렀다.

누구에게나 열린 이곳이지만, 멀리서 이곳을 지켜보기만 하는 한 사람이 있었다.

신영규는 공원 입구에 세워둔 차 안에서, 반짝이는 작은 조명 아래 즐겁게 이야기하며 먹고 마시는 사람들을 쳐다보고 있었다. 어린 시절, 궁 안에서 다른 아이들이 뛰어노는 모습을 지켜보기만 하던 그때와 같은 기분이었다.

"미안하다."

저 안으로 들어갈 수도 있었다.

"정말."

새로운 김건을 인정하고 그와 친구가 될 수도 있었다.

"미안해."

하지만, 그러기엔 너무 늦어버렸다. 자신 때문에 김건이 변을 당한 것이라는 이설의 말에 신영규는 이제 죄책감 때문에라도 그럴 수 없었다. 그를 대할 마지막 용기마저 증발해버렸다.

"친구!"

공원의 다른 한쪽에서 망원경으로 신데렐라 포장마차의 모습을 지켜보는 사람이 있었다.

샘이었다. 그는 김건의 모습을 확인하고 전화를 걸었다.

"목표 확인! 바로, 지금입니다!"

"임자! 전화 온 거 아이니?"

김건의 구형 스타텍이 삐비빅, 삐비빅 하고 울렸다.

"웅? 이 시간에 누구지?"

김건이 전화를 받았다.

"여보세요?"

"크리스토퍼 로빈이 친구들에게 말했습니다. 잘자, 동물 친구들. 안녕, 헌드리드 에이커 숲!"

낮고 잔잔한 남자의 목소리였다. 그 목소리를 들은 김건이 몸을 부르르 떨었다.

"크리스토퍼 로빈이 떠나자, 그곳에는 깊고 어두운 밤이 찾아왔어요."

남자의 말이 끝나자 김건은 그대로 바닥으로 넘어졌다.

"어? 뭐야?"

"야! 임자!"

사람들이 웅성거렸다. 김건에게 달려간 소주희가 그를 흔들어 깨웠지만, 반응이 없었다.

"아저씨! 아저씨!"

"야! 야! 빨리 경찰 부르라우!"

"우리가 경찰이잖아! 119! 119!"

사람들이 혼란에 빠진 모습을 보고 신영규는 급히 차에서 내렸다.

"김건!"

다음 순간, 그는 자기도 모르게 김건을 향해 달리고 있었다.

"야! 김건! 김거언!"

그 모습을 망원경으로 보고 있던 샘이 혀로 입술을 핥았다.

"완벽해!"

"감사합니다. 어머니가 고비를 넘기셨다네요."

전화를 끊은 오레온이 교도관에게 고개를 숙였다.

"아, 다행이네요. 그럼 들어가시죠."

오레온은 자신의 방으로 돌아왔다. 다른 수감자가 없이 독실을 쓰는 그의 방에는 사방이 책으로 뒤덮여 있었다. 침대에 누운 그는 『위니 더 푸』를 집어 들고 만족스럽게 웃었다.

"자, 이제 시작이야!"

-fin-

외전 外傳

영웅의 기억

광장 한가운데엔 훌륭한 동상이 하나 서 있었다.

십여 년 전, 이웃 나라와의 전쟁에서 목숨을 걸고 싸워 나라를 지킨 장군의 동상이었다. 튼튼한 두 발로 굳건히 서서, 사나운 두 눈으로 침략자를 노려보며, 입가에는 그들을 조금도 무서워하지 않는다는 듯 미소를 띠고 있었다. 옆구리에는 황제가 하사한 긴 칼을 차고 한 손에는 망원경을, 다른 손에는 지휘봉을 들고 있었다. 사람들은 그를 '미소짓는 영웅'이라고 불렀다.

전쟁이 끝난 직후, 사람들은 영웅의 동상을 신성시했다. 누군가가 바친 꽃이 매일 그의 발 앞에 놓였고, 누군가는 과일이나 사탕 등을 놔두기도 했다. 선생님은 어린 학생들을 인솔해서 광장으로 와 동상을 향해 묵념했고, 까불며 장난

치던 젊은이들도 동상 앞에서는 옷을 고쳐입고 모자를 벗어 인사했다. 동상은 광장의 중심이었고 국민들과 영웅을 연결해주는 유일한 고리였다.

하지만 시간이 지나며 사람들의 태도는 조금씩 달라졌다.

사람들은 조금씩 동상을 대수롭지 않게 여기기 시작했다. 그 앞에서 존경을 표하는 대신, 주정뱅이들이 기대서 술을 마시고, 아이들은 동상의 앞에서 공놀이를 했다. 천박한 비둘기들이 동상의 머리에 모여 수다를 떨었고, 비루한 떠돌이 개들은 그 발판에 오줌을 쌌다. 누군가가 바쳤던 꽃은 이미 시들어서 말라 부스러졌고, 과일이나 사탕 대신 새똥만이 동상을 가득 뒤덮었다. 하지만 아무도 그런 동상을 신경쓰지 않았다.

전란의 시대가 지나고 이웃 국가들과 화친을 맺고 공동 발전과 번영을 약속한 상황에 오랜 옛날 전쟁영웅의 동상은 아무도 신경쓰지 않는 천덕꾸러기 신세로 전락했다.

아이들은 동상의 몸에 낙서를 하고, 돌을 던졌지만 그것을 말리는 어른은 없었다. 오히려 동상에서 놀던 아이 하나가 밑으로 떨어져 다치자 사람들은 동상의 존재를 비난하기 시작했다. 결국 시청에서는 사람들이 몰리는 중앙에서 구석으로 동상을 옮겼다. 하지만 사람들의 민원은 끊이지 않았고, 동상은 점점 더 뒤로 뒤로 옮겨지다가 나중에는 아예 사람들이 다니지 않는 숲속으로 옮겨졌다.

동상은 화가 치밀어 올랐다.

"이놈들! 내 목숨을 걸고 너희를 지켰건만, 은혜를 잊고 나에게 이런 대우를 한다고?"

그러면서도 속으로는 다시 사람들의 관심이 돌아와서 예전처럼 대해주기를 기대했지만, 그를 찾는 사람들은 점점 더 줄어들었다.

실망이 슬픔이 되었고 슬픔이 분노가 되었다. 자신이 목숨을 걸고 싸워 지킨 이 나라의 국민들이 이제는 적보다도 더 미운 증오의 대상이 되었다.

"복수하겠다!"

그 뒤로 그는 사람들을 만날 때마다 복수하겠다는 심정으로 노려보았다.

귀여운 아이들을 보고도 미소짓지 않았고 새들의 노래에도 귀를 막았다.

이 나라의 모든 사람이, 심지어는 동물들까지도 밉고 원망스러웠다.

그의 분노와 원한은 나날이 쌓여만 갔다.

그는 하루종일, 일 년 내내 하늘을 향해 이 나라 사람들이 벌 받기를 기원했다.

그의 기도가 통했는지 몇 년이 지난 어느 날, 영웅이 과거에 목숨을 걸고 싸워 이겼던 이웃 나라의 반대편 나라와 이 나라가 사이가 나빠지더니 급기야 전쟁이 시작됐다.

나라에 전운이 감돌았다.

거리에는 인적이 드물었고 집집마다 언제든지 떠날 수 있도록 짐을 싸두었다.

동상은 웃으며 고개를 끄덕였다.

"이 나라 놈들은 당해도 싸다! 인과응보야!"

그는 통쾌하게 웃었다. 하지만 마음속으로는 이제 전쟁이 일어나면 다시 사람들이 자신을 기억해주고 예전처럼 받들어주기를 바랐다. 사람들이 온다면 그는 못 이기는 체하고 다시 광장 한가운데로 갈 생각이었다. 하지만 사람들은 돌아오지 않았고 그의 지루한 기다림은 다시 이어졌다. 기대, 실망, 좌절, 분노가 매일 도돌이표처럼 반복되었다.

그러던 어느 날 오후, 영웅의 동상은 누군가가 말과 수레를 끌고 숲속으로 들어오는 소리를 들었다. 대여섯 명의 건장한 사내들이 큰 짐 마차를 타고 있었다.

"찾았다! 여기 있어!"

"빨리! 서둘러!"

그들은 마차에 달린 기중기를 조립하는 한편, 동상 전체를 튼튼한 밧줄로 묶었다.

동상은 마침내 사람들이 자신을 다시 광장으로 데려가는 것이라고 여겼다.

하지만 그는 이제 '미소짓는 영웅'이 아니었다. 인상을 잔뜩 찡그리고 자신을 모시러 온 사람들을 노려보며 호통을 쳤다.

"이놈들! 너희는 누구냐?"

"당신을 모셔오라는 명을 받았습니다."

인부의 우두머리로 보이는 자가 고개를 조아렸다.

"가지. 하지만 너희들을 쉽게 용서하지는 않겠다. 지금부터 너희 놈들 하는 것을 봐서 결정할 것이야!"

"알겠습니다. 그렇게 하시지요."

짐꾼들은 동상을 묶은 밧줄을 기중기에 연결해서 수레에

실었다.

"자, 가자고! 시간이 없어!"

우두머리의 재촉에 일꾼들은 서둘러 마차에 올랐고, 마부는 이내 마차를 출발시켰다.

마차의 짐칸에 누워서 또각또각 말발굽소리를 들으며 이리저리 흔들리던 동상은 기분이 좋아졌다. 하지만 그것을 티내지 않고 짐짓 나무라는 투로 말했다.

"나는 너희를 용서할 수 없다. 시간이 지났다고 영웅인 나를 잊어버리고 홀대하였다. 너희들은 배은망덕한 놈들이다."

끊임없이 이어지는 동상의 욕설을 들으며 짐꾼들은 묵묵히 마차를 몰았다.

마차가 광장을 지나쳐 도시 외곽으로 나가는 넓은 도로로 향했다.

"이놈들! 어디로 가느냐? 광장은 저쪽이 아니냐?"

"저희가 갈 곳은 시외의 공장입니다."

"뭣이? 공장?"

"조각가가 기다리고 있습니다."

동상은 이해가 되었다. 낡은 자신을 먼저 보수한 후에 다시 광장으로 보낼 계획인 것이다!

오랜 세월, 새똥을 뒤집어쓰고 녹슨 자신을 조각가가 손봐서 반짝반짝하게 만들어 다시 광장으로 옮길 모양이었다.

"어험! 거, 쉬엄쉬엄 가세! 말이 힘들겠어."

무심한 듯 한마디 던지고 하늘을 쳐다보는 동상의 입가에 다시 미소가 번지고 있었다.

한 시간 남짓을 달린 마차가 교외의 큰 공장에 도착했다. 큰 문을 열고 마차를 그대로 안으로 집어넣은 마부는 얼룩덜룩 물감투성이의 앞치마를 입은 키 큰 남자에게 보고했다.

"동상을 모셔왔습니다!"

"수고했네!"

동상은 그가 바로 조각가라는 사실을 알아차렸다.

공장 안에는 많은 사람들이 모여서 부산하게 일하고 있었다.

"자, 시간이 없네! 빨리·시작하세!"

조각가의 말에 인부들이 달려들어 공장의 대들보에 연결된 큰 기중기를 옮겨왔다. 거대한 갈고리의 끝에 동상을 묶은 밧줄을 걸고 기중기를 움직였다. 반대편에서 인부 하나가 거대한 나무 줄감개의 손잡이에 연결된 노새의 고삐를 끌자 기중기가 삐그덕대며 움직이기 시작했다.

"여기, 몇 명 더 와야 돼!"

노새를 끌던 남자의 외침에 다른 곳에 있던 사람들이 몰려와서 같이 고삐를 잡거나 기중기에 연결된 줄에 매달렸다. 하중이 더해지자 동상이 마차 바닥을 끌며 삐그덕 삐그덕 일어나기 시작했다. 오랜만에 사람들의 틈에서 부대끼자, 성가셨지만 기분은 좋았다.

"거, 조심하게! 내가 좀 무거워."

웃는 얼굴로 농담까지 하는 여유도 생겼다. 하지만 점점 더 많은 사람과 마차를 끌던 말까지 기중기에 연결해서 동상을 천장에 닿을 듯 높이 들어 올리자, 뭔가 잘못됐다는 생각이 들었다.

"이건 무슨 일이냐? 그냥 세워서 고치면 되지, 뭐 하러 이렇게 들어올려?"

"전쟁에 대비해서 모든 고철을 녹여 무기를 만들라는 명이요!"

조각가는 무심한 얼굴로 대답했다.

"지…지금 뭐라 했느냐? 고철?"

기중기에 매달려 빙글 돌던 동상의 눈에 뻘건 쇳물이 끓고 있는 거대한 용광로가 보였다.

"이게 무슨 짓이냐? 나는 영웅의 동상이다! 과거에 나라를 구한 나에게 이 무슨 불충이냐?"

하지만 조각가는 무심한 표정으로 손을 저어 기중기를 옮기게 했다. 사람들이 '영차! 영차!' 하며 밧줄을 잡아당겼다. 동상을 실은 기중기의 도르레가 '끼익끼익' 하며 돌아가며 더 높이 끌어 올려졌다. 용광로의 로벽보다 높은 위치였다.

"그만두지 못할까? 나는 영웅이다! 이런 나를 녹이면 앞으로 그 누가 나라를 위해서 싸우겠는가?"

절박해진 동상이 소리쳤다. 처음의 당당함은 간곳없고 애원하는 말투로 바뀌었다.

"나는 영웅의 상징이네. 내가 광장에 서 있어야, 이 나라에는 다시 나 같은 영웅이 나오게 되는 것이야!"

수직이동을 마친 기중기를 수평이동시키기 위해서 인부들이 다른 밧줄로 몰려가서 잡아당기기 시작했다. '철컹' 하고, 강철 고리가 천장에 가로놓인 굵은 철제 H빔에 걸렸다. 이제 수평이동만 하면 용광로로 바로 이동할 수 있다.

"걸렸다! 다음 작업 준비!"

사람들이 수평이동을 위해 다시 새로운 밧줄을 가지고 H빔을 타고 가서 동상에 연결했다. 그 밧줄은 건너편의 인부들에게 연결되어 당기기만 하면 용광로 쪽으로 무리없이 움직일 것이었다.

"자, 당겨라!"

한 무리의 인부들이 새로 연결된 줄을 당기자 굵은 철제 H빔에 연결된 기중기 줄이 당겨지며 움찔움찔 흔들렸다. 그에 따라 동상도 거대하고 육중한 추처럼 앞뒤로 흔들리기 시작했다. 동상은 마음이 급해졌다.

"전쟁이 시작되려는 때에 나같은 상징을 없애다니, 맨정신이냐? 목숨을 걸고 전장을 누빈 나의 기억이야말로 승리의 열쇠인 것이다!"

"당신이 착각하는 것이 있소."

조각가가 김이 모락모락나는 찻잔을 들어 뜨거운 차를 한 모금 마셨다.

"당신은 진짜 영웅이 아니라 그의 기억일 뿐이오. 영웅은 오래전에 죽었소. 전쟁터에서 나라를 지키다가 죽었지."

"그렇다. 나는 바로 그의 영혼이다. 이 동상에 깃들어 너희들을 보살피고 있었다."

"거짓이오!"

조각가가 잘라 말했다.

"당신이 진짜 그의 영혼이라면 어째서 천국으로 가지 않았소?"

"말했지 않느냐? 너희들을 지키기 위해서…."

"그럼 지금이라도 천국으로 갈 수 있소?"

"그야 마음만 먹으면…."

"그럼 가면 되겠소. 천국으로 가보시오. 당신 말대로 배은 망덕한 이 나라 사람은 잊고 천국으로 가라는 말이오."

"그야…."

"어서 가보시구려."

하지만 동상은 천국으로 갈 수 없었다.

"안 될 거요. 왜냐하면 당신은 영웅의 영혼이 아니니까!"

"뭐라고? 그것이 무슨 망발이냐?"

"당신은 그저 동상에 깃든 기억의 일부일 뿐이오. 우리가 영웅을 기념하고자 동상을 만들 때, 안에 그분의 메달을 녹여 넣었소. 그래서 당신에게 그의 기억이 생긴 것이오."

"거짓말이다. 이놈! 어디서 감히!"

'영차영차!' 하고 줄을 당기는 인부들의 구령과 함께 H빔을 따라 이동한 동상은 용광로의 가운데로 이동했다.

"멈춰!"

위에서 지켜보던 작업자의 지시에 사람들이 밧줄 당기기를 멈추고 기둥에 묶어 고정시켰다. 용광로 위 한가운데에서 멈춘 동상이 흔들흔들 움직이고 있었다. 발밑에서 붉은색 방울이 터지며 펄펄 끓는 쇳물이 요동치고 있었다.

"내려라!"

조각가가 손을 내렸다. 수직이동용 밧줄을 고정시킨 인부들이 다시 수평이동용 밧줄로 몰려갔다.

"이랴!"

마부가 채찍을 휘두르자, 노새와 말이 거친 숨을 내뿜으며 바닥을 밀어냈다. 그들의 등에 연결된 나무 손잡이가 삐걱대며 움직이자, 거대한 나무 줄감개가 반대로 풀리며 무거운 동상을 아래로 내리기 시작했다.

"천천히! 천천히!"

기어의 고정쇠를 풀고 인부들과 노새, 말이 힘을 합쳐 줄감개를 반대로 풀자, 동상이 서서히 밑으로 내려갔다.

"이놈! 이게 무슨 짓이냐! 천벌을 받을 것이다."

"영혼이라면 날아서 천국으로 가시오. 하지만 당신은 그냥 기억의 일부일 뿐이오. 녹으면 그만이오."

"기억이면 어떤가? 나는 승리의 기억을 가지고 있다! 전쟁

시에 이것이 얼마나 중요한 것인지 모르느냐?"

발밑에 뜨거운 열기를 느끼며 동상이 외쳤다. 이제 잠시 후면 저 지옥불 속에서 녹아내릴 운명에 절박해졌다. 그는 마지막 협상을 시도했다.

"아니오!"

조각가가 잘라 말했다.

"모르는 것은 당신이오! 당신의 기억은 과거에 머물러 있소. 동상이니까. 옛날의 기억만 가진 채 멈춰 있는 거요. 하지만 우리 인간은 다르오. 우리는 매일매일 변화 속에 살아가는 존재들이오. 하루가 다르게 끊임없이 변화하는 이 세상에서 변하지 않고서는 살아남을 수 없소. 당신처럼 좋았던 옛날 기억만 가지고는 우리는 살지 못한다는 말이오!"

"나…나는…"

동상은 입 밖으로 말을 내보낼 수 없었다. 그의 말 대로였다. 십 년인지 이십 년인지, 그 오랜 세월을 광장에 서서 그는 오로지 자신이 승리로 이끌었던 마지막 전쟁만을 생각했었다. 그리고 그 승리의 기쁨에만 도취(陶醉)되어 있었다. 지금과는 완전히 다른 시대의, 지금과는 완전히 다른 사람들에 완전히 다른 상황들이었다. 영광된 승리의 기억이지만 그것이 앞으로 닥칠 전쟁에서도 통용될 것이라는 보장은 없다.

발끝이 뜨거운 쇳물로 다가가자 뜨거운 열기가 전신으로 치달았다. 하지만 동상은 불타는 몸의 통증에도 아무런 말도 하지 못했다.

자신도 알고 있었다. 자신이 영웅의 영혼 같은 것이 아님을.

그저 오래된 메달에 남겨진 기억의 편린에 불과하다는 사실을.

"힘을 줘라! 버텨!"

십여 명의 인부들이 땀범벅이 되어 줄감개를 반대로 풀어 냈다. 동상이 용광로 안으로 깊이 내려갔다.

동상은 입을 닫았다. 어차피 그의 입안은 곧 뜨거운 쇳물로 가득 찰 것이다.

무거운 동상의 발끝이 시뻘건 쇳물 안으로 들어가자 노새가 헛발질을 했다. 급하게 빠뜨리지 않으려고 인부들이 더 힘껏 밧줄을 당겼다. 조각가의 지휘소리와 인부들의 구령소리가 한 데 어울려 넓은 공장 가득 메아리로 울려 퍼졌다.

동상의 무릎이 빠지고 허리가 들어가며 서서히 그 모습이 용해되어 사라져갔다. 자랑스럽게 올린 손과 늠름하게 펴든 가슴이 녹아들었고 마지막에는 부릅뜬 두 눈만이 용광로 위를 떠다녔다. 하지만 잠시 뒤, 그것마저도 허무하게 녹아내렸다.

작은 거품 몇 방울을 마지막으로 더는 동상의 모습이 보이지 않았다. 그렇게 동상의 기억은 불길 속으로 녹아 사라졌다.

"잘 가시오."

조각가가 중얼거렸다.

"시간이 지나면 예전의 기억은 옅어지고 종국에는 잊혀지기 마련이오."

그는 사람들에게 다음 공정을 지시했다.

"자, 시간이 없소! 빨리 다음 작업을 서두르시오!"

사람들은 지체없이 일에 매달렸다.

녹인 쇳물은 곧바로 각각의 금형에 부어져 다른 쇳물과 섞여 검날이 되고 철모가 되었으며 또 다른 메달이 되었다. 그리고 그것들은 전쟁에 나간 수많은 사람에 의해 쓰이며 새로운 기억이 되었다. 그렇게 시간이 흐르며 기억은 또 다른 기억으로 바뀌어간다.

기억은 머무는 것이 아니라 끊임없이 만들어지는 것이다.

우리는 그런 변화의 흐름 속에 있다.

-끝-

책셰프
정가일의 말

  사람들이 하기 쉬운 가장 흔한 착각은, 스스로에 대해서 잘 알고 있다는 것과 자신의 기억이 옳다고 믿는 것입니다. 저 자신부터가 성공적인 기억은 자랑스럽게 남겨두고 실패했던 기억은 잊어버리려고 노력합니다. 하지만 성공의 기억은 자꾸만 희미해지고 실패했던 기억은 끈질기게 남아서 그것이 떠오를 때마다 머리를 쥐어뜯게 합니다. 예전 여친에게 실수해서 차였던 기억. 학생대표로 단상에 나갔다가 대망신을 당했던 일화들은 끈질기게 기억에서 사라지지 않습니다.

  『신데렐라 포장마차』는 '기억'에 대한 이야기입니다.

  우리가 당연하게 사실이라고 믿고 있는 것들이 사실은 누군가가 집어넣은 조작된 기억임을 알게 되었을 때 우리들은 얼마나 큰 충격을 받을까요?

  저는 주인공 김건과 신영규를 통해서 그 조작된 당연한 기억들에 대해서 말하고 싶었습니다.

 TV에서 나오는 천사처럼 아름답고 착하게만 보이는 드라마 여주인공, 여친에게 한없이 자상하고 희생적인 남주인공. 실제 그들이 어떤 사람들인지는 상관없이 모든 사람들이 의심없이 믿어버리는 만들어진 인물상이 현실에 넘쳐나고 있습니다.

 드라마 주인공으로 모두의 사랑을 받던 남주가 사석에서 독재정권을 찬양하는 발언을 했고, 어느 사극에 나와서 국민 여배우라는 칭송을 받던 여배우가 마약중독자라는 사실이 밝혀져 충격을 주기도 했습니다.

 뉴스만 켜면 나와서 공정을 강조하던 믿음직한 정치가는 자신의 가족이 저지른 비리에는 관대한 모습을 보여 지지자들을 실망시키기도 했습니다.

 이렇듯 현대사회를 살아가는 우리는 주변의 수많은 가짜 기억과 이미지들로 둘러싸여 있습니다.

 하지만 제가 말씀드리려는 것은 이런 매체에 의한 가짜 기억들보다 몇백 배나 심각하고 그만큼 더 위험한, 지금 이 순간에도 우리의 머릿속에 차곡차곡 심어지고 있는 가짜 기억에 관한 것입니다.

바로 우리들 자신에 의해서 말이죠.

우리는 기본적으로 스스로를 착한 사람, 혹은 좋은 사람으로 인식합니다.

내가 뭔가 나쁜 짓, 사회에 해가 되는 짓을 해도 그것은 또 이런저런 이유 때문에 어쩔 수 없었다는 정당성을 부여합니다.

요즘 같은 바이러스 비상시국에 태연하게 마스크를 쓰지 않고 거리를 활보하는 사람들, 신종 바이러스가 유행하는 나라에 여행을 다녀와 다른 사람에게 전파하고도 뻔뻔스럽게 방역당국에 거짓말을 하는 사람들도 있습니다. 또 이런 어려운 때에도 전화사기로 끈질기게 다른 사람의 돈을 갈취하는 사람들도 있습니다.

단언컨대 이들 중 누구 하나도 자신을 악인이라고 생각하는 사람은 없을 겁니다.

예전 조선족 전화사기가 기승을 부릴 때, 전화로 자신을 검찰이라고 주장하는 사람의 어눌한 발음에 조선족임을 간파하고 '왜 동포에게 이런 사기를 치느냐'고 묻자, 사기꾼이 '너희가 먼저 사기쳐서 할 수 없이 친다'라고 대답했다는 글을 본 적이 있습니다. 내가 나쁜 놈이라서가 아니라 이 사회가 나를 이렇게 만들었다는 주장입니다.

이것은 우리 인류가 할 수 있는 가장 치졸한 거짓말입니다.

선택은 누구에게나 열려 있습니다. 힘든 일, 어려운 일을 당했을 때 대부분의 사람들은 술 한잔, 따뜻한 국물 한 그릇에 아픔을 털어버리고 새로운 아침을 맞이합니다. 하지만 그 일을 마음속에 꽁꽁 잡아두고 있는 사람은 반드시 상응하는 복수나 그 이상을 꿈꿉니다. 추리 소설가로서 말씀드리면 이런 사람이 바로 제 소설의 주인공이 됩니다. 바로 범죄자죠!

요즘 뉴스를 볼 때마다 느끼지만 잔인한 범죄단체나 악인들이 저지르는 범죄보다 평범한 보통사람에 의해 저질러지는 범죄가 나날이 증가하는 추세입니다. 이럴 때일수록 나 자신을 자세히 들여다볼 필요가 있습니다. 그리고 먼저 나 자신이 뿌리부터 착한 사람이라는 착각을 버려야 합니다.

그렇다고 나쁜 사람으로 커밍아웃하라는 말이 아닙니다. 우리는 우리 스스로가 매분 매초 선택의 기로에 놓여지는 '중간자적 존재', 혹은 '선택적 인간'임을 자각해야 합니다.

살면서 우리가 했던 어떤 선택은 옳았고 어떤 선택은 나빴습니다. 지금 이 순간도 그렇고 앞으로도 그럴 것입니다. 문제는 우리가 나쁜 선택을 했을 때 단순히 나쁜 친구 때문에 어쩔 수 없었다든가, 이 사회가 나를 이렇게 만들었다는 자기합리화 대신, 내가 했던 선택이 지금의 결과를 만들었다는 사실을 먼저 인정해야 한다는 것입니다. 그래야 앞으로 살면서 잘못된 결정을 내릴 가능성을 줄일 수 있습니다.

'선택적 인간'이라는 자각이 전제되지 않으면 우리는 다시 쉽게 나쁜 결정을 내리게 됩니다. 나 자신이 어떤 존재인지 제대로 인식하지 못하면 우리는 그저 '운명의 노예'가 되어 끝없이 잘못된 결정을 반복하게 될 것입니다.

뭐, 저 자신도 이렇게 그럴싸하게 말하고 있지만, 매번 일은 안 하고 게임만 하다가 아내에게 등짝을 맞곤 합니다. 하지만 적어도 저는 잘못된 선택을 했다는 사실은 자각하고 있답니다.

저는 『신데렐라 포장마차』에서 두 주인공 김건과 신영규가 이런 자각을 통해 자신을 되찾아가는 과정을 그리려고 노력했습니다.

비록 얄팍한 글이지만, 부디 잠깐이나마 독자들께서 자기 자신을 되돌아볼 기회가 되었기를 바랍니다.

Bon appetit!

신데렐라
포장마차